不死者

詭秘之主

—The Most High—

【愚者的權柄】

Author 愛潛水的烏賊 Illustrator 阿蟬

U0540040

2

〔目錄〕

CONTENTS

第一章

事前的準備

沒有了下午茶，克萊恩臨時決定去聖賽繆爾教堂禱告，以展現自己的虔誠。

當然，他沒有忘記駐足觀賞廣場上的白鴿，讓自己顯得悠閒平靜。

進入教堂，穿過高處陽光照耀下的一幕幕壁畫，克萊恩來到了幽暗深邃的大祈禱廳。

這裡不像別的教會那樣裝飾華麗，光彩奪目，充滿視覺震撼力，但卻柔和安然，讓人發自內心地感覺寧靜，而最前方璀璨星辰般的純淨光芒，又渲染出了強烈的神聖莊嚴味道。

克萊恩取下帽子，將它和手杖一起交給貼身男僕理查德森，然後沿著過道，往前方行去。

這時，前排有兩道人影站起，轉身走向出口，其中一個墨髮碧瞳，動作瀟灑，髮型不羈，正是倫納德·米切爾。

幾乎是同時，倫納德·米切爾也看見了那位鬢角發白藍眼深邃的中年男士。

道恩·唐泰斯……

他精神一下緊繃，身體出現了微不可見的僵硬。

克萊恩則看著倫納德，含笑點了一下頭，神情友善，姿態隨意。

倫納德擠出少許笑容，略顯艱澀地輕輕頷首。

接著，他側過身體，讓開道路，與道恩·唐泰斯擦肩而過。

這讓克萊恩看清楚了後面那位是誰，那同樣是他的熟人，穿著通靈者黑袍的戴莉。

這位女士依舊塗著藍色的眼影和腮紅，呈現出一種妖異的美麗。

戴莉瞄了一眼經過的中年紳士，神情突然恍惚了一下，旋即收回目光，沉默地靠近出口。

不會吧，我只是模仿了一下隊長眼睛那種幽邃的感覺，就連顏色都不一樣，戴莉女士也能感覺到熟悉？女人的直覺真可怕……

克萊恩發現了戴莉的短暫異常，心裡隱約有了點猜測。

很早之前，在他的直男認知裡，戴莉女士就是暗戀著隊長的，否則不會承擔風險，趕到廷根，讓克萊恩找機會將扮演法教給鄧恩．史密斯。

至於隊長在這方面的態度，克萊恩沒辦法確定，畢竟那段時間的鄧恩．史密斯經常分不清現實與夢境，記憶不好的問題相當突出，也許不知不覺就遺忘了心底的某些事情。

不過，隊長確實常常提起戴莉女士，總是拿她舉例來教育我們，對她只用了多少年晉升，有什麼樣的天賦，熟悉得彷彿能倒背出來，這和他當時記憶不好的狀況有點矛盾……嗯，隊長說起這些事情的時候，偶爾會加上自己從「午夜詩人」到「夢魘」用了足足九年的陳述。他……他在面對戴莉女士時，內心是不是有點自卑……自卑……

克萊恩回憶起過往，情緒忽然有點低沉。

他發現自己其實並不那麼了解鄧恩．史密斯，不了解這個男人內心還藏著多少事情。

而且戴莉女士比他小不少歲，表現得又很開放很不在意婚姻……

克萊恩無聲嘆了一口氣，收回思緒，找了個靠邊的位置坐下，埋低腦袋，閉目祈禱。

大祈禱廳外，倫納德已調整好狀態，和戴莉一起，與自身紅手套小隊的成員們會合。

他們等待了一陣，已成為「靈巫」的索斯特從另外一邊出來，環顧了一圈道：「我們這次的任務是根據之前『黑骷髏黨』總部爆炸事件裡發現的各種線索，找出潛藏在貝克蘭德的靈教團正式成員。」

「戴莉女士是『收屍人』途徑的非凡者，對靈教團有相當深厚的了解，所以聖安東尼閣下讓她來協助我們。」

晚上，打發走貼身男僕理查德森的克萊恩逆走四步，進入灰霧之上，具現出「世界」格爾曼．斯帕羅，讓他身影模糊地做起了祈禱：「……請轉告『魔術師』小姐，她需要在周五晚上前，於東區訂一個旅館房間，最好遠離X先生召集聚會的地方。」

「……提前將那枚石頭和魔法書給我，我需要做一定的準備。」

「……周五晚上，她必須阻止參加X先生聚會的那位朋友，將對方喬裝改扮後的外形特點呈現給我。」

「……如果還有別的事項，我會及時告知。」

還有兩天就要去刺殺X先生了，克萊恩毫無疑問得提前做些準備，而這裡面不少事情，道恩．唐泰斯分身乏術，只能依靠「魔術師」小姐去做。

他的初步計畫是，利用「無面人」的能力，偽裝成對方參加X先生聚會的朋友，掌握暗號，直接進入，然後針對不同的情況，採用不同的預案。

根據這段時間與人戰鬥和操縱人偶的經驗，克萊恩越來越覺得，「祕偶大師」的守則應該有

「儘量藏在幕後，隱蔽地導演一齣戲劇」這條。

除非實在沒有別的辦法，否則「祕偶大師」應該避免與別人正面戰鬥！

「目前最麻煩的一點是，X先生的聚會在八點，而這個時候道恩．唐泰斯顯然還沒睡，無法長時間地擺脫管家和僕人們的注視，祕密前往東區……當然，這反過來說，也能製造不在場的證據，但問題在於，用什麼辦法瞞過這棟房屋內的所有人……還有個『無面人』同夥就好了，可以讓他來假扮道恩．唐泰斯……『正義』小姐那條項鍊能夠辦到，可她不在貝克蘭德……」

克萊恩向後靠住椅背，伸手揉了揉額角。

他甚至想直接自己召喚自己，自己響應自己，用俠盜「黑皇帝」這個身分行動，但這就會喪失讓肉體變化模樣的能力，難以附身別人，偽裝成「魔術師」佛爾思那位朋友參加X先生的聚會。

除非，「魔術師」小姐那位朋友成為同夥，任由我附身……這也不行，一是會暴露塔羅會的部分祕密，二是X先生未必沒有發現「怨魂」的辦法，當然，這能通過金幣、紙人天使、鐵製捲於盒等一系列的封印來隱藏痕跡……

克萊恩思考了一陣，最終決定用上輩子相當熟練的一個辦法。

——那就是裝病！

從明天開始「生病」，每天吃很少東西，八點不到就睡覺……這樣就不會有管家和僕人來打擾我了……可如果這邊有緊急事情，瓦爾特他們來敲門，該怎麼辦？

「魔術師」製造的幻覺只能欺騙眼睛，不是人工智慧啊……人工智慧……對了，我可以把幻覺固定在鏡子上，讓它看起來像是道恩．唐泰斯，然後讓「魔鏡」阿羅德斯遠端操縱問答！

想著想著，克萊恩的思緒霍然開朗。

不得不說，阿羅德斯這傢伙有些時候還是很有用的……克萊恩感慨了一聲，返回現實世界，走至書桌旁邊，翻找出紙筆，畫了個糅合隱密和窺視符號的混合圖案。

他剛落下最後一筆，房間內的光芒就突然黯淡了一點，全身鏡先是變得深黑，繼而浮現銀白的亮光，勾勒出一個又一個魯恩文單字。

「偉大的主人，您謙卑的渺小的忠誠的僕人阿羅德斯聽到了您的召喚，我、我有遲到嗎？」

每次都有新花樣啊……

克萊恩好笑地搖了一下頭道：「沒有。」

「這是您對我的寬容，偉大的主人，您可以提問了。」一個個單字整齊有序地突顯於鏡面。

克萊恩想了想道：「我打算清除極光會的神使X先生，你有什麼建議？」

全身鏡表面的單字凝固了幾秒，蠕動變化道：「您最好將計畫放在周四之後。」

符合我之前的占卜……周四及今晚，X先生附近可能有「命運天使」烏洛琉斯或者極光會的聖者之一……

克萊恩笑笑道：「阿羅德斯，我有一件事情需要你幫忙。」

「這，這是我的榮幸！是您給我的機會！」一個個單字飛快冒出，充分地表現了什麼叫激動和欣喜，「請問，是什麼任務？」

克萊恩點了一下頭道：「這周周五晚上，我會用一面鏡子做幻術道具，將它變成我這個身分的樣子……如果有緊急事情發生，你負責操縱鏡子，進行問答，不讓人發現異常。你能辦到嗎？」

全身鏡周圍的空氣忽然流動，一道屬於道恩．唐泰斯，卻非常諂媚的聲音響了起來：「偉大的主人，只要是您吩咐的事情，我都儘量完成。」

「雖然這無法維持太久，不符合我的習慣，但也足夠應付這裡所有人。如果您希望，我可以模擬任何聲音！」

比我想像得多才多藝……這年頭做面鏡子也不容易啊……不過，最後那句話，總覺得怪怪的。

克萊恩臉龐肌肉動了一下道：「應付的時候，掩飾好問答遊戲的本質，不要被人發現。」

阿羅德斯當即在全身鏡表面呈現出新的單字：「我會扮演好您這個身分的！」

「很好。」克萊恩輕輕頷首道。

他確實很擔心阿羅德斯向管家瓦爾特、貼身男僕理查德森提出讓人羞惱的問題，什麼面對不該有衝動的女士時，是否有過幻想，夜深人靜自己解決問題的時候想的又是誰。

他相信以「魔鏡」的節操，如果不提前警告一下，它真有可能這麼做，當初達尼茲被玩得都快崩潰了。

不再囉嗦，克萊恩轉而說道：「今天到此結束，周五晚上再聯絡你。」

「是，偉大的主人，您卑微的僕人已迫不及待想為您效勞！」「魔鏡」阿羅德斯先是具現出一行單字，然後弄了個揮手的簡筆畫。

周五下午，裝病沒去文學沙龍的克萊恩又一次來到了灰霧之上。

他面前擺著本巴掌大小的銅綠色筆記，外殼一看就很堅硬，正是「魔術師」佛爾思提供的「萊曼諾旅行筆記」。

將這本其實更接近於魔法書的東西翻開至其中一頁，克萊恩看了眼那焦黃的顏色，抬手將「海神權杖」從雜物堆裡召喚了過來，握在掌中。

他一邊將部分靈性灌注入「萊曼諾的旅行筆記」，使它亮起不太明顯的濛濛光輝，一邊讓白骨短杖頂端的青藍色寶石們相繼迸發出明亮的光芒。

讓人牙酸的茲茲茲聲音裡，一道又一道銀白閃電憑空浮現，粗大猙獰，張牙舞爪，交織於一起，形成了風暴般的景象。

與此同時，萊曼諾旅行筆記那頁焦黃的紙張上，一個個複雜的符號和標識飛快勾勒，彼此重疊，互相融合，逐漸成形。

眼見這一頁即將染上銀白的色彩，條條電蛇從內迸發而出，一下就把所有的花紋破壞殆盡！

——又失敗了。

克萊恩無聲嘆了一口氣，再次重複起剛才的過程。

這不是他第一次嘗試，自從周三夜裡拿到「萊曼諾的旅行筆記」後，他就三不五時進入灰霧之上，用這本魔法書記錄「海神權杖」展現的能力，刷了一遍又一遍，直至靈性接近枯竭，不得不返回現實世界休息。

過程裡，有失敗，也有成功，克萊恩依靠反覆的嘗試，終於走到了最後一步，那就是記錄眼饞很久的「閃電風暴」！

這是「水手」途徑的半神能力！

在剛才那次失敗前，克萊恩已經失敗了近二十次，運氣可以說相當得差。

失敗，再次失敗，又一次失敗，等到第五次的時候，他欣喜地看見銀白的色彩染遍了焦黃的紙張，讓上面古樸神祕複雜難言的符號標識同時往內一縮，連成了讓人僅是看到就有被閃電劈中感覺的奇特圖案。

「呼……總算成功了。」克萊恩手指摩挲過紙張，長長地舒了一口氣。

他往前翻動起「萊曼諾的旅行筆記」，欣賞之前的成果。

這兩天裡，他並沒有完全糾結於「閃電風暴」，還記錄了另外兩種半神級能力，一是自身撬動灰霧之上神祕空間少許力量形成的「紙天使」，這能用於對占卜和預言的干擾，一是同樣源於「海神權杖」的「龍捲風」。

記錄它們的時候，克萊恩運氣相對不錯，一個九次，一個十二次，就獲得了成功。

至於「飛行」「滑翔」「雷擊」等不到序列四的非凡能力，都只需要一到兩次，所以克萊恩弄了差不多滿滿一本。

這本魔法書對野生的非凡者來說，其實不算特別有用，需要漫長的時間和長久的忍耐，才能記錄下足夠數量的有用能力，而且超過序列六的，失敗機率會增加，不是那麼容易弄到……不過，神祕領域有二十二條途徑，前面幾個序列的能力只要搭配得好，幹掉序列五也不是太讓人奇怪的事情……克萊恩合攏「萊曼諾的旅行筆記」，於心中感嘆了幾句。

在他看來，這本魔法書對野生非凡者來說，確實等於半個神器，前期成形雖然比「蠕動的飢餓」更加困難，可一旦有了良好的搭配，越級挑戰將屬於常規操作，不過，在有大勢力支持的非凡者手裡，「萊曼諾旅行筆記」的作用更為誇張，近乎BUG，因為它可以記錄半神的能力！

只要願意，半神可以一次又一次示範，而「蠕動的飢餓」高機率吞不了半神，就連正牌的「牧羊人」，想放牧一位高序列的存在，也是非常困難的事情，一是沒資源，二是本身容易因此失控，白銀城那位洛薇雅長老，也是運氣極佳，才能放牧到略等於序列四的惡靈……

克萊恩想到這裡，將目光又投向了旁邊擺放著的一枚暗青色石頭，它凹凸不平，表面充滿燒灼的痕跡，正是「魔術師」佛爾思提供的靈界穿梭石。

有了「萊曼諾的旅行筆記」和這塊石頭，再加上「竊運者」符咒和「怨魂」祕偶，即使那位X先生周圍有聖者看顧，我也不是不能完成任務，從容離去……

克萊恩揉了一下額角，返回現實世界，布置請求賜予的儀式，將相應的物品弄了出來。

做好這些前置準備後，他走向全身鏡，望向裡面的自己，將外表調得憔悴了一點。

用過晚餐，克萊恩藉口不太舒服，回到了房間。

看了幾分鐘的夜景，他從抽屜裡拿出一面巴掌大小的鏡子，將它放至柔軟又有彈性的枕頭上。

接著，克萊恩靠近過去，讓鏡面映照出藍眼深邃鬢角斑白的道恩．唐泰斯。

他隨即緩緩直起身體，向後退步，而床上霍然多了另一個道恩．唐泰斯！

這位先生穿著深色的絲綢睡衣，倚著靠枕，手拿書籍，眼睛半閉，似休息似思考。

不錯，鏡面幻術不比紙人幻術差……

克萊恩回到書桌旁，拿起鋼筆，在紙上畫了個隱密與窺視糅合的奇異符號。

短暫的安靜後，床上那位道恩．唐泰斯突然睜開了眼睛，諂媚笑道：「偉大的主人，您卑微的忠誠的僕人阿羅德斯來了！」

不得不說，哪怕道恩．唐泰斯的臉孔，也駕馭不住這樣的笑容……

克萊恩暗嘆一聲，差點轉頭看向另外一側。

「很好。」他輕輕頷首，讚揚了一句。

他沒再吩咐什麼，戴上半高絲綢禮帽，從陽臺滑落至一樓，沿著僻靜的花園小路，從角落位置翻出了伯克倫德街一百六十號的外牆，這個過程裡，他沒有忘記關上窗戶。

右手按住禮帽，雙腳踩實街道地面後，克萊恩緩慢抬起了腦袋，而他的五官和輪廓不知什麼時候已發生了變化，黑髮棕瞳，臉龐消瘦，稜角分明。

這是單國賞金五萬鎊的瘋狂冒險家格爾曼．斯帕羅！

狩獵，即將開始。

喬伍德區，休正要出門去東區參加X先生的非凡者聚會，卻被佛爾思攔了下來。

「妳，要外出取材？」休斟酌著說出了好友的慣常用語。

佛爾思攏了一下頭髮道：「不，是賺錢！我之前接了個任務，幫人尋找鬼魂消逝後留下的粉塵，妳知道的，墓園內根本沒有鬼魂，它們早就被牧師主教們送至各自神靈的國度了，所以，我只能去東區，尋找那些因各種問題死亡但還沒被發現的目標。」

「妳忍心看著我這麼一位美貌文弱的女士獨自一人進入那混亂的地方？」

「可是，不能推後一天嗎？」休猶豫著說道，「我正打算去參加X先生召集的聚會。」

佛爾思當即搖頭：「不行，明天就要交任務了，整整五十鎊啊！」

「明天就要交，那妳之前幾天為什麼不做？」休狐疑地看了好友一眼。

佛爾思呵呵笑道：「妳剛認識我嗎？妳難道不知道我有嚴重的拖延症？」

「而且，妳又沒錢，去X先生的聚會有什麼意義？妳甚至都不知道妳需要哪些非凡材料！」

「也是。」休被說服了，旋即笑道，「是不是每一位作家都有拖延症？」

「大概。」佛爾思一邊敷衍，一邊暗中鬆了一口氣。

東區，一家廉價旅館內，克萊恩進入了「魔術師」小姐用假名預定的那個房間。

在這裡，一房一床一人是奢侈的行為，可就算這樣，類似的房間也才十二便士一晚，當然，東區很多廉價旅館根本沒有單人房，最上等的是「小隔間」，五便士一晚，只有一張床和一些可以遮擋別人眼光，方便更換衣物的擋板。

至於擺了十幾二十張高低床的地下室，一個床位一晚一點五便士，隨身物品自我保管，一旦遺失，概不負責。

竟然有鏡子，還不錯……

克萊恩放下禮帽，立在一面布滿縫隙的全身鏡前，將「魔術師」小姐預備的帶兜帽長袍套到了身上。

緊接著，他的身體以肉眼可見的速度變矮，皮膚逐漸偏白，帶上了點小麥色，喉嚨的凸起隨之消失不見，頭髮長長不少，染上了金黃。

——「魔術師」佛爾思提供喬裝改扮後沒有露臉的朋友形象後，克萊恩一眼就認出了模仿對象是休小姐！

不過因為有帶兜帽長袍的遮掩，他沒有真的女性化，只是處理了一下容易被別人看到的地方。

一百五十公分這個身高，我真的無能為力啊，至少得完全消化掉體內所有魔藥，才能達到這個極限……還好，休小姐有做增高偽裝，我不用煩惱這點……

克萊恩看了眼鏡中一百六十公分的自己，換上房間內那雙皮靴，它看起來平底，實際也平底。

做完偽裝，克萊恩拉上兜帽，悄無聲息地從窗戶離開了單人房，來到東區巷子裡，一路繞行至X先生召集非凡者聚會的那棟房屋外面。

回憶了一下「魔術師」小姐告知的敲門暗號，克萊恩屈起手指，以三輕三重的力度和兩長三短的間隔，敲響了房門。

十來秒後，大門無聲敞開，一位帶著鐵面具的侍者先是審視了來者幾眼，然後才讓開道路。

克萊恩沒有一點慌亂，平靜地越過他，進入了屋內。

穿過客廳的過程中，克萊恩的靈感有所觸動，只覺一道道無形的目光不知從哪裡投來，掃過了自己。

他裝作什麼都沒有發現，進入前方起居室，審視了一下環境，找了個離主位不遠但也不近的位置。

而他通過房門的那個剎那，所有的注視都消失了，不見了。

如果不是「怨魂」有三重封印隔絕，剛才多半已經被察覺……X先生不像表現出來的那麼大膽和瘋狂啊……

克萊恩坐了下去，扯了扯兜帽，讓臉龐在陰影裡藏得更深。

過了十來分鐘，聚會成員們差不多到齊後，戴著黃銅面具的X先生沒有任何動靜地來到了門口，一步步入內，走向主座。

他身穿黑色古典長袍，戴著尖頂的魔法師帽，行走之間，氣勢內斂，卻又讓在場所有人不自覺低下了腦袋。

轉過身體，緩慢坐下後，X先生環顧一圈，低沉開口道：「開始吧。」

距離在四公尺之內……

克萊恩沒急於動手，收回目光，耐心地看著幾位聚會成員用運氣異常者的資訊換取金鎊，聽著X先生偶爾回應幾句。

時間一分一秒流逝，聚會的重心開始從X先生的懸賞轉向彼此間的交易，克萊恩不再猶豫，用左手拇指掐了食指第一個關節兩下，開啟了「靈體之線」視覺。

一條條虛幻的黑色細線當即浮現於他的眼前，它們從不同的人身上鑽出，蔓延向無窮遠處。略作分辨，克萊恩隱蔽地操縱起了X先生的「靈體之線」。

在他的計畫裡，任務難點主要有兩個，其中一個就是前置序列有「占星人」這個職業的X先生和也許隱藏於暗處的極光會聖者，在自己開始操縱對應「靈體之線」時，可能會出現危險預感，敏銳察覺到異常。

對於X先生的靈性直覺，克萊恩還算篤定，因為莎倫小姐當初以「怨魂」姿態存在時，也不能提前發現「祕偶大師」羅薩戈對本身「靈體之線」的操縱，可一位半神半人的聖者，一位已經獲得神性的高序列強者，具備什麼特異都不會讓克萊恩驚訝，他的靈感因別人「靈體之線」的變化有所觸動，同樣不讓人意外。

別的「祕偶大師」在這一點上，高機率毫無辦法，但克萊恩不同，他還有「愚者」這個身分，還有灰霧之上神祕空間的力量可以借用，能提前依靠「紙人天使」的干擾，排除掉隱患。

聚會沒有一點異常地往下進行著，十幾秒的時間轉瞬即逝，克萊恩距離初步控制住X先生，只剩最後三秒，而這位極光會的神使，毫無察覺，正目光深沉地打量著一筆交易的達成，不知在想些什麼。

關鍵時刻，克萊恩主動停止了！

他勉強維持著進度，抽出一隻手，揣入帶兜帽長袍的暗袋內，觸碰到了用「靈性之牆」封鎖著的鐵製捲菸盒。

克萊恩旋即動了一下指頭，輕輕一戳，解除掉「靈性之牆」，讓它於衣兜內化作微風繚繞。他縮回手掌，又等待了好幾秒，直至X先生的目光望向另外一側，才繼續往下操縱「靈體之線」。

兩秒，一秒，零秒！

X先生的思緒一下滯澀，彷彿被人灌入了剛攪拌開的水泥。

有敵人……危險……他緩慢的念頭轉動，很快就做出了決定，準備向手下，向暗中盯著的那位示警求救，並做出有效反抗。

就在這時，一團陰冷鑽入了他的身體，讓他的手腳、嘴巴不再屬於自己。

「血之上將」塞尼奧爾！

怨魂附身！

「祕偶大師」對「靈體之線」的操縱，存在著不少缺陷，其中問題最大的是，一旦進入初步控制狀態，目標立刻就會發現問題，有能力採取各種應對辦法。

如果是單對單，周圍沒別的人，克萊恩自然可以利用對方越來越高的「延遲狀態」，較為有效地干擾和打斷反抗，可目標若是還有別的幫手，「祕偶大師」的操作就很難再瞞過他人，必須有環境或同伴幫忙，才能隱蔽地，不露痕跡地進行下去。

而這一點，能附身目標，強行控制對方行為的「怨魂」，簡直就是「祕偶大師」的最佳助手！

剛才克萊恩之所以不直接進入初步控制狀態，就是為了抽空放出「怨魂」。

通過了入門檢查那關後，聚招待所在的起居室內，警戒程度肯定是相對較低的！

X先生眼睛略有睜大，思緒逐漸遲緩，本想呼喊出的話語，被自己的喉嚨牢牢鎖住，被自己的嘴巴死死封住，徹底消弭於無形。

而他打算直接抬起的雙手，也放慢了速度，伸向了旁邊的骨瓷茶杯。

這完全違背了他的意願，全是他體內占據滿每一個角落的陰冷氣息做的！

怨魂……祕偶大師……不行……這樣下去……會無聲無息死去……

X先生當即控制本身靈性，於腦海內勾勒出複雜符號和標識。

他要於身周開一扇「旅行家之門」，也就是「傳送之門」，以此直接脫離「祕偶大師」的操縱範圍，和這方面的問題比起來，怨魂附身相對沒那麼危險！

但那種遲緩滯澀的思緒裡，虛幻符號和標識的呈現並非一氣呵成，而是一筆一劃，一停一頓，不夠快速。

抓住這個機會，附身於X先生的「怨魂」塞尼奧爾在「祕偶大師」克萊恩的操縱下，簡單活動了一下X先生的腦袋，主動改變了坐姿。

這樣的行為一下就讓「旅行家之門」的暗中成形被打斷！

糟糕……我的……反應……太慢……會被……怨魂……干擾……用……用神奇……物品……

X先生的眼眸隱約有點充血，而他周圍的手下毫無察覺，就連暗中注視著這邊的那位，也未發現異常。

至於交流和交易中的聚會成員，更是因為他的坐姿改變，柔和了語氣，放低了音量。

這一刻，雖然起居室內坐滿了人，雖然到處都是非凡者，都是自己的幫手，但X先生卻感覺到了一種極致的孤單和無助。

他甚至不知道是誰在向自己下手，究竟坐在哪裡！

念頭一個個走過間，X先生重新控制住靈性，讓它們往自己左手食指戴著的那枚鑲嵌紅寶石的金戒指延伸而出。

可是，他從思考到決定，從決定到行動的過程都太過長久，就像在表演什麼叫內心戲慢動作。

這給了「怨魂」塞尼奧爾足夠的時間，他抬起X先生的左掌，屈起手指，狀似思考般敲了敲「自己」沒被黃銅面具遮住的側額。

很微弱的篤篤聲音裡，敲擊的力量其實不小，只不過塞尼奧爾在克萊恩操縱下，控制得很好，讓絕大部分力度透入了X先生的腦袋，沒有外散，以此掩蓋住了動靜。

「篤！篤！」

X先生蔓延靈性的想法霍然被干擾，短暫竟找不回思緒。

等他恢復過來，「祕偶大師」的操縱已更進了一步，這讓他念頭凌亂遲緩，就連思考和做決定都變得艱難。

再加上「怨魂」用他身體做的各種隱蔽小動作帶來的干擾，X先生雖然有著眾多的非凡能力和不錯的神奇物品，但也不可避免地一步步滑向了成為祕偶的深淵。

他眼睜睜地看著自己以慢動作的姿態走向死亡，完全無能為力。

直到此時，他才深刻認識到「祕偶大師」加「怨魂」是多麼的恐怖，多麼的無解。

所有人的注視下，狩獵在無聲無息進行著。

隨著克萊恩掌控的加深，X先生的動作越來越僵硬和滯澀，不過，有「怨魂」附身彌補的情況下，別人根本看不出問題。

準確來說，X先生的行為已不再源於呆滯生鏽的他，而是「怨魂」塞尼奧爾，這讓他連絕望的目光都無法呈現。

各種交易或成功或失敗或爭執或討論中，五分鐘的時間很快過去了，克萊恩距離將X先生殺死，變成自己的傀儡，只差最後一步。

然而，他辦不到。

因為他「祕偶大師」的魔藥還沒怎麼消化，目前只能控制一個傀儡，要想將X先生轉化，必須放棄「怨魂」塞尼奧爾。

而一旦放棄，這位早已死去的「血之上將」立刻就會浮現出來，被人發現，帶來極大的麻煩。

同樣的，克萊恩如果不放棄「怨魂」祕偶，趁X先生已沒有反抗能力的機會，直接將他擊殺，也得考慮可能存在於暗處的極光會聖者。

這就是他計畫裡的第二個任務難點。

悄無聲息控制住X先生，剝奪他的反抗能力，以「祕偶大師」加「怨魂」的組合來說，並不難，怎麼完成擊殺也不難，現在這種狀態的X先生，克萊恩即使用空氣子彈，也能輕鬆解決他。

事情難的是做出這樣的行為後，怎麼安全離開這裡，而這需要足夠的耐心。

時間在克萊恩看似平靜實則緊繃的精神狀態下，平緩地流淌著，他假裝這裡出現的事物自己都不感興趣，完全沒有發言。

終於，聚會到了尾聲，X先生毫無異常地低沉說道：「結束。」

他的言語非常簡潔，和上次的收尾一模一樣，這是休對佛爾思描述過的內容。

一位位聚會成員相繼起身，克萊恩混在裡面，毫不起眼，與此同時，他將手伸入暗袋，憑感覺翻開了「萊曼諾的旅行筆記」。

「萊曼諾旅行筆記」的三種紙張從手感上來講，是存在明顯差別的，只能記錄序列七、序列八和序列九的白紙表面平滑，薄薄一層，對應序列六和序列五的黃褐色羊皮紙彷彿硝制過的皮革，柔韌性極強，能記錄神性的那三頁焦黃紙張則厚實有質感，它們讓人無需眼睛打量，僅靠快速的觸碰，就能做出最有效的分辨。

克萊恩的手指迅速就找到了很厚實很有質感的那三頁紙張，輕巧捏住了中間那頁。

雖然暗袋不夠大，讓他無法將「萊曼諾的旅行筆記」完全打開，但「魔術師」佛爾思自己動手進行過改制的帶兜帽長袍，依舊提供了不錯的空間，讓那本巴掌大小的魔法書能展開到九十度的樣子。

克萊恩一邊用手掌撐住，不讓「萊曼諾的旅行筆記」合攏，一邊用手指滑過了對應那頁的表面，只覺上面有輕微的凹凸感，讓充滿神祕和古老味道的奇異花紋和符號們借助觸覺，直接呈現在了他的腦海內。

靈性隨之灌注，這一頁焦黃紙張上記錄的是「風暴」途徑的半神能力：「龍捲風」！

克萊恩要以此製造混亂，干擾可能藏於暗中的極光會聖者，趁機殺掉X先生並借風逃離這裡。

除了這個目的，混亂還能有效地掩蓋痕跡，讓聚會成員們失散並狼狽逃走，而在各自身分不明確的情況下，這麼做的他們都將變得有嫌疑，使極光會很難查到休身上。

思緒轉動間，克萊恩目光鎖定了一個位置，左手緩慢將「萊曼諾的旅行筆記」抽了出來。

與此同時，X先生兩步邁到了他的旁邊，和他處在了同一個方向，就像多年未見的老友。

緊接著，嗚的聲音一下爆開，肉眼可見的恐怖颶風盤旋著纏繞著出現在了克萊恩靈性指定的地方。

房間內的桌子、茶几、沙發、高背椅隨之飛起，狂暴的龍捲風將牆壁撐裂，將屋頂帶走，向著巷子口席捲而去，那些參加聚會的成員們，有的處在風緣，被直接拋向了遠處，有的在風壓的推動下，跌跌撞撞往前，奔向別的地方。

如果不是克萊恩有意控制了龍捲風產生的時間點和行進的方向，不僅X先生所在的陳舊房屋會被毀掉，周圍的一排公寓建築同樣難以倖免，而那些聚會成員們將被直接捲入風中，是死是活，全看運氣。

嗚的聲音很快變得激盪，直竄天空的龍捲風就像一個恐怖的巨人，蹣跚著走向巷子口，走向街道位置，所過之處，地面乾乾淨淨，沒有一點事物殘留。

克萊恩同樣也被吹飛了，他和怨魂附身的X先生一塊，被拋向了另一條街道。

這個過程裡，因為雙方剛才所站位置接近，且怨魂可以浮空，可以在龍捲風的邊緣一定程度上掌控目標的身體，所以，克萊恩和X先生的距離始終保持在五公尺內，對「靈體之線」的操縱一直沒有停止。

身在半空，耳畔風聲呼嘯的克萊恩右手猛地往胸前一扯，撕破帶兜帽長袍的表面，探入腋下，抽出了「喪鐘」左輪。

雖然以X先生目前的狀態，用空氣子彈也能解決掉他，但克萊恩還是決定謹慎一點，害怕對方的神奇物品有什麼被動效果，就像「血之上將」塞尼奧爾那條項鍊一樣。

狩獵，務求竭盡全力！

隨著克萊恩動作激烈地拔槍，他對「靈性之線」的操縱受到了明顯影響，若非X先生已接近被完全控制的狀態，僅是這一下，就能恢復基本的清醒。

不過，就算如此，X先生的思緒也不再那麼凝固，活躍了一點。

他試圖掙扎，可短暫之間，附身的「怨魂」塞尼奧爾再次讓他的所有努力都變得僵硬，變得自相矛盾。

然後，X先生瞳孔裡浮現出了橫身下落的敵人，浮現出了半張瘦削臉龐和對應的深刻線條。

他的視線裡，對方冷酷地扳動了擊錘，用黑沉沉的槍口瞄準了自己。

「砰！」

克萊恩毫不猶豫扣動了扳機，而槍聲的轟鳴被風給吞沒了。

X先生的腦袋猛地後仰，像是被一隻無形的手按在了臉上。

他的頭部，他的黃銅面具，在這一刻分裂成了無數碎片，帶著紅白液體，向著四面八方飛散。

一槍致命！

喪鐘為他而鳴！

「撲通！」

打出那一槍後，克萊恩背部著地，摔在了街道地面上。

撲通，X先生落到了旁邊，飛散在半空的血汙和碎片們則詭異倒流，匯聚於他的脖子處，拼湊出了一個布滿裂紋和縫隙的腦袋。

這是「怨魂」的能力。

此時，失去維持的龍捲風開始崩散，而剛才那巨大的動靜，毫無疑問讓遠處的半神們有所察覺。聖風大教堂內，新任貝克蘭德大主教，「深藍主祭」雷達爾·瓦倫丁一下就從房間內飛了出來，浮到高空。

跌倒在地的克萊恩，見風壓已弱，一手抓著「喪鐘」左輪，一手拿著「萊曼諾的旅行筆記」，就要將後者翻到黃褐色羊皮紙部分的第一頁。

拿到這本魔法書之後，他才發現上面原本就存在的幾頁記錄裡，有「旅行家之門」。

克萊恩最初以為是巧合，可仔細思考後，又認為這是必然，因為「萊曼諾的旅行筆記」屬於亞伯拉罕這個古老的家族，他們掌握著「學徒」這條途徑和不少對應的神奇物品，有資源也有意願記錄下「旅行家」的能力，畢竟這非常非常非常有用。

這一刻，只要「旅行家之門」成形，克萊恩就能帶著「怨魂」塞尼奧爾附身的X先生屍體從容離去。

他剛才在屋內之所以不用，是因為可能存在的極光會聖者未受干擾，有機會發現並打斷，而且X先生是「旅行家」，有一定機率能利用「傳送之門」擺脫困境，在他徹底死掉前，克萊恩不想冒險嘗試。

就在這時，克萊恩眼前一暗，發覺周圍街道充滿了又漆黑又詭異的無形液體，它們流淌著湧了過來，並快速凝聚，形成了堅固的牢籠。

這樣的黑暗中，一道道影子活了過來，冰冷的目光全部落到了他身上。

半神級的力量！極光會果然有聖者在附近！沒辦法直接傳送！克萊恩心中一緊，冷靜地將「萊曼諾的旅行筆記」翻到了焦黃之頁。

「茲！」

一道道銀白的「蟒蛇」憑空躍出，彼此糾纏著在黑暗裡肆掠，照亮了一切。

「閃電風暴」！

那凝固了的漆黑一下破碎，而克萊恩則早就沒有任何遲疑地將握著「喪鐘」左輪的右手塞入暗袋裡，捏住了那枚布滿燒灼痕跡的暗青色石頭。

「門！」他語氣異常平靜地用古赫密斯語念道。

淺藍色的光輝迸發，克萊恩的身影迅速變得模糊，連帶靠攏過來抓住他肩膀的X先生屍體也有了同樣的變化。

兩道身影瞬間透明無形，消失在原地，於顏色鮮明而重疊的靈界內快速遠去，巧妙脫離。

散落著木片、碎石、布條和各種雜物的巷子裡，變成了平地的聚會房屋內，布滿陰影的地方，有人低哼了一聲：「該死！」

這個時候，其他聚會成員已經逃離了這條街道，遠處的高空則有音爆傳來。

正在東區尋找鬼魂的休和佛爾思被突然變亮的天空驚到，忙望向對應的遠處，看見了花朵般綻放的銀白森林。

那扭曲的姿態，那猙獰的感覺，讓她們即使隔了很遠，也莫名顫慄，險些不敢直視。

「那裡究竟發生了什麼事？」休低聲嘀咕，和佛爾思你看我，我看你，一臉茫然。

佛爾思心裡其實有點猜測，可又不敢相信，因為這完全超過了「世界」格爾曼·斯帕羅在她心裡的實力定位！

一個沒有燈火的巷子內，克萊恩帶著X先生的屍體憑空浮現，落到了地面。

他沒有一點慌亂，先將「喪鐘」左輪留在暗袋內，然後用右手從胸口位置取出了另一本書：《格羅塞爾遊記》！

「啪！」克萊恩將這本「空想之龍」安格爾威德書寫的遊記拍到了X先生的臉上，沾了一封面的血汙。

片刻之後，X先生的屍體消失不見，只留下戴陳舊三角帽穿暗紅外套的「怨魂」塞尼奧爾。

緊接著，克萊恩收起《格羅塞爾遊記》，翻開「萊曼諾的旅行筆記」，讓另一張焦黃紙頁正面朝上。

忽然間，明亮的光芒從書冊上迸發，一位有十二對羽翼的虛幻天使冉冉飛起，落到了克萊恩身上。

這一切轉瞬即逝，巷子內又恢復了黑沉，只有黯淡的月光無聲照耀。

克萊恩隨即拿出另一個金屬小瓶，將裡面儲存的血液倒出，均勻塗抹到了「萊曼諾旅行筆記」的封皮上。

做完這一切，他收好別的物品，扯掉帶兜帽的長袍，隨手往旁邊一抖。

赤紅的火光一下騰起，將那件破爛的衣物燒得乾乾淨淨。與此同時，克萊恩無聲無息長了十公分，外表變得相當普通。

然後，他根據天空的星辰分辨好方向，撿起一根掉落的樹枝幫忙，很快就穿過黑暗墮落的幾條街道，回到了之前那家廉價旅館。

直到此時，他還不知道自己多了什麼弱點。

廉價旅館的單人房內，克萊恩換上了自己的衣物，變回了格爾曼．斯帕羅。

望著鏡中臉龐消瘦氣質冷酷的瘋狂冒險家，他沉默了幾秒，拿起半高絲綢禮帽，戴至頭頂。

變成了平地的房屋上空，沒能抓到老鼠的風暴教會樞機主教，貝克蘭德教區大主教，「深藍主祭」雷達爾。瓦倫丁沉默地望著下方，久久無言。

伯克倫德街一百六十號，管家瓦爾特略顯詫異地看著門外的訪客道：「主教，您突然過來，有什麼事情嗎？」

埃萊克特拉主教呵呵笑道：「聽說道恩生病了，我來探望他，也許在女神的庇佑下，他會很快康復。」

不死者

—The Most High—

詭秘之主

第二章

負面效果

瓦爾特來到三樓，屈起手指，敲響了主臥室的房門。

「誰？」道恩．唐泰斯有點虛弱和低啞的聲音傳了出來。

瓦爾特擰動把手，將房門推出了一道縫隙：「先生，埃萊克特拉主教來探望您。您是去客廳或者起居室見他，還是直接請他到臥室？」

正常來說，訪客是不被允許進入主人臥室的，這是相當失禮的行為，但探病除外。

短暫的靜默後，道恩．唐泰斯回應道：「請他來臥室吧。」

「好的，先生。」瓦爾特一邊示意理查德森去催促女僕準備茶水，一邊走向下層，引黑夜教會的主教埃萊克特拉上樓。

很快，埃萊克特拉就進入了臥室，看見道恩．唐泰斯靠躺在床上，略顯憔悴。

「理查德森，給主教一張椅子。」道恩．唐泰斯臉色略微發白地笑道。

理查德森早已做好準備，當即搬了張高背椅到距離臥床不遠的地方。

埃萊克特拉則上前幾步，觀察了一下新來富翁的臉龐，關切問道：「道恩，感覺怎麼樣，有請內科醫生來嗎？」

他的靈感未有觸動，所以沒做別的嘗試，這僅是關心虔誠信徒的正常探病行為。

道恩．唐泰斯輕咳兩聲，露出笑容道：「其實已經快好了，我想明天，或者後天，就能繼續去教堂，聆聽您的布道。」

「這樣就好，我還想著要不要幫你向女神祈求庇佑。」埃萊克特拉笑了一聲，側退一步，坐到了理查德森搬來的座椅上。

這時，道恩．唐泰斯看了眼主教先生，呵呵笑道：「其實我一直有個疑問，女神教會的神職人員能否結婚？」

還差兩歲滿四十的埃萊克特拉嘆息笑道：「這個問題其實也困擾了我們很久。在古代的多次神學會議上，大主教們為此發生過激烈的爭吵。」

「一邊認為侍奉女神的僕人必須保持聖潔，無論男女，否則就是對神的褻瀆，一邊從《夜之啟示錄》等典籍裡找出了女神的話語，相信女神在鼓勵婚姻，鼓勵兩性之間平等而正常的交往，神職人員應該成為榜樣，而不是反例，這才是對女神最大的尊重。」

「到了近代，這個問題基本被擱置，教會既不禁止，也不鼓勵，唯一的要求是，結婚後的神職人員，不能讓家屬居住在教堂內。」

道恩．唐泰斯聽得緩緩點頭，嘴角微翹道：「主教，你有妻子嗎？」

臉龐清瘦，長相不算好看，卻讓人莫名感覺順眼的埃萊克特拉主教嘆了一口氣，難掩笑容道：「兩年前，我在女神的見證下步入了婚姻的殿堂，今年剛好有了個孩子。我原本是想始終保持單身以侍奉女神的，結果……」

說著說著，他自嘲一笑，搖了一下頭。

不等道恩．唐泰斯深入這個話題，埃萊克特拉主教反問道：「你好像也是單身，這是在考慮婚姻問題了？」

他似乎默認道恩．唐泰斯就是有這樣的想法，直接將上面問題的答案視為確定，轉而詢問道：「你喜歡什麼樣的女士？也許我能幫你介紹合適的人選。」

道恩．唐泰斯又輕咳了一聲，笑著說道：「過去為了積攢財富，我總是選擇冒險，所以不願意結婚，害怕拖累了對方，呵，我喜歡的類型很多，並不挑剔。比我年長一些，能給我溫暖，讓我安心的女性，我喜歡……」

他話音未落，旁邊的貼身男僕理查德森表情突然愣住，旋即側頭望向旁邊，接著不自在地低下了腦袋，臉龐莫名有種火辣辣的疼痛感。

道恩．唐泰斯恍然未覺，繼續說道：「比我小很多，純真，活潑，讓人看到她就像看到清晨，不自覺充滿朝氣的女性，我也喜歡……」

埃萊克特拉主教臉上的笑容忽然凝固，他抬起手掌，握成拳頭，抵住嘴巴，咳嗽了兩聲。

道恩．唐泰斯沒有停止，搖了一下頭，嘆息笑道：「曾經有過一場愛情或者婚姻，因為身分地位讓人不敢靠近，只能遠看的女士，我也喜歡，她們充滿魅力，一舉一動都讓人迷醉，難以克制，總是夢到……」

侍立在附近的管家瓦爾特身體突地顫抖了一下，似乎剛經歷了一場不願意醒來卻極為抗拒，難以分辨清楚是好是壞的迷夢。

道恩．唐泰斯還要往下講述，可嘴巴張開後，卻沒有發出聲音。

他旋即低笑了一聲道：「這都很正常，人類受到身體的限制，在各方面感官的影響下，總是會有一些不正常的想法，只要能克制住它們，依循自身的意志做事，且不覺得煎熬，那就依然是好丈夫好父親好男人。」

「很有道理，我們憤怒的時候，總會有不理智的想法，但很少有人將它們變成現實。」埃萊克特拉主教巧妙地岔開了話題，管家瓦爾特和貼身男僕理查德森相繼露出思考的表情。

主教沒有過多停留，喝了幾口女僕送來的侯爵紅茶後，就起身告辭，離開了道恩．唐泰斯的府邸。

房間內很快變得安靜，陽臺的窗戶悄無聲息被打開，變回了道恩．唐泰斯模樣的克萊恩輕巧地躍了進來。

幸虧我回來得及時，要是讓「魔鏡」阿羅德斯這麼聊下去，埃萊克特拉主教就要不認我這個虔誠信徒了……說不定明天早上還能發現瓦爾特和理查德森自己吊死在了房間內，而整個街區都在流傳道恩．唐泰斯是個色情狂的事情……

克萊恩看了眼床上的假道恩真魔鏡，無聲嘆了一口氣——剛才後半段的話語，都是他親自擬定答案，讓阿羅德斯照著念的。

當然，這是他做的最壞猜想，他相信阿羅德斯應該不會讓事情發展到那種程度。

「恭迎您回來，我偉大的主人。」床上的道恩．唐泰斯行禮問候道，「您謙卑的忠誠的僕人阿羅德斯做得、做得還好吧？」

聽見魔鏡結結巴巴地詢問，克萊恩又嘆了一口氣道：「還可以，偽裝得不錯。不過聊天的時候，儘量不要刺激別人。」

「我、我會注意的！」假道恩．唐泰斯的形象迅速消失，枕頭上露出了一面不大的鏡子。鏡子之上，銀白光芒旋即迸發，蠕動著凝成了一個個單字：「感謝您的肯定，我會始終追隨您的腳步，期待著為您效勞的下一次機會！」

一個簡筆畫的再見表情後，鏡面恢復了正常。

克萊恩靠攏過去，將鏡子收好，然後進入主臥附屬的盥洗室內，逆走四步，來到灰霧之上。

他要搶在X先生靈體徹底消散前，完成放牧。

書中世界內，積雪的山峰上，一處洞窟內。

克萊恩看著地上的X先生屍體，仔細辨認了一下對方由碎片拼起來的腦袋，並與記憶裡「魔術師」小姐提供的目標畫像進行比較。

「是他……希望這次能獲得『旅行』和『記錄』，有它們之一，這次行動就賺了，如果沒有，得考慮讓『魔術師』小姐加錢，狩獵一個序列五和面對一位半神是難度完全不同的兩件事情。」克萊恩一邊想著，一邊伸出左掌，張開五指，對準靈性還未完全散去的屍體。

「蠕動的飢餓」迅速變回了原本的樣子，彷彿由薄薄的人皮製成，掌心位置則裂出了兩隻眼睛，瞳孔鮮紅，彷彿血染。

寒意浸骨的陰風裡，X先生消散了不少的靈體和璀璨相連如同銀河的非凡光點相繼鑽入了「蠕動的飢餓」內，固定在了那根空白的手指上。

「蠕動的飢餓」先是變得透明，彷彿靈界的倒影，接著就恢復了正常。

克萊恩閉目感應了一下，眉頭漸漸舒展，臉上浮現出了笑容。

他這次運氣相當不錯，抽到了最想要的非凡能力之一：「旅行家之門」！

這可以簡稱為「傳送之門」、「傳送」或「旅行」，它的作用是讓人進行能感應到外界能自我定位的靈界穿梭——不同序列的非凡者因本身靈體的強度不同，能承受的傳送時間不同，靈界穿梭的效果和距離也明顯不同。

如果只有序列九，序列八，那不超過貝克蘭德範圍……以我現在的層次，不知道能不能直接去「倒吊人」先生提供的那個原始島嶼，嗯，實在不行，可以分成兩次三次……克萊恩笑著想道。

直到這個時候，他才發現「旅行家」正面戰鬥的實力真的很強，因為短距離「旅行」使用的難度僅和「火焰跳躍」等同，這也就意味著「旅行家」可以一直繞著目標閃現，能遠也能近，讓人防不勝防又無法攻擊到他。

再加上「記錄」好的各種能力和一見不對立刻遠離的警惕，克萊恩懷疑自己就算有「閃電風暴」和「龍捲風」，正面戰鬥也未必能留下「旅行家」。

果然，「祕偶大師」應儘量在幕後……

克萊恩一邊感慨，一邊將目光重新投向了X先生的屍體。

——「蠕動的飢餓」剛才還有獲得一個非凡能力，是「學徒」序列的「開門」，這近乎等同弱化了很多的「旅行」，沒什麼價值。

視線移動間，克萊恩的眼眸內映照出了X先生手上戴著的那枚鑲嵌紅寶石的戒指。

凝望了X先生的屍體一陣，克萊恩忍住親自搜戰利品的衝動，讓站在旁邊的「怨魂」塞尼奧爾上前兩步，取下了那枚鑲嵌紅寶石的金戒指。

這樣一來，即使X先生隨身攜帶的物品有難以想像的負面作用，也將是祕偶承擔，不會影響到克萊恩自己。

經過認真的檢查，塞尼奧爾拿著紅寶石戒指、四十八鎊紙幣和一個塞滿菸草的普通菸斗退了回來。

只有這點？極光會一位神使只有這麼點東西？克萊恩頗感驚訝地望著這一幕，險些罵上一句「窮鬼」。

很快，他恢復了平靜，用理智說服自己這樣的情況非常合理。

「X先生是『旅行家』，可以記錄別人的非凡能力，屬於相當全面的類型，這樣的強者就算有別的神奇物品，也肯定傾向於在平時做好記錄，不隨身攜帶，如此一來，他既可以享受能力多樣長短互補的優點，又能規避掉相應的負面效果，免得自己把自己坑死。」

「從這個思路出發，這枚戒指高機率有被動或觸發的作用。」

想到這裡，克萊恩輕輕點頭，讓「怨魂」塞尼奧爾提起X先生破碎重黏的腦袋，附在自己身上，跟隨返回了灰霧之上。

坐至「愚者」的位置後，他不再畏懼什麼，直接拿過那枚鑲嵌紅寶石的金戒指，用占卜的方法確認起這件神奇物品的實際效果。

「名字是『血之花』……它能讓佩戴者更深層次地掌握住自身血肉，只要不直接死亡，不被徹底淨化，從而失去掌控能力，就能蠕動復原……」

「這相當於給了一個本能，屬於被動效果……」

「看來我之前決定用『喪鐘』給予致命一擊是對的，如果不竭力全力，那X先生很可能不會真正死去，並能借助那極致的疼痛喚醒自己，擺脫『祕偶大師』的控制……他也是考慮到了本身更偏施法者，肉體不夠強大這個缺點啊……」

「這枚戒指還有相應的一些血肉魔法，算是相當實用了……」克萊恩一手拿著紅寶石戒指，一手輕敲斑駁長桌邊緣，無聲自語道。

他旋即探尋起「血之花」戒指的負面效果。

幾十秒後，克萊恩霍然睜開眼睛，脫離了「夢境」。

「這會不會太坑了？」他表情隱有點扭曲地低語道。

借助剛才的「夢境占卜」，他解讀出了「血之花」戒指的負面影響，那就是隨機地沒有規律地讓佩戴者放棄思考，遺失理智。

很好，這很「真實造物主」……克萊恩忍不住咬牙想道。

沒有規律，時間隨機地出現負面效果，就意味著「血之花」戒指根本沒辦法被利用！

回想之前的場景，克萊恩又好氣又好笑地自語道：「X先生竟然敢佩戴這樣一枚戒指？」

「也是，反正轉信『真實造物主』後，也會經常沒有思考能力，既然如此，再戴枚戒指，也不會變得更差。嗯，遺失理智不是遺失理性，不至於突然暴起傷人，但會顯得很呆板很愚蠢，靠本能行動。」

「呼……」

克萊恩吐了一口氣，決定將「血之花」戒指丟到雜物堆裡，不讓自己心煩，在他看來，這破爛東西不僅沒辦法自己用，想賣也賣不出去，除非找極光會的人回收，但那會讓「真實造物主」非常高興。

就在這時，他眼角餘光掃過了站在旁邊的「血之上將」塞尼奧爾。

克萊恩心中一動，雙掌一拍道：「我剛才怎麼沒想到？我是不能用，但我可以讓我的祕偶用啊，反正他已經死掉，一切聽從指揮，不需要思考能力！」

「『血之上將』，『血之花』，注定是一對啊！塞尼奧爾雖然因死亡失去了對身體的掌控能力，但我可以提供……」

「這樣一來，就算他來不及怨魂化，活屍的身體強度也不夠，被人打得缺手臂少腿，也能重新按上。當然，對祕偶來說，這並不重要，不影響本質，主要目的是額外獲得些血肉魔法……」

幾秒之後，心情愉悅的克萊恩讓戴陳舊三角帽穿暗紅外套的塞尼奧爾拿起放在桌面的紅寶石戒指，戴在了左手食指上。

做完這件事情，克萊恩讓「怨魂」回到金幣內，自己抬起左掌，張開了五指。

他要釋放「蠕動的飢餓」內那個「審訊者」！

這是很早前的承諾。

而他拿到「蠕動的飢餓」時，內裡被放牧的靈體，只剩下這最後一位還未得到解脫了。

一陣不太明顯的陰冷之風中，青銅長桌側方出現了道模糊透明的魂體。

他是一位身穿海軍中校服的男子，三十來歲，棕色絡腮鬍，滿臉痛苦和迷茫。

「你叫什麼名字？為什麼會死在齊林格斯手上？」克萊恩低沉問道。

那男子恍惚了一下道：「我叫安迪．海頓，『恩馬特號』的大副，死於一場海戰，不，我沒有當場死去，我被一個弗薩克人抓到了，然後就進入了你那隻手套裡……」

「我不認識齊林格斯，甚至沒聽說過他。」

齊林格斯拿到「蠕動的飢餓」時，這位「審訊者」就在手套裡面？因為「精神刺穿」太過好用，他一直沒有進行更替？不知道「蠕動的飢餓」上上位主人是誰……

克萊恩頗感興趣地問道：「抓住你的那個弗薩克人是誰？長什麼樣子？」

安迪．海頓認真想了想道：「我不知道他叫什麼名字，只記得他的肩章是上校，記得他有一個讓人印象深刻的大鼻子，記得他的眼睛是藍色的，頭髮是偏金的黃色，身高接近兩公尺……」

這樣的人在弗薩克很常見啊……除了上校這個身分……

克萊恩思索了一下道：「你是哪一年死去的？」

安迪．海頓的身影漸漸無法維持，開始消散，最終只留下了一句話語：「一三三八年……」

「十二年前，嗯，『颶風中將』齊林格斯出名不超過十年……那位上校，說不定已經成為弗薩克帝國的將軍……」克萊恩輕輕點頭，發現自己竟沒來得及問安迪．海頓有什麼遺願。

算了，讓他得到解脫就已經是好人好事了……

克萊恩很快就將這件事情拋到了腦海，具現出了「世界」格爾曼．斯帕羅。

「……請轉告『魔術師』小姐，X先生路易斯．維恩已經死亡，請她接收信物和那本魔法書……當我有需要的時候，會再次向她索取。」

佛爾思眼前是無垠的灰霧，耳畔是「世界」格爾曼．斯帕羅不含一點感情的話語，心裡雖然對這個消息早有一定的準備，但依舊覺得難以想像不敢接受。

他真的成功了？東區那場雷暴是他製造的？

佛爾思按捺住內心的波動，趁著夜深人靜，在自己臥室內布置起了祈求賜予的儀式。

沒過多久，燭火和靈性材料形成的虛幻大門打開，兩件物品飛了出來，輕巧落至桌面。

佛爾思仔細一看，差點發出尖叫，忙摀住嘴巴，向後退了兩步，貼近了「靈性之牆」。

那兩件物品之一是她的「萊曼諾旅行筆記」，另外一件則是個布滿裂紋和縫隙的猙獰腦袋，它黏有血汙，彷彿由一塊塊碎片拼成，隱約閃爍著玻璃反射般的光芒。

作為一名醫學院畢業生，作為一位在知名診所工作過的醫生，佛爾思見過的屍體並不少，但沒有一個有眼前腦袋那麼噁心，詭異和恐怖。

平復了一下心情，佛爾思重新望向那個腦袋，辨認出對方確實是路易斯．維恩。

她先謹慎地用占星的辦法做了最終的確認，接著才臉龐微有抽動地無聲自語道：「『世界』先生把目標的腦袋擊碎，然後又一塊塊地拼好？」

此時，佛爾思腦袋內不由自主地浮現出了一個畫面：冷酷的格爾曼．斯帕羅坐在桌前，將滿是血汙的腦袋碎片一塊一塊拿起，認真做著拼圖。

這讓佛爾思不由自主打了個冷顫，莫名覺得「世界」是個有嚴重精神疾病的瘋狂殺手。

移動視線，上前兩步，她拿起「萊曼諾的旅行筆記」，隨意翻了一下。

她的目光漸漸凝固，因為魔法書內多了許多內容，疑似與風和閃電有關。

這讓她又一次聯想起了東區那一閃而逝的雷暴，確信那就是「世界」先生造成的。

佛爾思忙將「萊曼諾的旅行筆記」翻到了焦黃那三頁，發現上面一片空白。

她頓時有了點猜測，認為「世界」格爾曼．斯帕羅應該有借助「愚者」先生的幫助，記錄了半神級的非凡能力。

我今天才發現，如果我有足夠的錢和資源，可以請塔羅會各位成員幫我記錄不同的非凡能力，這樣一來，「萊曼諾的旅行筆記」將會變得非常強大，可是，我沒錢沒資源……

呃，這次可以向老師申請獎勵，就說我為了幫他報仇，付出了不少事物。

佛爾思想了想，先感謝了「愚者」先生，然後請祂轉告「世界」：「……我很愧疚，我的報酬和任務的難度並不等價，等我拿到獎勵，會再做一定的補償。」

禱告完畢，佛爾思結束儀式，忙碌著將那個腦袋藏了起來。

「如果被休發現，她肯定會想像出一個恐怖故事……」做完所有事情的佛爾思，拍了下手，悠然想道。

佛爾思回應時，克萊恩已回到了現實世界，僅能聽到模糊的女聲。

就算這樣，他也難以遏制地感覺害怕和畏懼，因為「喪鐘」左輪這次帶來的弱點是：怕女人！

周六清晨，身穿睡衣的克萊恩揉著腦袋，翻身起床。

他昨晚一直沒有睡好，因為作夢時難免會有不同的女性形象混亂出現，於是慘遭嚇醒，必須花費好幾分鐘來平復情緒，重新再睡。

還好弱點只能維持六個小時，而深夜可以不用出門，不用面對女僕……

克萊恩嘆息著拉了下床邊的繩索，侍立於門外的理查德森當即拿著雇主今天需要穿的衣物走了進來。

也不知道阿羅德斯說了什麼，理查德森面對我的時候，越來越躲躲閃閃……被說中了喜歡的女性類型，而那又和社會風俗有點矛盾？

克萊恩趕回來時，只來得及聽見「魔鏡」看似描述自己實則精準戳中管家瓦爾特心靈的話語，對前面的事情並不瞭然。

他之後也未用「夢境占卜」的辦法去獲得相應的資訊，因為他覺得沒這個必要，反正以理查德森的性格而言，他不管喜歡誰，都沒那個膽量行動，不會造成額外的影響。

換好衣物，克萊恩下至二樓，走向了餐廳，瓦爾特照例戴著白手套，立在門口等候。

看見道恩．唐泰斯過來，他上前一步，恭敬行禮道：「早安，先生，您今天有兩堂家教課，晚上要去波特蘭．莫蒙特先生家參加宴會。」

波特蘭．莫蒙特住在伯克倫德街一百號，是貝克蘭德大學工程系的正教授，魯恩王國皇家科學院院士，因為發現了幾種合金材料，得到過「機械之光」獎，是科學界僅次於圖蘭尼。馮。赫爾莫修因的那一批人。

而且，他的那幾種合金材料在船舶製造、蒸汽機開發方面都得到了廣泛應用，僅是專利收益就讓他變成了身價幾十萬鎊的富豪。

聽到瓦爾特的話語，克萊恩隨意瞄了對方一眼，發現這位管家先生眼圈有些發黑，眼袋較為浮腫，與往常截然不同，似乎一晚上都沒有睡好。

如果沒有「無面人」的能力，道恩．唐泰斯恐怕也是這樣的形象……

克萊恩同情地收回目光，沒有多說什麼，一邊輕輕點頭，回應管家瓦爾特的問好，一邊進入了餐廳。

坦白地講，他其實相當佩服對方，時常面對一位魔女，竟然只是忍不住產生些幻想，於夜深人靜時做個包含目標的香豔之夢，沒有控制不住地想要靠近，祈求歡愉。

要知道，一位魔女，尤其正經歷或已經經歷過「歡愉」這個階段的魔女，對雄性生物的魅惑力，遠遠超過了簡單的非凡效果層次，一舉一動間的風情，都會讓靠近的男性身不由己地一點點沉醉和迷戀，相當於從服食大麻慢慢發展到更高級的階段，直至完全沒辦法擺脫魔女給的「歡愉」，這恐怕只有天生喜歡同性的男人才能有效抵抗。

當然，克萊恩懷疑喜歡同性的男人也不能完全免疫，因為精神和激素兩方面都會受到影響，產生原本不會有的變化，而且，有很大一部分魔女原本是男人，這會讓抗拒的心理降低。

正因為如此，哪怕自身已經是序列五的非凡者，面對特莉絲和特雷茜這些魔女時，克萊恩也得時刻保持高度緊繃的狀態，害怕一不小心就被魅惑。

他都這樣，更別說管家瓦爾特這個一般人，這不是能以自身意志轉移的問題！

雖然特莉絲因為埃德薩克王子的死亡或者本身的晉升，明顯收斂了自己的魅惑力，但瓦爾特只是一個普通人，嗯，就算不是普通人，也頂多序列九序列八……他能在這種情況下，保持住目前這樣的狀態，足以說明他自制力極強，很忠誠於埃德薩克王子，很愛自己的妻子和女兒……

克萊恩一邊感嘆，一邊坐了下來，今天的早餐是他喜歡的迪西餡餅，那滲透出來的油汪汪感覺讓他唾沫飛快分泌。

夜晚的大海深藍近黑，染著淡淡的緋紅，比白天多了幾分從容與安靜。

「幽藍復仇者」號正隨著波浪輕輕起伏，如同一道鬼魅的影子，往紅月所在的位置航行。

阿爾傑·威爾遜立在船頭，眺望著遠處的海浪，表面沉穩如常，內心卻有著難以遏制的激動。

前方那片海域就是蘇尼亞島正北方的「深淵漩渦」！

它因時常出現毫無徵兆的危險漩渦而得名，是所有船隻都不願意進入的危險地帶。

述職完畢離開帕蘇島後，阿爾傑就指揮「幽藍復仇者號」一路向北，繞過蘇尼亞島，直奔這裡。途中，他們只進港做過一次補給，沒浪費任何時間。

至於來北方會不會被懷疑這件事情，阿爾傑並不擔心，因為風暴教會樂見手下的「船長」們前往蘇尼亞海北面和迷霧海，以獲得弗薩克帝國、因蒂斯王國、永恆烈陽教會和戰神教會的情報。

回頭望了一眼船艙，阿爾傑走到甲板邊緣，取出了一枚白錫製成的符咒，握於掌心，低念出咒文：「風暴！」

青藍色的火焰一下騰起，吞沒了那片符咒，阿爾傑霍然覺得自己和下方海洋中的魚類有了莫名的聯繫。

這一刻，雙方竟然可以進行精神層面的溝通！

那片白錫符咒是阿爾傑在帕蘇島上獲得的補給之一，可以讓他在一定時間內得到海底生物的親近，並與對方進行粗淺的精神交流。

念頭交錯間，阿爾傑沒能得到想要的情報，只能等「幽藍復仇者號」更靠近「深淵漩渦」後，做第二次嘗試。

時間一分一秒流逝，失敗了近百次的阿爾傑終於從一條紡錘般的魚類生物那裡知道了奧布尼斯海怪最常出沒的地方。

「如果預先不知道目標就在『深淵漩渦』附近，我肯定早就放棄了，靠清查是很難掌握這方面情報的……」阿爾傑總結了一句，摸了摸衣物口袋。

他已經將海洋生物親近符咒用得差不多了，只剩最後五片。

回去得補一批，不能被人發現……聽說羅思德群島的反抗軍那裡有不少，呵呵……

阿爾傑一邊想著，一邊讓「幽藍復仇者號」轉向，前往剛才獲知的地點。

一個多小時過去，「幽藍復仇者號」停了下來，阿爾傑隨之拿出了一個密封的金屬罐。

這是他又一次花費一百三十鎊從「月亮」那裡購買來的血族麻醉氣體，對於效果，他沒有任何疑問，因為他之前已經用過一罐。

而由於「幽藍復仇者號」是幽靈船，所以夜裡值守的人並不需要太多，每晚只有一個，負責看住船隻，防止它故意製造問題或駛向危險海域。

作為船長，阿爾傑能一點也不留痕跡地將自己安排在今晚值守。

準備妥當的他來到了水手們的門外，抽出金屬管，打開密封罐，一個房間一個房間地釋放了過去，連堆放雜物的倉庫都沒有放過，以免有的船員半夜不睡覺，躲起來玩牌。

做完這一切，沒急著調配魔藥的阿爾傑帶上材料，換好鯊魚皮製成的水下服裝，從船舷右側躍了下去，未激起什麼水花。

昏沉黯淡的水下，阿爾傑的眼睛逐漸深藍，將周圍看得清清楚楚。

他舒暢地呼吸著水裡的空氣，不斷下潛，來到了一片漆黑的深海。

然後，他再次使用海底生物親近符咒，與周圍奇形怪狀的魚類交流。

依靠好心魚的指點，阿爾傑分辨方向，且游且問，終於抵達了一個狀似海底火山的地方。

那些魚類生物其實並不知道奧布尼斯海怪住在這裡，它們只清楚不少同類和部分深海頂級狩獵者都消失在了附近。

阿爾傑借助本身的非凡能力，遠遠望了過去，看見那座海底火山上有個巨大的黑悠悠的洞穴，一根根比南大陸原始叢林內蟒蛇還要粗大的觸手從中飄蕩了出來，輕輕晃動。

那碩大的吸盤，那布滿花紋的皮膚，那幾倍於「幽藍復仇者號」的洞穴都讓阿爾傑莫名畏懼，不敢靠近。

一隻奧布尼斯海怪至少相當於強力的序列五了吧……而且有著非常恐怖的身體……嗯，可以確定是目標……

阿爾傑小心翼翼游了過去，停在危險距離之外，於仔細辨認後，又一次使用了海底生物親近符咒。

接著，他讓靈性穿透海水，蔓延入洞穴，試圖與那收斂蜷縮著的強大精神溝通。

那團巨型的精神慢慢舒展，無數混亂的念頭隨之迸發。

它愣了一下，精神旋即像火山一樣爆發了！

「吼！」

可怕的聲音裡，那洞窟內產生了一個誇張的漩渦，周圍的海水、雜物，連同阿爾傑一起，霍然被吸了過去。

充滿敵意！阿爾傑眸光一縮，身體陡地變滑，被無形之風推動著，往反方向逃離。

他連用了幾個非凡能力，終於擺脫了漩渦的影響，再不敢停留於海底火山附近，快速上浮，拉開了距離。

幾十秒後，終於逃離危險區域的阿爾傑吐出水泡，舒了一口氣：「那隻奧布尼斯竟然能抗拒海洋生物親近符咒的影響……它憎恨著有主氣息的事物？」

短暫的沉吟後，見事情已經到了這個程度，不想浪費機會的阿爾傑下定了決心，在海水中用精靈語祈禱道：「不屬於這個時代的愚者……」

聽到虛幻層疊的祈求聲時，由於時差關係，克萊恩正在波特蘭．莫蒙特家裡參加晚宴。

這樣一場宴會從七點半開始，一直能延續到九點半，乃至十點，因為開胃菜、湯、副菜、主菜、主食、蔬菜、水果、甜點等加起來共有十幾二十道，男僕們會一道一道按照順序奉上，統一撤掉和更換，絕不讓餐桌凌亂，而每一道菜的間隔留給客人們聊天，紳士要主動與右手邊的女性交流。

總之相當麻煩，非常累人，就連哪道菜喝哪杯酒都要注意……不過味道還算不錯……

克萊恩趁烤製的嫩羊肉被撤換的機會，對右側的威利斯夫人道：「抱歉，我去一下洗手間。」

他隨即站起，將右手按在胸腹間，略微彎腰，向其他客人致意，然後離開餐桌，前往二樓其中一間盥洗室。

進入裡面，反鎖住房門，克萊恩當即逆走四步，來到灰霧之上。

「……『倒吊人』先生的祈禱，他希望我幫他獲得奧布尼斯海怪的善意，願意為此蒐集十五頁羅塞爾日記，或者幫我做一件等價值的事情……他的進度不慢嘛……」克萊恩坐在「愚者」的位置上，蔓延出靈性，觸碰到了那不斷膨脹和收縮的深紅星辰。

他考慮了幾秒道：「調查一三三八年參與科諾托海戰的所有弗薩克上校。」

作為歷史方面的專家，從那位「審訊者」的靈體處知道他死於一三三八年的大海，死於弗薩克人手裡後，克萊恩當場就已經弄清楚對應的是哪場海戰。

一三三八年整年，魯恩與弗薩克關係緊張，時有摩擦，但出現校級軍官死亡的戰爭只有一場，那就是爆發於東拜朗科諾托的海戰。

而一支弗薩克艦隊裡，上校的數量肯定不會太多！

黑幽深沉的海水中，阿爾傑．威爾遜看見了無邊無際的灰白霧氣，聽到「愚者」先生的回應。

調查一三三八年弗薩克帝國參與科諾托海戰的所有上校……「愚者」先生關注這種小人物做什麼？這裡面涉及巨大的隱密？

阿爾傑心中一動，不再猶豫，直接答應了下來：「您的意願就是我的意志。」

這樣一個任務對他來說有難度，很複雜，但不算危險，是他現在能承受的類型。

回應之後，阿爾傑又一次聽見了「愚者」先生低沉的聲音：「你可以返回目標附近了。」

這就解決了？不愧是「愚者」先生！拿到權柄後，祂比卡維圖瓦更像一位海神，威能不再局限於羅思德群島！阿爾傑一陣欣喜，鄭重道謝，然後腰背一折，雙腳一展，轉而往下，重新深潛。

也就幾分鐘的樣子，他返回了那座海底火山旁邊，看見那巨大的黑悠悠的洞窟周圍水流混亂，觸手張揚，還未平靜下來。

阿爾傑雖然相信「愚者」先生足夠強大足夠恐怖，是一位正在復甦的古神，但看到這一幕後，還是本能地謹慎了下來，小心翼翼地靠攏過去。

他初步懷疑奧布尼斯揮舞的無數觸手是在歡迎自己。

而這個時候，灰霧之上，拿著「海神權杖」的克萊恩微微皺起了眉頭。

「拒絕和海神溝通，甚至厭惡這種感覺，不願意親近……」他有些牙痛般地低語道。

他剛才借助祈禱者對周圍海域的影響失敗了！

不知因為什麼，奧布尼斯海怪對海洋生物親近這種非凡能力有強烈的抗拒。

透過祈禱畫面裡激烈抽動的粗大觸手，克萊恩隱約感覺到了目標的憤怒，它想撕碎任何敢於靠近它的生靈。

「『倒吊人』先生過去了，過去了……」克萊恩嘴角動了一下，決定換一種方式。

他將「海神權杖」舉高了一點，讓上面的青藍色寶石相繼亮起，發出明亮又耀眼的光芒！

緊接著，他把「閃電風暴」的暴虐氣息傳遞了出去，施加於奧布尼斯海怪身上。

那攪混了海底的一根根粗大觸手突然凝固，旋即往下掉落，緊緊地貼伏於地面，黑悠悠的山洞內，數不清的綠色光點隨之呈現了出來。

讓人牙酸的咕嚕聲裡，能吞掉一艘帆船的恐怖怪物爬了出來，它布滿花紋的黑色身體龐大而扭曲，長了足足三個腦袋，每個腦袋之上都有十幾隻眼睛，每隻都能自行發出綠色的光芒！

這怪物隨即匍匐了下來，乖巧地就像是家養的獵犬。

「果然，溝通是需要技巧的。」克萊恩滿意地點了一下頭，再次使用海洋生物親近這種非凡能力，依靠精神方面的交流，讓奧布尼斯海怪的三個腦袋同時張開了嘴巴。

這讓阿爾傑眼前一下多出了三個幽深的「洞窟」，每一個都能供帆船通過。

讚美「愚者」先生……

阿爾傑仰望著眼前的「恢弘」畫面，忍不住在心裡自語了一句。

他沒有浪費時間，挑選了中間那個腦袋，快速游了進去。

阿爾傑的視線內迅速出現了一道盤旋曲折的隧道，牆壁由血肉組成，寬敞程度堪比「幽藍復仇者號」的前甲板。

咕嚕，水流內湧，沿著隧道進入了深處，阿爾傑忙抓住機會，投身於內。

霍然之間，他就像回到了剛成為「水手」那會，在與波浪的戰鬥裡，被拋得頭暈目眩，難以維持。

等到阿爾傑使用非凡能力，終於穩住了身形，他已離開那血肉隧道，處於一片漆黑無光的空曠世界裡，腳下有黏稠的感覺，四周傳來了濃烈的腥味。

僅僅一秒後，阿爾傑就發現這裡的液體在腐蝕自己，忙在身邊弄出了一層水膜，讓它膨脹變大，化作透明的圓球。

他知道自己已經進入奧布尼斯的肚子裡，毫不猶豫取出了隨身攜帶的，早就準備好的瓶瓶罐罐，開始調配魔藥。

一份份輔助材料相繼被丟入寬口金屬瓶內，自我攪和成了深藍色的液體，然後，一個包裹著蔚藍海水般的透明「水母」被阿爾傑小心地放了進去。

悠遠飄蕩的歌聲陡地激烈，旋即又平靜了下來，寬口金屬瓶內的液體再沒有一絲漣漪和一個泡沫，深沉得彷彿風暴來臨前的海洋。

阿爾傑平復了一下心情，做了次冥想，接著才拿起那金屬瓶，咕嚕喝掉了裡面的「海洋歌者」魔藥。

冰冷中帶著麻痺感覺的液體滑過他的食道，進入他的胃袋，以不可思議的方式瞬間擴散到了他的每一個細胞內。

這一刻，阿爾傑隱約聽到了無數聲音，它們來自整片海域的所有生靈，但被奧布尼斯海怪的身體阻擋下不少，只剩相對模糊的一些。

「撲通、撲通、撲通！」

阿爾傑只感覺到自己的心臟在劇烈跳動，往外噴薄出血液、靈性和音波，改造著自己的聲帶與魂體。

他難以遏制地張開了嘴巴，發出一聲巨大的嘆息。
嘆息聲裡，阿爾傑只覺自己的靈體被撕裂了少許，隨著音波往外擴散，它們先是於皮膚上化成斑駁的鱗片，接著拉扯出長長的肉條，讓這些衍變為揮舞的觸手。
音波帶著靈體碎片繼續往外，接觸到了奧布尼斯海怪肚子內的黏液，奇異地反彈了回來，重新灌入阿爾傑的身體。
阿爾傑接近失控的狀態一下得到好轉，忙抓住機會，不怕尷尬地引吭高歌，想將體內能撐爆自己的無形音波全部宣洩出去。
粗獷，雜亂，不在調上，充滿重金屬質感的歌聲一圈圈往外，夾雜著諸多靈體碎片，然後又全都被奧布尼斯海怪肚中的黏稠液體彈了回去。
這樣的過程裡，阿爾傑就如同音波熔爐內的材料，被一點點打磨成型。
終於，他找回了對自己身體的全部控制權，初步收斂住了洶湧外散的靈性。
總算……阿爾傑閉了一下眼睛，臉上出現了難以遏制的笑容。
他完成了這麼多年來的初步目標，晉升為「海洋歌者」！
多了對閃電的淺層次掌控，更好更全面更長久的水下活動天賦，以及用歌聲影響目標的能力……後面這種能力因為每個人自身特質的不同，有好幾個方向，一種是用美妙的歌聲干擾敵人的靈體，讓他出現恍惚失神等狀態，或者提高自身的爆發力，一種是模擬雷鳴，使人受到震懾，一種是靠，靠雜亂難聽的歌聲讓敵人煩躁，失去理智……

阿爾傑審視了一下自己的狀態，表情略有點古怪。

他很快擺脫了這方面的思緒，拿上自己的物品，逆流游到了奧布尼斯海怪的口中，輕敲了一下對方早已合攏的嘴巴。

那嘴巴緩緩張開，突然吼叫，將口中的所有事物全部噴了出去。

阿爾傑瞬間就彷彿來到了半空，險些與一條鯊魚撞在一起。

一番忙亂後，他浮出了水面，游向「幽藍復仇者號」所在的地方。

等到那艘幽靈船的身影映入他的眼睛，他才真正鬆了一口氣。

——阿爾傑之前擔心的一個問題就是，自己去晉升時，「幽藍復仇者號」突然出現異常。

雖然一兩個小時問題不大，但世界上總是充滿意外。

第三章

特莉絲的發現

得到「倒吊人」先生再次感謝的克萊恩回到現實世界，洗手擦乾，離開盥洗室，走向了餐廳。

食物香味再次鑽入他鼻子時，他緩慢吸了一口氣，含笑回到自己的位置旁，一邊致意，一邊坐了下去。

此時，宴會已進入甜品階段。

看來在盥洗室待得有點久……希望今天之後不要有道恩．唐泰斯便祕的風評……

克萊恩無聲自語了兩句，微笑對右邊的威利斯夫人道：「年輕的時候，我在南大陸吃過很多奇怪的食物，其中有一種叫特尼特樹梅，它的味道很像淡奶油，如同現在甜品上那些。」

他委婉地解釋了一下這麼遲回來的原因，那就是年輕時把腸胃弄脆弱了。

威利斯夫人看了眼道恩．唐泰斯的臉龐，一點也不介意地笑道：「你的過去，你在迪西海灣和南大陸的那些經歷，比我看過的所有小說都要精彩，讓人也想有同樣的體驗。」

當然，這是根據真實故事改編的，感謝安德森．胡德，一位總是到處亂跑的獵人……

克萊恩一邊將目光投向奶油小蛋糕，一邊低笑道：「因為我只說出了有趣的部分，這裡面還有很多我不想回憶起來的事情。」

他簡單點了一句，就開始享用甜品，可威利斯夫人等女士聽到這番話語後，卻莫名想起了一本暢銷小說的名字：《一個有故事的男人》。在她們的眼裡，道恩．唐泰斯就是這樣，表面如同澄靜的湖泊，實際卻看不到底部，藏著很多的驚喜，也埋著不少的痛苦。

九點四十分，晚宴結束，一部分先生和女士結伴去了紙牌室，準備玩兩小時的德州，剩下的幾位男性走向起居室，打算閒聊一陣，這並不排斥小姐夫人加入，但因為抽菸者多且難免會出現有顏色的話題，所以並無女士參與，她們或下至一樓，圍在鋼琴旁，邊聽主動表演者彈奏，邊輕聲歌唱，或兩三人結伴，下棋玩樂。

克萊恩選擇的是去二樓起居室，人數較少的私下聊天有助於他盡早被這個圈子接納。

進入房間，他觀察了一下環境，直奔窗戶旁邊，將它打開，然後就近拉了把高背椅坐下。

克萊恩剛完成這一系列的動作，就看見今天晚宴的主人波特蘭·莫蒙特拿著菸斗，哈哈笑道：

「男人總是需要一點自己的空間。」

他是一位聲音洪亮，身材高大，臉龐紅潤的老者，六十歲左右的樣子，頭髮還算濃密，但已經全白，五官長相是非常典型的魯恩普通人，沒什麼特點。

「是的，女士們在的時候必須顧及形象，考慮她們的感受，我在一個小時前就想親吻它了。」

海柔爾的父親，馬赫特議員跟著取出了一個外形華麗的銀色金屬盒，從裡面捻了一根捲菸出來。

其他來到起居室的男士同樣如此，手裡變魔術般多了菸斗或香菸。

火光閃爍間，一縷縷煙氣繚繞而出，讓房間內有種昨日的霧霾還未消散的感覺。

閉目享受了幾秒，波特蘭·莫蒙特側頭望向窗戶旁的客人道：「道恩，你不抽菸嗎？」

克萊恩握起拳頭，抵住嘴巴，輕咳了兩聲道：「我還未痊癒，醫生叮囑我最近不要抽菸。」

坦白地講，他現在就快要被嗆到了，還好他剛才機智地挑選了窗戶旁的位置。

這群老煙槍……克萊恩屈起右手食指，在鼻孔前摩擦了一下。

他很想用「魔術師」的非凡能力，製造無形的看不見的空氣細管，往外延伸出去，引來新鮮空氣，擺脫二手菸的危害，但考慮到在場眾位男士裡也許隱藏著非凡者，又理智地放棄了這個想法。

波特蘭．莫蒙特聞言，哈哈一笑道：「我聽埃萊克特拉主教講，道恩你生病不是沒有原因的，你缺少一位妻子啊！」

這位正教授本人是「蒸汽與機械之神」的信徒，但他的夫人信仰著「黑夜女神」，所以安家在了聖賽繆爾教堂附近的伯克倫德街，時常有各位主教上門拜訪與交流。

這是調侃我生病還在想女人嗎？真的看不出來，埃萊克特拉主教竟然是個喜歡傳流言的男人……都是「魔鏡」阿羅德斯的錯！

克萊恩腹誹了幾句，搖頭笑道：「我對婚姻很尊重，如果沒有合適的目標，寧願單身。」

這個時候，貝克蘭德市政廳高級雇員威利斯先生吐出煙圈道：「其實我很羨慕道恩現在的單身狀態，這意味著我能追求任何類型的女士。」

他故意在任何類型上用了重音，讓起居室內眾人齊齊發出了曖昧的笑聲。

道恩．唐泰斯喜好廣泛，對任何類型的有魅力女性都不抗拒的事情已經傳遍這片街區了嗎？

克萊恩控制住右手，沒有下意識地揉弄額角，只覺自己有深度有氣質有長相有談吐的新來富翁形象發生了微妙的變化。

他最先懷疑是埃萊克特拉主教這個大嘴巴說出去的，接著又感覺是自己管家瓦爾特主動讓僕人們傳播的。

因為一位沒什麼缺點，極富魅力的男士總是會被圈子內其他同性不自覺地排斥，可當他有了瑕疵，有了被調侃的話題後，就容易讓人感覺親近了。

對於這帶點顏色的調侃，克萊恩沒有惱怒，相當有風度地故意苦笑道：「所以才會選擇困難，單身到現在。」

「哈哈。」波特蘭．莫蒙特等人同時笑了出聲。

馬赫特議員隨即說道：「你需要的是一點做決斷的能力，一個好的婚姻，一個好的家庭，對男人的幫助是極大的。」

他不再打趣，認真規勸了一句。

看來無論在哪個世界，都逃脫不了被催婚的命運啊……

克萊恩輕輕頷首，隨意掃了眼窗戶，欣賞波特蘭．莫蒙特家的花園夜景。

這時，他看見了一道人影，身穿墨綠色長裙的海柔爾．馬赫特正沿著小路，獨自一人走入花園深處，時而停頓，左右張望，似乎在尋覓什麼。

這位小姐剛才不是在彈鋼琴嗎？怎麼忽然到花園裡去了？

克萊恩收回目光的時候，海柔爾的背影已經被一叢花朵給遮掩住了。

客人參加晚宴、舞會時，離開大廳，進入花園，不是什麼失禮的行為，因為月下漫步，吹吹帶著花香的夜風，是一件很有格調的事情，不過，這往往也意味著幽會。

海柔爾和誰幽會？不，不像，今天來的人裡面沒誰能讓她真止地「平視」一眼，雖然之前在下水道裡受到的驚嚇使她看起來不再那麼高傲，甚至偶爾會顯得沉鬱，但內心深處，似乎還是瞧不上普通人……

處理神奇物品的負面影響？這不合理，找個休息室或去盥洗室都比到花園強，會更加隱蔽，而且她家舞會時，她也是去的三樓，而非花園……

克萊恩排除掉種種不可能，心中初步有了個猜測：從海柔爾在感應或尋找什麼的姿態看，她似乎發現了點異常，準備去近距離觀察和處理？

這也就意味著，波特蘭·莫蒙特教授家裡有超自然情況？

如果是真的，這位教授或者他家裡某位不簡單啊……聖賽繆爾教堂的各位主教時常會來拜訪，都沒發現什麼！

嗯，「偷盜者」在某些方面的感應和觀察能力肯定有獨到之處……

克萊恩沒有插手外面事情的想法，因為能被海柔爾察覺的問題不會太危險，而且，這裡離聖賽繆爾教堂很近，真有什麼隱密，也不會有人想鬧大，會非常克制。

此時，起居室內的馬赫特議員從上一個低俗笑話帶來的影響裡掙脫了出來，望向波特蘭·莫蒙特道：「聽說你要離開貝克蘭德大學了？」

波特蘭·莫蒙特教授吸了一口菸斗道：「是啊，高等教育委員會希望我去擔任新組建的貝克蘭德技術大學的校長，呵呵，雖然我的大部分財富是靠那些合金帶來的，但我最擅長的領域是機械工程。」

「他們承諾在那裡建立更好的實驗室，給更多的經費，哈，到了我這個年紀，更多的自主權更好的幫手確實更加重要。」

威利斯先生附和笑道：「而貝克蘭德大學會多一個正教授的空缺，那些等了十幾年幾十年的資深副教授們終於又有機會了。」

在魯恩高等教育體系裡，正教授不僅是職稱，還是職務，相當於系主任，所以只能有一個。貝克蘭德技術大學……克萊恩含笑聽著，不在不了解的話題上隨意發言。

花園內，海柔爾來到了一個陰森無人的角落。

她剛才發現地上的螞蟻等生物有不正常的匯聚，靈感裡也覺得這邊藏著什麼事物。

這是她本身序列帶來的天賦，之前從未有過失誤。

——她可以直接從幾個密封盒子裡挑選出藏著貴重物品的那個，不需要額外的輔助，當然，她無法分辨具體是什麼，只知道相比其他而言，肯定更珍貴。

就像道恩·唐泰斯先生，身上必然有非常貴重的物品……

海柔爾微勾嘴角，將注意力投向了前方看起來有點鬆軟的泥土。

她感應到下方不少靈性在匯聚，製造出了對蟲豸和陰魂的吸引力。

不是人體，一些使用過的有靈性的材料……它們本該分開丟棄，結果埋在一起，產生了不必要的變化……

海柔爾的眼眸變黑了一點，從沒有掩飾的靈性特點和變化裡解讀出了泥土下方的情況。

她下巴微抬，回頭望了眼小樓，認為波特蘭．莫蒙特家至少有一位超自然能力者。

而如果不處理花園角落的這個問題，再過上幾天，這裡和附近幾棟房屋都會鬧鬼！

海柔爾收回視線，伸出左手，對準前方泥土，輕輕一握，扭動了腕部。

那裡匯聚的靈性陡然消失，似乎被人給偷走了。

伯克倫德街一百號，波特蘭．莫蒙特家，花園角落。

許多往此處匯聚的螞蟻和小蟲開始散去，陰森寒冷的感覺越來越弱。

這裡的那位超自然能力者應該沒什麼經驗……海柔爾見已經達到效果，微不可見地點了一下頭，旋即輕巧轉過身體，沿著小徑逛起了花園。

她沒急著返回屋內，獨自一人享受起緋紅的月光、清冷的空氣和隱約可聞的花香。

過了許久，海柔爾才放棄散步，離開花園，進入了一樓大廳。

此時，除去在玩德州的那些賓客，已有不少先生和女士告辭，海柔爾剛找到母親莉亞娜夫人，就看見爸爸馬赫特議員和幾位男士一起，從二樓邊聊天邊下來，表情非常愉快。

「準備回家了嗎？你明天上午還要去拜訪一位很重要的客人。」莉亞娜一邊示意女兒靠攏過來，一邊向丈夫走去，微笑詢問。

馬赫特議員點了一下頭道：「如果不是為了這件事情，我想我會再品嘗一根波特蘭的雪茄。」

莉亞娜的目光掃過旁邊的威利斯、道恩．唐泰斯等人，隨口問道：「你們，在聊什麼？話題似乎很有意思？」

馬赫特側了一下身體，笑著說道：「道恩說他在南大陸的時候有遇到過鬼魂。他和同伴夜裡忽然醒來，想睜開眼睛卻辦不到，身上沉甸甸的，像是壓了一個人。」

「他們用了很大的力氣，終於擺脫了這種狀態，離開了睡床，卻發現房間裡非常寒冷，你們或許不知道，東西拜朗的天氣大部分時候都很炎熱。然後，道恩和同伴各自拿著一支雙管獵槍，守了一夜，太陽剛剛升起，就慌忙離開了那座小鎮。」

聽完之後，莉亞娜夫人饒有興致地看向道恩．唐泰斯的臉龐：「這是真的嗎？真的有鬼魂存在嗎？」

克萊恩笑著搖頭道：「我不能確定，也許是我和我那位同伴剛經歷了一場冒險，精神狀態不夠穩定，身體情況也欠佳，於是出現了種種問題。」

他講述的故事其實來源於安德森的一次經歷，這位迷霧海最強獵人探索原始叢林內的神廟時，成功遇上了一個幽靈，上演了一場規模浩大的夜跑。

鬼魂……海柔爾側頭望了眼花園方向，嘴角微微勾起，又迅速收斂。

她什麼也沒說，安靜地聽著父母與周圍的熟人告別，與他們一起返回了自己家裡。

深夜，換上睡裙的海柔爾走至陽臺上，立於窗簾縫隙後，眺望起伯克倫德街那個下水道入口。

看著看著，她的臉色逐漸發白，似乎又回憶起了那充滿痛苦和恐懼的體驗。

她強迫自己收回目光，做了兩次深呼吸，然後轉過身體，走向床邊。

這個過程裡，她輕咬了一下嘴唇，無聲自語道：「那應該是一個怨魂……肯定是……我需要『太陽』領域的符咒或者物品……」

海柔爾眺望下水道入口的時候，克萊恩也在打量那裡。

這麼多天過去，不知道特莉絲這個魔女恢復得怎麼樣了，有沒有離開……還好海柔爾被我嚇到，這段時間都沒敢靠近下水道入口……

克萊恩的目光掃過那一根根鐵黑色的煤氣路燈杆，幅度很小地點了一下頭。

他旋即開啟鐵製捲菸盒，讓自己的怨魂祕偶浮現於全身鏡內。

他已經決定，派塞尼奧爾去下水道內檢查一遍，確認特莉絲的狀態，免得那位魔女弄出什麼不好的事情。

而且那處下水道距道恩．唐泰斯這個身分太近，克萊恩並不希望特莉絲長期待在附近，只願她早點傷愈，展開行動，遠離伯克倫德街。

嗯，「血之上將」塞尼奧爾隔一段時間出現一次，符合我之前做的人物設定，那就是不住在周圍，因這裡的下水道藏著祕密，經常飄蕩過來尋找……

克萊恩一邊想著，一邊讓戴陳舊三角帽的祕偶借助鏡面跳躍至街道旁邊的煤氣路燈表層，然後以怨魂化的姿態穿透人孔蓋，快速靠近特莉絲藏身的隱蔽岔路。

還未走至盡頭，擁有夜視能力的「怨魂」塞尼奧爾就看見那裡已空無一人。

已經傷愈離開了？克萊恩若有所思地讓祕偶繼續向前，停在了特莉絲之前靠坐的區域。

他發現這裡被弄得很乾淨，不僅地面不再有泥濘溼漉的感覺，就連牆上和角落裡的苔蘚也已不見。

食物碎渣也沒有……那傢伙變成女人後，成了潔癖？不，可能他原本就是……

克萊恩借助「怨魂」塞尼奧爾的視覺，審視了周圍環境一遍，判斷特莉絲要麼還沒走，要麼剛走不超過一天，否則這裡沒辦法保持這麼乾淨。

他剛閃過這個念頭，輕微的腳步聲就傳入了「怨魂」的耳朵裡。

塞尼奧爾在他操縱下，回身走向外面，不出意外地看見了身穿黯淡黑裙的特莉絲。

這位魔女黑髮柔滑披落，不像同年齡段其他少女那樣有著各種髮型，簡單，素淨。

配合上那恢復了血色卻依舊白皙的臉龐，這一刻，特莉絲就像一朵靜靜盛放於黑夜裡的夢幻之花。

不愧是魔女……還好我隔了一層祕偶，否則都會有點失態地注視她……呵呵，死人是不會受到誘惑的！魔女魅力再大，也沒辦法讓亡者變成活屍，鑽出墳墓……

克萊恩腹誹了幾句，對看似茫然實則暗藏戒備，釋放出了無形絲線的特莉絲說道：「妳去了哪裡？」

特莉絲挑了一下眉毛道：「難道你喜歡在睡覺的地方解決個人衛生問題？」

呃……我以為魔女是不需要去盥洗室的……

克萊恩自嘲了一句，讓「怨魂」塞尼奧爾呵呵笑道：「妳是指撒尿拉屎？」

他故意讓祕偶這麼說，是為了貼近「血之上將」粗魯海盜的人設。

特莉絲不太明顯地皺了一下秀氣的眉頭道：「難道還有其他？」

「怨魂」塞尼奧爾沒繼續這個話題，轉而說道：「妳看起來恢復得不錯。」

特莉絲淺淡一笑道：「還不錯，明天我就會離開這裡。」

她停頓了一下，略顯細長的眼睛微微瞇了起來：「坦白地講，有的時候，我很懷疑你是不是真的『血之上將』。」

當然是真的！你應該問死的還是活的……

克萊恩饒有興致地讓祕偶塞尼奧爾道：「為什麼這麼說？」

特莉絲的眸光掃過「怨魂」的臉龐道：「據說『血之上將』是個放縱欲望的人，對美麗的女性和男性都沒有抵抗能力。而你面對我的時候，我看不到一點欲望的火花。」

「我以為真正的『血之上將』會在上次達成合作協議時，附加一個強迫我的條款。」

克萊恩斟酌了兩秒，讓「怨魂」塞尼奧爾自嘲一笑，說道：「我害怕沉迷於『歡愉』，被妳控制。」

特莉絲的表情頓時變了一下，這確實是她主動提及這個話題的原因之一。

對掌控「歡愉」的魔女們來說，習慣放縱欲望的非凡者是天然的獵物。

克萊恩主動略過這個話題，讓祕偶說道：「妳明天就要去尋找目標了？很顯然，那位宮廷侍衛長肯定認識妳，清楚妳的樣子。」

畢竟妳是他們安排在埃德薩克王子身邊的……克萊恩在心裡默默補了一句。

特莉絲埋下腦袋，看著自己的腳尖，低笑了一聲道：「你可以放心，我有完善的計畫。」

說著說著，她側過身體，狀似隨意地指著下水道深處道：「從這裡出發，第六個往左轉的岔路盡頭，有隱密的通道，並且存在人類長期活動的痕跡，呵呵，我這幾天閒逛發現的。」

「我想，這與上次那位女孩有關吧……也是你到這裡來的目的？」

隱密通道？克萊恩沒有肯定，也沒有否定，讓「怨魂」塞尼奧爾笑道：「妳有發現什麼嗎？」

特莉絲搖了搖頭：「什麼也沒有，或許得特定途徑，或者有特定物品的人才能找到線索。」

「偷盜者」的直覺，或者海柔爾身上那件物品？

克萊恩沒讓塞尼奧爾繼續這個話題，以手按胸，微笑行了一禮道：「既然妳已經痊癒，那我就可以放心了。」

他話音剛落，整個人忽然消失不見。

特莉絲凝眸看著，沒有任何收穫，直至自身發散出去的無形絲線遠端被「微風」颳了一下才收回視線，確定「血之上將」真的離開了。

此時，克萊恩已操縱「怨魂」回到下水道入口，沒試圖探索特莉絲說的那個地方。

他這麼選擇的主要原因有三個，一是已超過一百公尺範圍，二是他懷疑自己很可能也發現不了什麼，畢竟他不是「偷盜者」途徑的，也沒有相應的物品，三是特莉絲還在。

周日上午，睡到自然醒的佛爾思起床洗漱完畢，叼了片烤過的吐司，開門從信報箱裡取出了一堆東西。

她邊往放著咖啡的茶几走去，邊隨意地翻著手中的事物，發現了一封期待了好幾天的回信。

丟下報紙、帳單和其他書信，佛爾思拆開了手中那封。

「……老師已經到貝克蘭德了？」佛爾思快速瀏覽了一遍，驚訝地低語出聲。

與此同時，她看見嘴裡叼著的吐司直直落向了地面。

喬伍德區，希望路二十二號，帽子戲法旅店。

前臺負責接待的侍者正想喝一口水，卻看見門口進來了位女士。

這女士一百六十五公分的樣子，穿著有荷葉邊的淺色長裙，褐髮微捲披下，鼻梁上架著一副採用了有色玻璃的眼鏡，給人一種剛從迪西海灣回來的休閒感覺。

她手裡提著一個深棕色的皮製行李箱，步伐不快不慢地走向了前臺。

氣質很出眾的女士……這身打扮真不錯……真想看看她摘下有色眼鏡的樣子……

身為一名女性，前臺侍者習慣性地先打量了對方的衣著和飾品。

她旋即聽見那位女士用帶著點慵懶韻味的嗓音道：「住一晚，單人房。」

「二蘇勒八便士。」侍者先報出了今天的房價，接著才詢問道，「您有身分證明文件嗎？」

對於登記身分這個程序，她並不熱衷，因為旅館本身完全無法確認證明文件的真假。

「有。」那位女士放下深棕色的行李箱，從拿著的手提袋內，取出了一疊身分證明文件，遞給了對方。

「瑪格麗特．泰勒……」侍者一邊低語，一邊做著登記，然後找出一串鑰匙道，「二〇一二號房間。」

「謝謝。」對面打扮時髦的女士接過鑰匙，提起深棕色的行李箱，往樓梯口行去。

這時，一位穿紅馬甲的侍者靠攏過來，鞠躬行禮道：「有什麼需要幫忙的嗎？」

他的視線隨即落在了對方提著的深棕色行李箱上。

那位女士嘴唇勾勒出笑的弧度，搖了搖頭道：「不用，它很輕。」

說完之後，她沒有停留，沿著一層層樓梯往上，進入了二〇一二號房間。

等關好房門，放下行李箱，她突然抬起右手，按住胸口，長長地舒了一口氣：「怎麼感覺自己像是變態殺人犯……」

她正是偽裝過後的佛爾思，她的那個行李箱內什麼都沒有，只裝了一個被報紙裹住的X先生腦袋！

剛才那兩位侍者肯定想不到，一位時髦女郎提著的行李箱內，沒有衣物，沒有護膚品，沒有化妝品，只有一個裂得快變成碎片的，滿是血汙的死人腦袋……要是被發現，整個旅館的人都會被嚇到……這就是偵探小說的素材啊！

佛爾思平復了一下緊張的心情，重新提起行李箱，拉開了房門。

她觀察了一下走廊，見無人來往，忙快步出去，走至二〇一六號房間前，屈指敲響了木門。

她的老師，多里安．格雷．亞伯拉罕就住在這上次使用過的房間內。

察覺到貓眼處有視線打量自己後，佛爾思聽見了把手擰動，鎖芯運轉的聲音。

多里安．格雷穿著黑色的正裝，肩膀非常寬闊，他警惕地向左右掃了一眼，讓開位置，示意學生可以進來。

「沒被人注意吧？」接著，他關上房門，謹慎問道。

佛爾思放下行李箱，取掉遮住了小半張臉孔的有色眼鏡道：「沒有，我用的是假身分。」

作為混跡於貝克蘭德的，底層經驗還算豐富的非凡者，幾套假身分證明文件是必不可少的。

而且，她還有這方面的專家休幫忙。

唯一的問題在於，假的始終是假的，經不起警察部門的對比檢查。

不過，佛爾思聽說，有些渠道能弄到真的身分證明，也就是說，那是在警察部門內有備案和登記的身分證明文件，而且還能更替照片，當然，價格肯定會貴不少。

多里安輕輕頷首，無聲吐了一口氣，一邊讓佛爾思坐下，一邊拉過椅子，問道：「妳在信裡說，貝克蘭德的一個非凡者聚會裡，有人懸賞尋找亞伯拉罕家族的直系後裔，目標是獲得『門』先生的情報？」

「是的，老師。」佛爾思說著毫無疑問的真話，「我本身並不了解那個家族，所以想著詢問您，看您是否清楚。」
她只隱瞞了兩點，一是那個非凡者聚會叫塔羅會，二是自己早就知道老師是亞伯拉罕家族的一員。
多里安坐了下去，端起白釉瓷茶杯喝了一口，表面非常平靜地問道：「懸賞者是誰？」
「我不知道，只確定是一位女士，她有遮掩容貌，呃，她實力應該很強，背後勢力也不弱。」
佛爾思描述著自己心裡的「隱者」女士。
她沒說的是，對方和「神祕女王」貝爾納黛關係不淺。
多里安．格雷沉吟了幾秒道：「我了解的情況也不多，只知道『門』先生應該是亞伯拉罕家族的先祖，在『四皇之戰』裡失蹤，妳可以用這個消息換取一些賞金。」
「門」先生是亞伯拉罕家族的先祖？讓亞伯拉罕家族受到滿月詛咒，這麼多年來失控了數不清成員的「門」先生竟然是亞伯拉罕家族的先祖？佛爾思聽得震驚不已。
早就從「愚者」先生那裡了解到一點亞伯拉罕家族問題的她不敢相信造成這一切的竟然是血脈的源頭！
「門」先生不清楚自己行為的後果嗎？
佛爾思無聲自語，眉頭不自覺皺了起來。
多里安．格雷注意到學生的異常反應，略感疑惑地問道：「這有什麼問題嗎？」
糟糕，剛才沒能掩飾住表情……

佛爾思斟酌了一下道：「我只是不理解，上千年過去，除了亞伯拉罕家族的直系後裔，還有誰會想獲得『門』先生的情報，又有什麼目的。」

也許是想找回「門」先生？啊對，「神祕女王」是羅塞爾大帝的女兒，而羅塞爾大帝的日記裡有出現「門」先生，所以，這位女王想找到「門」先生，探求當年的真相，很正常……

不過，「門」先生失蹤於「四皇之戰」，與羅塞爾大帝時期隔了一千多年，怎麼會聯繫在一起……難道羅塞爾大帝也能聽見滿月囈語……

呃，我記得「愚者」先生曾經調侃過「門」先生，說祂也許是在呼救……如果這是真的，真是、真是……

作為一名作家，佛爾思一時竟找不到語言來形容自己現在的感受。

多里安則露出一抹苦笑，說道：「很顯然，我也在疑惑這個問題，如果妳能找到答案，記得告訴我。」

佛爾思沒再糾結這件事情，害怕被多里安．格雷發現疑點，轉而問道：「老師，您怎麼突然來貝克蘭德了？」

多里安笑了笑，拿出根香菸，湊到鼻端嗅了一口卻未點燃道：「剛好有些事情需要到貝克蘭德處理，順便檢查一下妳消化的進度。」

其實，他是被佛爾思信裡轉述的消息驚到了，不敢相信這個世界上還會有人打聽「門」先生的事情，要知道，亞伯拉罕家族內部都基本放棄了這方面的嘗試，只有他自己還在堅持，主動地教導學生。

而這也讓他想起了家族內部流傳的一個預言，說亞伯拉罕們會越來越接近毀滅。

他將這兩件事情聯繫在了一起，忙趕來貝克蘭德，確認學生的情況，希望她能盡快獲得晉升，為亞伯拉罕家族保留一絲希望。

「剛掌握星相學的各種知識。」佛爾思有點心虛地回應道。

因為前段時間缺錢，她還沒有買「占星人」需要的高級水晶球。

為了不繼續這個話題，佛爾思轉而向多里安．格雷請教起「占星人」的扮演守則，獲得了「占星並非萬能」等提點。

臨到末尾，佛爾思望了一眼旁邊的深棕色行李箱道：「老師，還有一件事情。」

「什麼事情？」多里安向後靠住椅背，悠閒地喝了口紅茶。

佛爾思按照早已打好的腹稿道：「知道路易斯．維恩曾經背叛過組織，給你們造成了很大傷害後，我就一直想找到他，為你們報仇。」

「放棄這個想法！」多里安一下坐直，「哪怕妳有『萊曼諾的旅行筆記』，也肯定贏不了他，更別說擊殺他了！妳的心意讓我很欣慰，但妳沒有必要冒險。」

單純靠我肯定不行……

佛爾思無聲嘀咕了一句，直接說道：「我認識一位非常厲害的賞金獵人，之前花了差不多一萬金鎊的代價請他幫忙。」

她沒辦法估算自己付出的究竟值多少，所以用了之前奧黛麗小姐委託刺殺因蒂斯大使的開價。

那可能是騙子……路易斯．維恩高機率是「旅行家」，而且還有極光會勢力的支撐……多里安正要指出沒哪位賞金獵人會是路易斯．維恩的對手，就聽見學生說道：「他已經成功了。」

「咳！咳！咳！」

多里安一下被自己的唾液嗆到，咳得彷彿要撕裂肺部。

他手中的茶杯猛地掉落，直奔地面，但卻變戲法一樣彈了起來，穩穩「坐」到了茶几上。

「他把路易斯．維恩的腦袋給我了。」佛爾思提過深棕色行李箱，將它打開，取出了裡面包裹著報紙的球狀事物。

隨著報紙一點點展開，多里安看見了那張自己永遠也不會忘記的面孔，與襲擊亞伯拉罕家族總部時相比，路易斯．維恩臉上的得意笑容已消失不見，頭部布滿裂縫，似乎由一塊塊碎片黏連而成，猙獰，痛苦，絕望。

作為一名「占星人」，多里安．格雷的靈性直覺毫無疑問地告訴他，這就是路易斯．維恩的腦袋。

「好，很好……」多里安略顯激動地低聲自語了幾句，抬頭望向學生，「那位賞金獵人是誰？我無法想像貝克蘭德的賞金獵人裡藏著這麼厲害的強者。」

佛爾思斟酌了一下道：「格爾曼．斯帕羅。」

格爾曼．斯帕羅……

多里安聽得額頭血管一跳，雙手不由自主握住，身體竟莫名有了點緊繃。

身在普利茲港的他，不管是主動，還是被動，對海上的各種傳聞都比貝克蘭德依靠看報紙了解的市民們清楚。

最近幾個月來，他總是能從不同的渠道聽說格爾曼．斯帕羅的事情，從擊殺「鋼鐵」麥維提開始，一直到重創「疾病中將」特雷茜，成功狩獵「血之上將」塞尼奧爾，而這些故事自帶瘋狂的色彩。

他離開大海，來到貝克蘭德了？而且不改瘋狂特質！

多里安隱去內心下意識間升起的恐懼和戒備，看著自家學生，沉聲說道：「以後少聯絡這個賞金獵人。他總有一天會惹出大事的，而且不會太久。」

老師果然經驗豐富，眼光毒辣，一下就看穿了「世界」先生的本質……可惜，我已經是塔羅會的一員，沒有辦法不聯絡……

佛爾思調整狀態，誠懇點頭：「是，老師。」

多里安平復了一下情緒，又深深地看了一眼過去的學生現在的仇人，路易斯．維恩。

不過，這位「旅行家」已不能開口，就連靈性都沒有殘存一點。

沉默幾秒，多里安向後微靠，望向佛爾思道：「妳剛才說支付了一萬鎊作為賞金？」

他並不清楚佛爾思的財政情況，只知道這位學生是暢銷小說作家，應該有不少稿酬，而日平時混得幾個非凡者圈子似乎也還不錯，總是有高報酬的交易，所以能攢下一萬鎊存款不是什麼太讓人震驚太讓人無法接受的事情。

佛爾思略顯心虛地動了動身體道：「溢價太多了？」

她故意用這個反問來掩飾自身虛報價格的事實，以此顯得在類似方面沒什麼經驗。

多里安搖了搖頭，說道：「不，是太廉價了。廉價到我都忍不住懷疑格爾曼．斯帕羅有另外的目的。」

作為屢受打擊的亞伯拉罕家族的一員，他總是保持著相當高的警惕。

用各種俱樂部各種聚會的專業術語來說，這叫會員價……

佛爾思腹誹一句，「坦白」說道：「還有其他的約定，包括路易斯．維恩身上所有的物品都歸屬於他，以及提供一些有效的幫助，而且我有承諾，後續他急需現金時，會再補償大概三千鎊。」

「這勉強算合理。」多里安輕輕頷首道，「正常來說，刺殺有極光會勢力支持的路易斯．維恩，價格至少得三萬鎊，嗯，如果有其他狀況，還得加價。」

「世界」先生當時動用了「萊曼諾旅行筆記」上的半神級能力……這應該就是遇上額外情況了……一位極光會的聖者？

在塔羅會飽受薰陶的佛爾思對極光會的架構並不陌生，沒有掩飾地皺眉道：「這麼看來，確實有點不正常，也許，他急著用錢？」

多里安想了想道：「或許他只是更在意路易斯．維恩的非凡特性，對其他途徑的非凡者來說，這可以製作成相當有用的神奇物品，只要他找得到合適的『工匠』……」

多里安停頓了兩秒，補充道：「不需要太在意，之後遠離他就行。也許他早就盯上了路易斯・維恩，正好借助妳提供的情報行動，而這樣還能有預算外的收入。」

多里安沒繼續這個話題，轉而從衣物口袋裡掏出了一個拳頭大小的純淨水晶球：「它由星水晶製成，能有效提升妳的占星術。」

窗外光芒照耀間，水晶球浮動出了璀璨的「波浪」。

不等佛爾思開口拒絕，多里安呵呵笑道：「路易斯・維恩是我的仇人，除掉他的報酬應該由我來支付，我暫時沒那麼多現金，只能用一些物品來抵扣。」

「不、不需要……」佛爾思半真心半違心地搖頭道。

真心的是，她打算除去路易斯・維恩時，只是單純地想幫老師報仇，沒考慮過後續可能的獎勵，違心的是，她無法拒絕。

多里安表情一正道：「妳想讓我愧疚和不安嗎？不用擔心，妳老師我還是有些身家的。」

佛爾思順勢點頭道：「好吧。」

多里安重新露出了笑容：「還有，我給妳帶了『記錄官』的魔藥配方，妳可以邊消化『占星人』魔藥，邊蒐集相應的材料。」

「呵呵，我會給你其中一件主材料，阿斯曼之腦，其餘的就要靠妳自己了。」

阿斯曼是古代傳聞裡才存在的怪物，形似人類沒有保護的大腦，足以塞滿一個房間，它不僅可以製造可怕的幻境，還能讓攻擊它的人死於自己的攻擊方式。

說話間，多里安拿出一張黃褐色的羊皮紙，遞給了佛爾思。

佛爾思感激接過，快速瀏覽了一眼主材料有哪些：「完整的阿斯曼之腦一個，古老怨靈的詛咒物……」

希望能在消化完「占星人」魔藥前蒐集到剩餘的材料……

佛爾思剛捲起羊皮紙，就看見老師多里安從他的行李箱內找出了一個純金盒子。

解除掉靈性之牆，多里安邊打開蓋子邊說道：「如果沒有黃金隔離，阿斯曼之腦會不間斷地影響妳，讓妳產生幻覺，直至精神失常。」

正方形的盒子內，靜靜擺放著一團灰白色的，有褶皺和凸起的，半透明事物，只有路易斯・維恩腦袋的五分之一大小。

不愧是歷史久遠的家族……

佛爾思再次誠懇道謝，接過那個純金方盒，熟練地合攏蓋子，用靈性之牆做了封鎖。

多里安並沒有停止，轉而找藉口讓佛爾思稍微避開，自己則布置儀式，召喚出喜歡音樂的虛空生物馬爾莫斯，從這個傢伙的圓球狀身體內取出了兩疊文件。

——之前那三樣物品，是他受到「門」先生相關消息驚嚇後就準備給佛爾思的，所以提前放在了身邊。

「這是兩棟貝克蘭德的房產，一個在希爾斯頓區，一個在喬伍德區，地段都還不錯，總價應該有六千五百鎊，妳能賣多少都歸妳。」多里安笑著說道。

亞伯拉罕家族雖然已經破落，但作為曾經的天使家族，有著漫長歷史的家族，還是有不少存貨的，其中包括土地、林場、房產、莊園和礦藏，不過多里安只執掌著其中一部分，剩下的多數歸屬於各個小家庭。

我現在租住的那棟房屋市價兩千五百鎊，區域還行，地段一般……老師今天給的東西加起來真的有一萬鎊的樣子了……佛爾思忍不住在心裡感慨了一聲。

聖風大教堂內，「深藍主祭」雷達爾．瓦倫丁看著對面的「代罰者」執事，問道：「有什麼結果了？」

這位新任的貝克蘭德大主教是個氣勢驚人的中年男子，頭髮深藍而圓粗，耳垂較大，眼眸似乎時刻蘊藏著閃電和風暴。

站在他桌前的「代罰者」執事是個精瘦的中年男子，戴著改良型的船長帽，外表沒什麼特點，只脖子處有一個錨形的青黑色紋身。

這位先生恭敬地回答道：「閣下，我們已經抓到了幾個參加那聚會的人員。但他們並不清楚其他人是誰，更別說刺殺X先生那位的身分。根據他們的描述，襲擊者身高在一百六十公分左右，高機率是女性，不排除矮個子男人的可能。」

雷達爾按捺住怒氣道：「你們接下來打算怎麼做？」

「因為暫時無法獲知X先生邀請過哪些人參加聚會，而一百六十公分左右的女性相當常見，我們的計畫是表面放鬆警戒，只盯住幾個可疑的目標，並轉化抓住的人員為線人。在沒有我們壓迫的情況下，極光會那群瘋子肯定會主動地尋找凶手，替X先生報仇，他們應該有大致的清查範圍，這樣一來，我們不僅能找到刺殺者，還能反向發現極光會的線索。」

精瘦的中年男子詳細解釋了一下。

雷達爾若有所思地點了一下頭道：「羅伊，你們行動的時候記得申請『1』級封印物。現場的情況表明，極光會在貝克蘭德至少有位聖者，而那個刺殺者的實力也比正常的序列五強，背後同樣有半神。」

「遵命，樞機主教閣下。」羅伊．威靈頓握右拳擊左胸道。

第四章

隱祕通道

「道恩你總是超乎我預料，這才多久就已經完成了《夜之啟示錄》『智慧書』部分的學習。」

聖賽繆爾教堂內，埃萊克特拉主教合攏手中的聖典，笑著對面前鬢角斑白藍眼深邃的虔誠富翁道。

克萊恩笑笑道：「這是一名信徒應該做到的。接下來是『聖者書信』部分的學習？」

「是的，你打算從哪位聖者開始？」埃萊克特拉主教問道。

克萊恩左右看了一眼，輕笑道：「就聖賽繆爾吧。」

埃萊克特拉主教對此並不意外，認真介紹道：「聖賽繆爾是第四紀特倫索斯特帝國時期，教會在貝克蘭德的大主教，對女神信仰的傳播做出了卓越貢獻，生前就進入神國，成為了天使……」

他邊說邊翻到了相應的「聖者書信」。

就在這時，克萊恩的靈感忽有觸動，只覺樓上有深沉的惡意和邪念瞬間張揚開來。

緊接著，冰涼幽邃的感覺從地底延伸而出，撫平了一切，教堂又恢復了先前的寧靜。

埃萊克特拉主教從呆愣中回神，對眼前什麼都沒有察覺的道恩·唐泰斯道：「不好意思，剛才想起了另外一件事情。」

「沒什麼。」克萊恩溫和笑道。

他看似沒有一點察覺，但念頭卻在飛快轉動，思考剛才那瞬息間的變化究竟代表著什麼：之前那些內部看守者都是沿附近的階梯前往樓上，可以初步判斷他們就住在那裡，與剛才出現變化的地點吻合……內部看守者們的狀態不是太對，所以，失控的機率大於正常的非凡者，會突然地張揚出惡意和邪念？

而這又被地底深處查尼斯門後的封印核心強行鎮壓或撫平了下去？

如果真是這樣，有兩種可能，一是查尼斯門後的封印核心可以感應到聖賽繆爾教堂內部所有的不正常變化，從而做出本能式的反應，二是內部看守者們在常年值守的過程裡，不斷被封印核心的力量侵蝕，某種程度上已成為了對方的一部分，或者承載了相應的特殊，一旦出現異變，立刻就會引來本體的干預。

如果是前者，那意味著我弄暈內部看守者以頂替他的時候，容易被查尼斯門後的封印核心察覺，讓它像剛才一樣產生變化，使事情只是開了個頭就遭遇失敗，若是後者，進入查尼斯門時，我偽裝的內部看守者必然會受到排斥……

必須先弄清楚問題所在，才能有針對性地想出辦法……

到各個教會內部竊取封印物真是困難啊，難怪幾乎沒人願意做……

克萊恩思緒紛呈間，表面專注地聽著埃萊克特拉主教講述聖賽繆爾的經歷和留下的書信，直至時間差不多，才禮貌告辭。

回到伯克倫德街一百六十號，他剛將禮帽和手杖交給理查德森，就看見管家先生迎了過來。

「先生，您是否要在下周周末舉行一場舞會或者晚宴，並邀請周圍的鄰居？」瓦爾特未用建議的口吻，似乎只是在單純地詢問。

不過克萊恩很清楚，既然管家先生提出了這件事情，那就表明到該做的時候了。

他輕輕頷首道：「周六晚上吧，舞會。要麻煩你和塔內婭提前做些準備了。」

「家裡的錢還足夠嗎？」

說最後一句話的時候，克萊恩側頭望向了女管家。

塔內婭嚴肅正經地點頭道：「足夠了。您酒窖內的各種酒精飲料已經能應付好幾場宴會。」

搬到伯克倫德街一百六十號的時候，克萊恩有交給她一千鎊現金做家用，目前看來，即使要補充美酒、茶葉和咖啡豆等物品，一個月也肯定用不完。

金鎊還是很堅挺的……

克萊恩點了一下頭，微笑說道：「第一次不要開太名貴的酒，魯恩的習慣是含蓄。」

「是，先生。」瓦爾特雖然很清楚該怎麼弄一場舞會，但還是非常認真地聽著雇主吩咐。

他頓了一下，轉而說道：「您需要做的只有兩件事情，一是在我們輔助下，擬定賓客名單，分別為每個人想一段寒暄的話語，要符合對方的身分和經歷，二是再訂製一套舞會正裝。」

真麻煩啊……我和海柔爾打招呼的時候，是不是能來上一句，這裡的下水道比南大陸的廣場還要乾淨？

克萊恩一邊感嘆和腹誹，一邊微微點頭道：「沒有問題。」

夜深人靜，紅月高懸，霧霾稀薄了不少的貝克蘭德呈現出一種靜謐的美感。

道恩．唐泰斯的主臥室內，克萊恩布置儀式，自己召喚出了自己。

他今晚要進入下水道，確認特莉絲是否已經離去，並前往對方描述的那個岔路，探索下所謂的隱密通道，看能有什麼發現。

克萊恩並不奢求得到額外的收穫，只是擔心這片下水道藏著的祕密是個隱患，有一天會被引爆，而這很容易牽連到住在附近的道恩．唐泰斯，破壞他竊取安提哥努斯家族筆記的行動。

在這種事情上，不能當鴕鳥，將腦袋埋入沙堆裡，裝作什麼都沒有看見……盡早發現問題，趁它還未徹底爆發，該破壞破壞，該檢舉檢舉，這是最有效的辦法……當然，也必須足夠小心，不能讓自身的探索行為成為導火線……

克萊恩的靈體從燭火內鑽出，借助阿茲克銅哨的提升，附身於面前的道恩．唐泰斯肉體，操縱著他走至「靈性之牆」的邊緣，坐到了安樂椅上。

從外界看來，這就相當於大富翁看報紙看到睡著，忘了去床上。

召喚出來的靈魂附身自己的肉體，與直接回歸肉體，感覺確實不太一樣，有明顯的隔閡感……

克萊恩對比了下體驗，飄回書桌前，將祭臺上大部分物品收拾妥當，只留下那根維持召喚的蠟燭，讓它靜靜燃燒。

做完這一切，克萊恩戴著「蠕動的飢餓」，融入阿茲克銅哨、「喪鐘」左輪和塞尼奧爾金幣，飛出主臥室，從半空離開伯克倫德街一百六十號，鑽入了下水道內。

克萊恩剛置身於潮溼骯髒的環境裡，立刻就釋放出了「怨魂」塞尼奧爾，操縱這個祕偶與自身拉開距離，拐入特莉絲之前養傷的隱蔽岔路。

這一次，他看見那片乾淨到不像下水道區域的地方已染上汙跡，有老鼠出沒。

「看來特莉絲真的走了……」遠遠綴在後面的克萊恩無聲舒了一口氣。

作為靈體，他無需呼吸，也不用踩著地面行走，所以並不在意下水道內的環境有多麼惡劣。

「怨魂」塞尼奧爾返身走出那片區域，繼續往前出發，找到了第六個往左轉的岔路，克萊恩則始終與他保持著五十公尺以上的距離，充分地扮演著幕後操縱的角色。

那條岔路的盡頭，是片苔蘚暗生，腐蝕明顯的牆壁，一眼望去，沒有任何異常，若非特莉絲提過，克萊恩根本不會讓祕偶詳細地摸索這裡每一寸地方。

幾分鐘後，穿暗紅外套的塞尼奧爾突然直起身體，向前邁步，走入了那面牆壁內。

穿透較厚的障礙，克萊恩眼前豁然開朗，借助祕偶的視覺，看見了一個半天然半人工的洞窟，它高度不到一百八十公分，寬度三公尺的樣子，地面擺放有用油布包裹的鐵鏟等器物，堆著大量的泥土和碎石，前方則有兩個向斜下延伸的隱密通道。

左側那個只有五六公尺深，右側近十公尺，但都未有任何事物存在，似乎還在挖掘中。

這是，海柔爾弄出來的？白天是個上流社會的高傲大小姐，晚上卻成了下水道內的挖洞工人，並且還得一桶一桶轉移泥土和碎石？她的徘徊是為了尋找準確的地點，而挖掘是後續的步驟？剛才那堵牆上應該是有暗門……克萊恩靠在岔路外面的隱蔽處，操縱塞尼奧爾仔細環顧了一圈。

接著，他讓「怨魂」進入左側的隱密通道，一路走至泥石層疊密不透風的盡頭。

塞尼奧爾的身影逐漸淡化，不再有實質存在感，他以這種形態穿行於前方的泥土裡，往著深處探索。

可一直到接近一百公尺極限，他都沒有發現值得注意的事物，只看見了些普通的蟲豸。

克萊恩隨即讓祕偶改變方向，於泥土大海裡「游」了一圈，依舊未有收穫。

「怨魂」塞尼奧爾很快回到了剛才的洞穴，進入右側的隱密通道，不受障礙影響。

「還是沒什麼異常……特莉絲判斷要特定途徑或擁有特定物品才行不是沒有道理……嗯，她應該是靠『歡愉魔女』的無形絲線探索的……可惜啊，我的『火種』手套已經丟了……不知道我身上的灰霧氣息行不行，它似乎很吸引『偷盜者』途徑的非凡者……」克萊恩無聲自語了幾句，想趁著現在是靈體型態，親自探索疑似海柔爾挖出來的兩條隱密通道。

不過，他克制住了這個衝動，因為他現在是「祕偶大師」，非必須的情況下，真身上場是違背扮演守則的。

「不靠灰霧氣息也沒事，明天下午塔羅會的時候，求購一件『偷盜者』途徑的神奇物品就行了，不用太貴，對應序列九、序列八的就行……嗯，蘭爾烏斯那個徽章只是信號接收器，不屬於這個途徑的物品……在不了解隱密通道深處藏著什麼的情況下，貿然用自身的靈體去探索，說不定會引出什麼高序列的怪物……謹慎和小心永遠都是不過時的自我要求……」

克萊恩緩慢嘆了一口氣，收回了「怨魂」塞尼奧爾。

他並不擔心海柔爾最近會繼續前來——找到對付上次那種狀況的辦法前，智商正常的人類都不會繼續前來！

先不提海柔爾有沒有接觸過非凡者圈子，就算有，想弄到「太陽」領域的物品也不是那麼簡單的事情，畢竟貝克蘭德是風暴教會的地盤……我身上倒是有一件不常用的，呵呵，找機會賣給她，然後用來傷害我的祕偶？克萊恩自我調侃了兩句，笑著搖了搖頭。

他旋即結束召喚，直接返回了灰霧之上，消失於下水道內。

周一上午，明媚的陽光穿透稀薄的雲層，灑在了貝克蘭德每個角落。

埃姆林．懷特將絲綢禮帽往下拉了拉，邊離開馬車走向豐收教堂，邊半閉著眼睛咕噥道：「天氣真差……貝克蘭德最差的季節快要到了……」

他正要踏上臺階，忽然看見一個報童靠攏過來，遞了一份《塔索克報》道：「先生，今早的報紙！」

埃姆林本待拒絕，卻發現對方捏住報紙的手指處按著一張小紙條。

……埃姆林不動聲色地拿出一便士銅幣，遞給對方，接過了那份《塔索克報》和那張紙條。

進入豐收教堂前，他快速展開後者瀏覽一遍：「你要找的人有線索了，請到勇敢者酒吧來。」

上午九點半，貝克蘭德橋區域，鐵門街，勇敢者酒吧。

埃姆林．懷特走下馬車後，呆立在了原地，愣愣地望著前方，險些忘記躲避陽光的照射。

此時，酒吧的正門牢牢關著，毫無開啟的跡象。

作為一名少有出來活動，只在夜裡進過幾次類似酒吧的血族，埃姆林完全沒想過對方上午並不開門，一看完那張紙條，就興沖沖地掉頭離開豐收教堂，乘坐交通工具趕來這邊，希望能第一時間拿到情報。

為了節約時間，他甚至忍受了蒸汽地鐵逼仄的環境和難聞的氣味。

這一刻，埃姆林有點憤怒，卻又清楚地知道犯錯的是自己，只能板著張臉孔，繞鐵門街緩步轉了一圈，表示沒有白來。

就在他準備靠近一輛停在街邊的出租馬車時，眼角餘光忽然掃到了一道熟悉的身影。

對方戴著棕色圓頂帽子，身穿老舊的大衣，背著一個很破的挎包，正是黑市軍火和情報商人伊恩。

嘿嘿，我的直覺還是很準嘛，我就知道他會這麼早出現！

埃姆林轉怒為喜，雙手插口袋，悠然走了過去，擋在伊恩面前，輕笑了一聲道：「早安。」

伊恩抬頭瞄了眼面前的俊美男士，略感詫異地回應道：「早安，懷特先生，你應該傍晚才過來的。」

「現在似乎也很合適。」埃姆林心情不錯地笑道，「伊恩，為什麼每次見你都穿著同樣的衣物，做相似的打扮？」

伊恩不甚在意地說道：「這能讓我顯得更成熟，並且很低調。當然，主要原因是我沒錢。」

他後面那句話是用開玩笑的口吻補充道。

「我很期待你夏天也這樣穿。」埃姆林嗤笑了一聲。

「那我會脫掉外套。」伊恩一邊說一邊從破舊挎包裡取出了兩張紙，那是埃姆林之前給他的「懸賞令」，「有人在東區見過這位。」

他將其中一張紙遞給了埃姆林，上面標註的是阿爾戈斯。

見真的有「原始月亮」信徒的線索，埃姆林欣喜問道：「他在哪裡？」

伊恩沒有回答，看著他笑而不語。

埃姆林已有經驗，立刻拿出錢包，點數了一百五十鎊給對方：「這是你的酬勞。」

伊恩笑笑道：「還差一半。」

「還差一半？」埃姆林差點想讓眼前的黑市軍火和情報商人知道血族的厲害，因為當初約定的是有效線索二十鎊，鎖定位置一百五十鎊。

不過，他迅速品出了對方隱藏的意思，驚喜反問道：「還找到了一位？」

「是的。」伊恩將手中剩下那張紙遞了過去，「我的朋友在觀察阿爾戈斯，確定他的住所時，發現他與這位叫做加利斯．凱文的先生有碰面，所以，我們同時掌握了兩個目標的居住點。」

「……很好。」埃姆林掏空錢包，又湊了一百五十鎊給伊恩。

他的心情異常愉悅，只覺始祖和「愚者」先生都在庇佑自己，因為這批目標只有五個，他已經狩獵了一個，現在又得到了另外兩個的線索，只要成功，不管別的血族做得怎麼樣，他都可以宣告自己獲得最終勝利了。

伊恩認真點數並檢查了一下鈔票，壓低嗓音道：「阿爾戈斯在東區灰岩街六號那棟公寓的三樓，公共盥洗室對面。」

「加利斯．凱文同樣在東區，住於白鯨街十九號一層靠樓梯那個房間。」

「我會去確認你的情報，我相信你不會為了僅僅三百鎊放棄這裡的生意。」埃姆林輕輕點頭，半警告半提醒地開口道，接著呵呵笑了一聲，「他們怎麼這麼容易就被找到？」

伊恩紅眸微轉，左右看了一眼道：「第一，很多賞金獵人是我的朋友，他們在東區有著廣泛的線人。」

「第二，那兩位先生的偽裝並不夠好，身在東區，卻和周圍的人有較為明顯的區別。如果他們願意換上破爛的衣物，每天做十一個小時以上的艱苦勞動，那我相信他們在人員混亂的東區很難被發現。」

這樣啊，隱藏自己得注意環境的不同……埃姆林無聲自語了一句，覺得又學到了一點技巧。

他不打算現在就去東區，因為白天行動即使能得手，也很難不造成任何動靜地撤離，這在貝克蘭德是相當危險的行為，那意味著也許剛潛回家中就被「代罰者」或「值夜者」找上了門。

埃姆林準備塔羅聚會之後，傍晚八點到九點過來，視情況決定什麼時候動手。

之前的那位「原始月亮」信徒實力還不錯，這兩位應該也不差，我雖然有把握，但只靠自己一個，總覺得還是不夠穩當……

埃姆林邊思索問題邊揮手與伊恩作別，乘坐出租馬車往大橋南區方向返回。

東切斯特郡首府，斯托恩城。

奧黛麗立在欄杆後，看著男傭女僕們將自己從家族城堡帶過來的物品分別擺到合適的地方，場面熱鬧卻有序，一點也不混亂。

等一下派人去米歇爾副教授那裡，告訴他我明天會去古物蒐集與保護基金會參觀……希望他們已經獲得了一些與非凡沾邊的物品……

奧黛麗思緒發散地想了一陣子，嘴角忍不住微微上揚，為當初自己捐資建立基金會的決定而驕傲。

她美麗如同寶石的碧綠眼眸一轉，看到了壁鐘上的時間，忙收斂各種想法，轉身走回了自己的臥室。

臥室一角，金毛大狗蘇茜正趴在地上，前腿交叉擱放，很有種優雅的韻味。

牠的面前擺放著一本攤開的書籍，上面密密麻麻地寫了一行行單字。

蘇茜三不五時抬起一條前腿，撥弄一下，讓書籍翻頁，看的非常認真。

每次看到蘇茜這個樣子，我都有點羞愧……奧黛麗，妳不能在學習上放鬆呀！

奧黛麗自我激勵了一句，緩步靠攏過去，準備讓蘇茜去門外守著。

蘇茜抬起腦袋，看了奧黛麗一眼，俐落地站了起來道：「我明白了！」

說完之後，牠腳步輕快地小跑著出了臥室，沒忘記關門。

「……我什麼都還沒說啊。」奧黛麗眨了眨眼睛，低聲自語了一句。

類似的吩咐，她已經做了很多次，為了不讓蘇茜察覺她每周周一下午三點到三點半都會獨自待在房間內，不讓人和狗靠近，她刻意在別的時間段也做了類似的事情，假裝有聚會，假裝要獨處，並保持規律混亂。

不得不說，蘇茜的存在有效地提高了我學習的動力、效率和處理事情的嚴密程度……我不能讓自己不如一條狗！可是，比一條狗厲害好像也不是讚美的語句……

奧黛麗自嘲地鼓了一下臉頰，坐至床邊，等待塔羅聚會開始。

下午三點，灰霧之上。

一道道深紅色的人影同時騰起於青銅長桌兩側，旋即固化為模糊的狀態。

「午安，『愚者』先生！」「正義」奧黛麗語氣輕快地起身行禮道。

其餘成員也相繼問候，得到了斑駁長桌最上首那位存在的領首回應。

坐下的過程中，「魔術師」佛爾思忍不住望了眼最下方的「世界」先生，想著自己等會該怎麼開口。

除了將老師的回答轉述給「隱者」女士，她還準備做幾件事情，一是告訴「世界」先生，鑑於任務的難度，自己可以追加一筆報酬，但需要等待一段時間，這是因為房屋的出售總是不那麼快，二是她經過反覆的思考，想到了一個又能賺錢又能提升自己實力的好辦法，那是從「世界」的行為得到的靈感：出租「萊曼諾的旅行筆記」！

當有成員需要類似的物品來短暫提升戰鬥力，以應對某些局面時，可以向她租賃「萊曼諾的旅行筆記」，租金分為兩部分，一部分是現金，不會太貴，一部分以記錄的非凡能力代替，也就是說，租賃者必須承諾，歸還魔法書時，上面會多幾頁書寫好的篇章。

當然，作為提供者，佛爾思會記錄「學徒」的「開門」等有用能力於上面，讓租賃者得到相應的幫助。

這個交易最容易出問題的地方在於，租賃者可能不再歸還，但塔羅會內有「愚者」先生見證，佛爾思相信不會有人貪心犯蠢。

而租賃者死亡，「萊曼諾的旅行筆記」遺失這種意外屬於低機率事件，在大家都知道可以於危急時刻向「愚者」先生祈求幫助後，更是低機率之中的低機率！

做生意怎麼可能沒有一點風險……等一下得與「世界」先生溝通好，確定他想使用的時間段，免得出現衝突……

佛爾思收回視線，聽見「隱者」女士開口說道：「尊敬的『愚者』先生，這次有兩頁羅塞爾日記。」

自從聯絡上「神祕女王」，日記的獲得就穩定得可怕啊……

克萊恩微微點了一下頭，輕笑一聲道：「很好。」

短暫的靜默後，「隱者」嘉德麗雅具現出了兩頁黃褐色紙張，看著它們以靈界穿梭般的姿態跳躍至「愚者」先生的掌心。

克萊恩隨即慢悠悠地放低目光，看向手中的日記。

十二月二十九日，又快到新的一年了。

所有的陵寢都已建好，開弓沒有回頭箭了。

陵寢都已建好……開弓沒有回頭箭……克萊恩望著手中的日記，腦海裡思緒如沸，各種念頭不斷冒出又不斷破碎。

在他看來，羅塞爾大帝的這則日記近乎證明了他之前做的猜測：在晚年選擇強行轉到「黑皇帝」途徑，試圖以半瘋為代價，成為序列〇的真神！

究竟是什麼驅使大帝下定了這樣的決心？之前那則日記裡的激盪、衝動和失態，又是因為發現了什麼？而且和那時候相比，大帝這則日記的情緒看似平靜內斂，卻給人更加偏激的感覺……

很難想像，晚年時期的大帝遭遇和經歷了什麼，以至於人格都有出現異化的情況……天使本身蘊藏的那種瘋狂，還是說錨定祂理智的生靈信仰出了問題？嗯，正常不是應該害怕一些穩一點，等著找機會會吞掉「隱匿賢者」嗎？

克萊恩一瞬間想到了很多，卻無從尋找證據。

而這一頁羊皮紙上，只有那麼短短兩行文字，似乎在說明這就是羅塞爾大帝人生最後的那則日記，這一年的末尾，或者新一年的開始，祂疑似隕落在了白楓宮。

一代大帝，一位穿越者最後的文字？

克萊恩暗嘆一聲，表面毫無異常地翻到了下面那張羊皮紙。

這頁日記上沒有日期，但抬頭卻寫了行古弗薩克語：「緊連著剛才那張。」

這行單字字跡秀麗端正，與羅塞爾大帝的手書有明顯區別，一看就是他人額外添加的。

應該是「神祕女王」做的注釋……為了說明這才是日記的最後，是大帝在開弓沒有回頭箭後寫的？可為什麼沒有日期？

克萊恩帶著深深的疑惑，往下閱讀起相應的內容，眸光隨之凝固。

我想，這個世界上，穿越者應該不只我一個。

如果還有人能看懂我的日記，一定要記住，謹慎地選擇你的非凡途徑。

一旦確定了這點，也就意味著你的盟友和你的敵人也大致確定了。

我沒辦法提出具體的建議，因為我看不清七神，看不清那些邪神的真正面目，這也許與那個古老組織隱藏的第二塊「褻瀆石板」的部分內容有關，很可惜，我只是大概猜到有隱藏的部分，無法獲得證實。

同樣的，我也不知道第一塊「褻瀆石板」書寫著什麼。

一個有用的告誡是，不要選序列〇位置已經被占據的途徑，並且小心相近途徑的序列〇、序列一，我在這方面就吃了很大的虧。

至於序列〇代表什麼，如果你還不知道，記得蒐集我其他日記。

呵呵，這一頁相當於我人生的後記，若是我成功，那之後就是神生，就是另一段故事，如果失敗，那就沒有之後，大概，嗯，你懂的。

去吧，能看懂我日記的朋友，去探尋我們穿越的祕密和其中埋藏的真相吧，我會注視著你的，如果我還活著。

最後提醒你一句，一定要記住：

小心月亮！

對於穿越者不只一個這件事情，克萊恩並不詫異，畢竟他早就知道羅塞爾大帝這位「前輩」存在。

他疑惑的是，大帝又是從哪些事情哪些細節發現穿越者不只一個？

這一點很重要，對克萊恩找到回家之路有著其他問題不可比擬的意義！

這就像有幾個未知數的方程式，如果例子不夠，條件不夠，無論怎麼解，都是得不到確定答案的，只有式子足夠，才有希望找出正確的解答。

嗯……大帝應該有把這方面的發現記錄在之前的日記裡，可惜，我沒辦法知道是哪一部分，從而有針對性地索取和尋找……克萊恩無聲嘆了一口氣，轉而思考起所謂「後記」的其他內容。

「『黃昏隱士會』出示的第二塊『褻瀆石板』有隱藏部分內容？」

「是他們刻意隱瞞，還是本身就沒有獲得……第二塊『褻瀆石板』其實分成了兩個部分，另外一半落到了別的勢力手中？」

「我的途徑已經確定，這還是根據羅塞爾大帝日記內的感嘆做的挑選……從大帝『後記』裡那些話的意思來看，我可以放心一點，那就是『占卜家』途徑沒有序列〇，因為查拉圖這個瘋了的序列一還存在，根據非凡特性守恆定律，呵呵，這個細分的地方或許也能叫不相容定律，有序列一就沒有序列〇。」

「我需要小心的是查拉圖、『門』先生、『瀆神者』阿蒙和帕列斯·索羅亞斯德，以及可能存在的這三條途徑內的別的序列一。」

「小心月亮是什麼意思？小心『原始月亮』？那可以直說啊……」

「等等，大帝似乎有過探索紅月的想法，難道最後付諸了實踐，在月亮上發現了什麼，所以提醒別的穿越者小心月亮？」

「月亮與穿越有關？」

「嗯……大帝的語氣表明，祂似乎還有點後手，不一定會徹底隕落，有可能正注視著我……這件事情同樣應該有線索在前面的某些日記裡……」

一個個結論一個個疑惑在克萊恩腦海飛快閃過，最終又相繼沉澱了下來。

他讓手中的日記消失，側頭望向「隱者」嘉德麗雅：「妳有什麼想問的？」

「隱者」嘉德麗雅推了推架於鼻梁的厚重眼鏡，恭敬地低下腦袋道：「尊敬的『愚者』先生，我想知道羅塞爾大帝是否有可能還活著？」

這個問題一出，想著自己事情的塔羅會眾位成員們同時回過神來，受到強烈刺激般望向青銅長桌最上首。

雖然羅塞爾大帝是否還活著與他們沒有直接的關係，也不會帶來顯著的影響，但這樣一個話題足以勾動人類心中潛藏的對流言對傳聞的渴求！

我以為我晉升「心理醫生」後，會對類似事情免疫的……哎，我真的很好奇呀！「正義」奧黛麗眸光明亮地看著「愚者」先生，等待祂給出答案。

所有成員裡，只有「太陽」戴里克對這件事情不怎麼感興趣，他之所以望向青銅長桌最上首，純粹是因為大家都這麼做了。

果然，「神祕女王」的問題基本都針對當次提供的日記……

克萊恩沒有感覺為難，熟練地輕笑一聲道：「也許。」

他用「也許」來回答，表明當初羅塞爾大帝有自救的希望，至於最後有沒有成功，出沒出意外，就不屬於剛才問題的範疇，且未必有答案。

也許……「愚者」先生的意思是，羅塞爾大帝真有可能還活著？

「隱者」嘉德麗雅等人就像聽說了世界上最大的祕密，一時有點激動，又有點興奮。

不過，他們也品出了「愚者」先生話語裡潛藏的味道，那就是礙於筆記內容的不足和本身剛甦醒沒多久的狀態，祂無法確定羅塞爾大帝是否把握住了機會，這一切有待於將來通過更多的線索和證據獲知。

但不管怎麼樣，羅塞爾大帝對自身被刺殺那件事情應該是有一定心理準備的。

沒給「正義」、「倒吊人」他們思考這方面問題的時間，克萊恩向後靠住椅背，語氣平淡地說道：「該你們了。」

「魔術師」佛爾思忙將自己的思緒從幻想的羅塞爾晚年故事裡拔了出來，望向青銅長桌最上首道：「尊敬的『愚者』先生，我請求和『世界』先生單獨交流，很快就能結束。」

和格爾曼．斯帕羅交流什麼？X先生的事情不是結束了嗎？

克萊恩一邊疑惑地想著，一邊輕輕頷首道：「可以。」

接著，他屏蔽了其他成員的感官，操縱「世界」低啞笑道：「還有什麼事情？」

佛爾思斟酌了兩秒道：「是這樣的，X先生的腦袋讓我得到了不菲的獎勵，我覺得在這件事情上，我支付的報酬不足以匹配任務的難度，所以，想補償您一筆現金。您希望拿到多少？」

不錯啊，知道主動補償我……「魔術師」小姐雖然有的時候會貪點小錢，但為人還是很實誠嘛，嗯，做交易賺點利潤是很正常的事情，不能算貪……

獲得意外之喜的克萊恩由衷地讚嘆了兩句，讓「世界」呵呵反問道：「妳能支付多少？」

「魔術師」佛爾思猶豫了一下道：「五千鎊。」

她將老師給的獎勵折算為一萬鎊，打算分「世界」先生一半，而且由於配方、水晶球和非凡材料都是她需要的，所以準備賣掉那兩棟房產，直接給現金。

而佛爾思之所以這麼大方，一方面是確實覺得任務比自己預計得難，給的報酬太少，另一方面則是越來越畏懼「世界」格爾曼．斯帕羅，不敢得罪這位瘋狂冒險家，恐怖的賞金獵人。

亞伯拉罕家族給的獎勵不少啊……

克萊恩操縱「世界」笑道：「如果妳能用大量的金幣代替，可以少支付一部分，具體看妳能蒐集到多少。」

「我儘量。」佛爾思雖然很奇怪「世界」先生為什麼這麼看重金幣，之前和「隱者」女士交易時也這樣說，但還是沒敢反問。

她頓了一下，轉而問道：「『世界』先生，您什麼時候需要使用『萊曼諾的旅行筆記』？我打算在此之前或之後，把它租出去，賺些金錢和非凡能力。」

租出去？把神奇物品租出去？

克萊恩聽得都愣了一下，沒想到「魔術師」小姐竟然有這樣的商業頭腦！

作為一個來自地球網路時代的年輕人，克萊恩很快就想明白了「魔術師」小姐想做什麼，準備怎麼做，依靠的是什麼。

這不就是共享經濟嗎？有塔羅會和「愚者」存在，本身的技術限制不再是問題……「魔術師」小姐平時又懶又沒存在感，想不到在這方面竟然有如此敏銳的直覺……嗯，也源於我提出了租借魔法書這個要求……不管怎麼樣，能迅速獲得靈感，建立「商業模式」，都相當不錯……

克萊恩故意讓「世界」格爾曼．斯帕羅斟酌了幾秒道：「這周末和下一周，都可能需要。」

他是根據「倒吊人」先生從「深淵漩渦」返回羅思德海域邊緣的時間估算的，並給對方留出了初步平穩靈性和補充物品的空隙。

到時候，他們將聯手探索那座有許多超凡生物的原始島嶼。

「魔術師」佛爾思聞言忙點頭道：「好的，我會做好安排，不會耽誤您使用。」

她一邊暗自鬆了一口氣，一邊請求「愚者」先生見證之後的租賃協議，在得到可以的答案後，示意單獨交流結束。

接著，她具現出「萊曼諾的旅行筆記」，環顧一圈道：「各位，我這裡有一件神奇物品。它共有三十八頁，每一頁都能幫助使用者記錄他見過的非凡能力，並在需要的時候釋放，不過，比原本的要弱一些……」

「每一頁都能反覆記錄，記錄一次只能使用一次……其中，有三頁可以用於半神級非凡能力，但記錄成功的機率很低，十次未必能有一次……」

佛爾思簡單地講解了「萊曼諾旅行筆記」的能力特點和負面影響，聽得「正義」奧黛麗等人眼眸一點點發亮。

早已不是神祕學和非凡領域初入者的他們不難聽出「魔術師」小姐手裡那本旅行筆記的價值，無需溝通，同時將它視作了半神器。

這和「牧羊人」，和「蠕動的飢餓」有點像，都是能使用許多途徑的不同非凡能力，但沒那麼大的負面作用，並且還有機會記錄半神的能力……抽自己的血……

「正義」奧黛麗想著想著，忽然有點害怕地縮了縮手。

作為大貴族的女兒，她從小到大幾乎沒受過什麼傷，所以對疼痛有著因未知而起的強烈恐懼。

趁著佛爾思停止，她小幅度舉了一下手道：「『魔術師』小姐，妳想用它換取多少金錢？」

奧黛麗相信自己的父親霍爾伯爵也能認識到這本「萊曼諾旅行筆記」的價值，不會不給自己報銷，所以打算充分地滿足佛爾思的要求。

她最近應該很缺錢，否則不會出售這麼重要這麼實用的神奇物品……

奧黛麗略顯同情地在心裡想道，考慮著要不要主動溢價。

該死……為什麼不能等我從那座原始島嶼回來再出售……「倒吊人」阿爾傑對「萊曼諾的旅行筆記」也有著強烈的興趣，可現在的他身上根本湊不出購買這件神奇物品的金錢或材料。

一千三百鎊對普通人來說，是十年二十年都未必能存到的財富，可距離「萊曼諾旅行筆記」這種層次的物品，還非常遙遠！

它至少值一萬鎊，如果遇上有大勢力支持的非凡者，賣出三萬鎊以上的價格都不是問題……

阿爾傑的目光掃過了詢價的「正義」小姐和推了下眼鏡，即將加入競購行列的「隱者」嘉德麗雅，忍不住在內心嘆了一口氣，不認為這次交易會按照自己希望的那樣失敗，等到本身從原始島嶼返回還未賣出。

「正義」小姐有錢，「隱者」有「神祕女王」，有「摩斯苦修會」，錢和資源都不缺，哎……

「倒吊人」阿爾傑稍微改變了一下坐姿，目光沉穩地看著對面。

「月亮」埃姆林和「太陽」戴里克對「萊曼諾的旅行筆記」同樣感興趣，但也僅限於興趣，他們很清楚自己沒那個能力做出相應的交換。

聽見「正義」小姐的問題，佛爾思才發現自己似乎忘記了提最關鍵的內容，連忙補充道：「不，不是出售它，而是出租它。當你們需要的時候，可以短暫地租賃它一段時間，由『愚者』先生見證。」

出租？還能這樣？

這一刻，除了「愚者」克萊恩和「太陽」戴里克，「隱者」嘉德麗雅等人都明顯愣了一下。

他們毫無疑問知道什麼是租賃交易，可沒想過這能應用到神奇物品上，更沒想過會出現於塔羅會！

這似乎很有可行性啊，這對塔羅會每一位成員來說，都相當有用，並且花費會很小，足以承擔，而「魔術師」小姐積少成多，能攢下一筆可觀的財富，不，最有用的是記錄的那些非凡能力，她能藉此蒐集到不同途徑不同類型的非凡能力，比自己一個人找機會記錄有效率了不知道多少倍！

「倒吊人」阿爾傑迅速就想清楚了這租賃交易裡隱含的關鍵點，心中一喜，開口問道：「怎麼租賃？」

「萊曼諾的旅行筆記」對應序列六，正常是五千鎊左右的價格，不過，以它的特殊，至少值一萬鎊……

「魔術師」佛爾思在塔羅會裡也算是積累了不少經驗，考慮了一下道：「每次租賃，基本費用三百鎊，每多一天加五十鎊，而在歸還時，必須保證這本旅行筆記上的非凡能力比借出去時多兩頁，借出時只剩一頁空白和沒有空白的，補滿整本筆記就行。」

多兩頁不是多兩種，也就是說，可以隨意使用「萊曼諾旅行筆記」上的非凡能力，只是最後需要補上，無需同種類型，只考慮頁數。

每天五十鎊，一個月一千五百鎊……如果可以，我能一直租下去……「正義」奧黛麗簡單地計算了一下花費。

「倒吊人」阿爾傑聽得一陣激動和興奮，表面卻不動聲色地說道：「我打算租兩天，不過具體的價格還需要再商量一下，根據這本筆記上現有的非凡能力做一定的調整。」

他對探索原始島嶼的行動又多了不少信心！

「你打算什麼時候租？」佛爾思見立刻就有生意出現，遂欣喜地詢問道。

「這周末到下周末之間租兩天，具體時間有待確定。」阿爾傑毫不猶豫地回應道。

「魔術師」佛爾思頓時皺起了眉頭，略顯畏縮地開口說道：「這段時間已經租給『世界』先生了。」

租給「世界」了？什麼時候的事情？「倒吊人」阿爾傑略感愕然地望向青銅長桌最下方。

他旋即有所明悟，認為是「世界」與「魔術師」剛才單獨交流時達成的協議。

為什麼會達成這樣的協議？「魔術師」小姐沒必要先將出租神奇物品的事情告訴他啊……他們私下有過聯絡，有過別的交易？他們能有什麼聯絡和交易……

嗯，之前「魔術師」小姐委託人刺殺一位極光會的神使，「世界」接受了這個任務，而那位神使的特點是記錄別人的非凡能力並使用一次，呵呵，這和「萊曼諾的旅行筆記」一致……

這是「世界」已經成功了？「魔術師」小姐因此欠了他一筆債務，未能全部解決，現在終於想到辦法，用這種方式償還？

阿爾傑排除了一個又一個可能，最終感覺自己找到了真相。

眾人沒有任何聽聞的時候，「世界」格爾曼．斯帕羅就已輕鬆狩獵了一位極光會的神使，疑似序列五的神使！

這讓「倒吊人」阿爾傑暗自心驚，因為他接下來就要與「世界」合作了。

還好有「愚者」先生見證……作為眷者，格爾曼．斯帕羅不會違背在神靈面前達成的協議……

阿爾傑自我寬慰了兩句，收回了望向「世界」的目光。

與此同時，「正義」奧黛麗和「隱者」嘉德麗雅也從「世界」先生與「魔術師」小姐發生過的一筆筆交易出發，想到了極光會的神使，想到了對方的非凡能力貼近「萊曼諾的旅行筆記」，於是，不分先後地猜測「世界」也許已經完成任務，租賃魔法書則是那筆交易的組成部分。

「月亮」埃姆林沒去想這些事情，將重點都放在了這周末和下周不能借。

換句話說就是，這周前面幾天可以借？如果有這本旅行筆記幫助，那兩個「原始月亮」的信徒將不會對我造成任何威脅……

埃姆林左右看了一眼，心裡很急，表面卻慢悠悠地說道：「我租賃今天和明天，可以嗎？」

「四百鎊加多兩頁非凡能力。」「魔術師」佛爾思直接報價道。

「月亮」埃姆林輕輕點頭道：「妳先大概介紹一下已經記錄有哪些非凡能力，如果它們對我來說沒什麼作用，我希望能夠降低價格，因為我還得花費時間去記錄。」

「魔術師」佛爾思翻動「萊曼諾的旅行筆記」，很模糊地做起了介紹。

「開門」……「黑幕」……「摔倒術」……「傳送」……「雷擊」……「漂浮」……「飛行」……「風刃」……咦，怎麼這麼多風暴領域的非凡能力？這是「世界」用過了？

從「愚者」先生那裡記錄了海神對應的非凡能力？等回到有教堂的地方，得調查一下貝克蘭德最近發生過哪些事情，那位神使應該不會毫無動靜就死去……

「倒吊人」阿爾傑一邊聽著，一邊產生了探究的想法。

不死者

—The Most High—

詭秘之主

第五章

意外的來訪者

「隱者」同樣從「萊曼諾旅行筆記」擁有的非凡能力聯想到了「世界」格爾曼．斯帕羅，聯想到了「愚者」先生手裡那根源於「海神」卡維圖瓦的權杖。

不知道可不可以付出一定的代價，請「愚者」展示風暴和祂本身領域的半神級能力……這比向摩斯苦修會求助好，那會讓他們知道我「有」「萊曼諾的旅行筆記」……

嗯，先寫信告訴女王，或許她會到「未來號」上展示能力……嘉德麗雅越想越覺得那本魔法書有超乎所在層次的價值，非常遺憾「魔術師」小姐只租不賣。

聽完介紹的「月亮」埃姆林則暗中舒了一口氣，因為閃電方面的非凡能力對人造吸血鬼有強大的殺傷力。

當然，對血族也一樣。

非常好，我還擔心會不得不向「太陽」求助，將「萊曼諾的旅行筆記」傳遞給他，請他展示淨化方面的能力並記錄……

埃姆林的心情一下變得輕鬆，瞥了眼旁邊的「太陽」戴里克，對「魔術師」佛爾思說道：「成交。」

四百鎊加一些非凡能力的紀錄相對他想完成的任務來說，實在不算什麼。

這樣賺錢真快啊，而且還能拿非凡能力……

佛爾思忽然覺得未來一片光明，忙微笑說道：「好的，聚會之後我就會請『愚者』先生轉交給你。」

緊接著，她側頭望向「隱者」嘉德麗雅道：「女士，亞伯拉罕家族的直系後裔已經給了答覆，妳是想單獨交流，還是讓我直接說出來。」

「隱者」嘉德麗雅想了想道：「單獨交流。」

很快，其他人的感官全部被屏蔽，「魔術師」佛爾思轉述起自己老師的話語：「他們對『門』先生的事情也不是太清楚，只知道兩點，不，三點。」

「一是他們家族的先祖裡有一位自稱『門』先生的存在。」

「二是這位先祖失蹤於『四皇之戰』，他們一直在努力地尋找祂的下落。」

「三是他們在滿月和血月時都會聽到能造成失控的囈語。」

「另外，他們暫時不想直接聯繫。」

第三點是佛爾思自己補充的，她希望「隱者」女士和她背後的「神祕女王」能藉此更進一步地弄清楚「門」先生的事情，這樣將有利於幫助亞伯拉罕家族擺脫被詛咒的命運。

「門」先生是亞伯拉罕家族的先祖，失蹤於「四皇之戰」，每到滿月就會製造囈語？嗯，後面這點是「愚者」先生確認的，沒有疑問……

也就是說，雖然「門」先生失蹤了，但祂依舊依靠滿月和血月時的囈語影響著有同樣血脈的非凡者，以及使用了特定物品的生物，這表明祂和現實世界並沒有完全失去聯繫……

大帝就是因此與祂有了交集？女王曾經說過亞伯拉罕家族當初有成員在為大帝效勞……

嘉德麗雅隱約有了些猜測，微微點頭道：「如果還有問題，我會繼續請妳轉告。我今天就會支付剩下的六百五十鎊。」

六百五十鎊，加上「月亮」先生的四百鎊，我今天淨賺一千零五十鎊，再加上之前剩下的七百三十鎊，以及賣掉兩處房產並支付「世界」先生報酬後可能剩下的一千多鎊，我的存款將突破三千鎊！這樣一來，「記錄官」另外一種主材料的錢就足夠了，甚至還能有剩下……

這一刻，佛爾思突然發現自己變得有點富裕。

這讓她想著要不要幫休求購「審訊者」的非凡特性，彌補這位好友在X先生遇刺事件裡被動承擔的風險。

等到感官屏蔽結束，佛爾思還未來得及開口，就聽見「世界」格爾曼．斯帕羅低啞說道：「我需要一件『偷盜者』途徑的神奇物品，對應序列九和序列八的都可以。」

「隱者」嘉德麗雅考慮了一下道：「我可以幫你問一問，不過『偷盜者』途徑的物品出現的不多，可能會有溢價。」

「沒問題。」克萊恩操縱「世界」回答道。

他旋即又讓這個傀儡看了眼剛富裕起來的「魔術師」小姐：「我要出售一份『審訊者』的非凡特性，只用一千鎊。」

正常來說，這種能作為主材料的序列七非凡特性，價格應該在一千兩百鎊左右，但克萊恩現在有足足兩份，且想著自己是利用休小姐參加的那個聚會，可能給她帶來一定的風險，所以稍微打了個折扣。

只用一千鎊，這是百貨商店特價啊！可為什麼「世界」先生知道我想要？對了，他是「愚者」先生的眷者，之前那份「審訊者」非凡特性就在他手上，而他也清楚我現在買得起……

「魔術師」佛爾思愣了兩秒，差點忘記回應。

這個過程裡，「正義」奧黛麗忍住了購物的衝動，因為她知道休需要這方面的事物。

一千鎊？「審訊者」的非凡特性？

「隱者」嘉德麗雅認真想了一下「世界」有沒有隱含的用意，然後就聽見「魔術師」小姐開口道：「成交！」

……我還沒開價呢……嘉德麗雅在心裡咕噥了一句，但表面卻保持著沉默。

她隱約看得出來，「世界」和「魔術師」在這件事情上有奇怪的默契，所以沒有貿然插言。

同樣的，她也能察覺「倒吊人」這一周發生了好事——整個人比以往昂揚了一些，顯得更有自信。

他之前購買了「海洋歌者」的魔藥配方和主材料……又向我請教了哪裡有不屬於風暴教會的奧布尼斯海怪……這應該與儀式有關……他已經獲得晉升了？「隱者」嘉德麗雅忽然有了點危機感。

作為名傳五海的「星之上將」，她在塔羅會上其實一直有存在點心理方面的優越感，可最近一段時間來，先是「世界」格爾曼．斯帕羅展現出了能狩獵海盜將軍的實力，接著「倒吊人」又成為了序列五，並且還是非常擅長海戰的序列五，讓她感覺自己不再有俯視他人的資格，心中霍然迸發出很久不存在的緊迫感。

可是，我前面是序列四，是靈性與神性的分界，哪有那麼容易晉升……我準備了好幾年，依然沒有看到希望……

嘉德麗雅在心裡嘆了一口氣，望向「世界」格爾曼．斯帕羅，主動詢問道：「那滴神話生物的血液有把握了嗎？」

就等著妳提這件事情！

「愚者」克萊恩一邊微笑旁觀著交易，一邊操縱「世界」嘶啞笑道：「那位天使讓我詢問妳，能付出什麼代價讓祂給予一滴血液？祂強調這必須讓祂滿意。」

天使？「世界」先生能直接聯絡一位天使？而且還能說服對方給出一滴血液！

「正義」奧黛麗先是一驚，旋即思緒轉動，側頭望向了青銅長桌最上首。

她懷疑「世界」這位「愚者」先生眷者聯絡的是服侍「愚者」先生的天使！

她和「魔術師」等人一樣，之前只認為「世界」知道哪裡有天使或天使遺骸的線索，沒想到，他是直接和天使對話！

要知道，行走於地上的天使略等於七大教會的宗教首領了！

果然……「倒吊人」阿爾傑無聲嘆息了一句，覺得自己上次的猜測被證實了。

不愧是「愚者」先生的眷者……

「隱者」嘉德麗雅按捺住又驚又喜的情緒，沉吟了一下道：「不知道祂是哪條途徑的天使？」

假人「世界」環顧了一圈道：「怪物。」

「怪物」，也就是，「命運」途徑的天使？難怪「愚者」先生的尊名裡有「執掌好運的黃黑之王」這句話……「正義」奧黛麗、「太陽」戴里克等人各有恍然，覺得自身的推斷很符合實際情況和內在邏輯。

他們的眼神和對他們思路的猜測讓克萊恩有所觸動，這才注意到相應的問題：他自己編造的尊名裡，有執掌好運的描述，並且成功指向了灰霧之上！

「命運」途徑的人能直接看見我的特殊，會不會與此有關？「水銀之蛇」威爾．昂賽汀主動示好並搭上關係，會不會有這方面的因素？我的三段式尊名裡，第一段是對本質的描述，第二段是對神域的側寫，只有第三段，涉及權柄，執掌好運……

當然，「愚者」這個單字本身也可能包含一定的權柄……

克萊恩突然覺得有必要再找機會和某未出生胎兒交流一下。

不過，他懷疑那隻千紙鶴隨時會破掉，因為僅是擦拭原本內容的過程就相當危險。

這個時候，「隱者」嘉德麗雅開口了：「感謝你的幫助，我會認真考慮一下，爭取盡快給你答覆。」

她打算趁機請教「神祕女王」，看什麼條件能打動「命運」途徑的天使。

隨著「隱者」和「世界」對話的結束，交易部分正式完畢，塔羅會成員們進入自由交流環節。

「魔術師」佛爾思想了想，望向「月亮」埃姆林道：「提醒你兩件事情，一是熟記每一頁對應哪種能力，戰鬥的時候如果翻錯頁，使用錯能力，會非常危險。」

「月亮」埃姆林頓時嗤笑了一聲道：「我對我的智商很有信心。」

「魔術師」佛爾思沒再多說，轉而提到：「東區發生了一起涉及非凡者的嚴重事件，周圍區域處於較為戒備的狀態，你如果想在那裡展開行動，最好多注意一點。」

埃姆林對這個情報相當重視，當即反問道：「妳清楚是什麼嚴重事件嗎？」

聽到「月亮」先生的問題，「魔術師」佛爾思險些脫口而出「清楚！非常清楚！只是不太了解過程中的細節」。

不過，她及時控制住了自己的嘴巴，略感畏懼地看了眼青銅長桌最下方的「世界」先生。

幾乎是同時，「倒吊人」阿爾傑、「正義」奧黛麗和「隱者」嘉德麗雅結合之前的推測，隱約猜到了貝克蘭德東區發生的嚴重事件是極光會那位神使被刺殺，被「世界」刺殺！

因為不是「觀眾」，無法從眼神中讀出答案，佛爾思只好對著「月亮」埃姆林勉強笑道：「具體是什麼，我無法回答你。」

「我只知道當時出現了風暴領域半神級的非凡能力，這讓風暴教會高度重視。」

她沒敢代替「世界」先生講出事情的原委，只是簡單描述了一下自己見到的情況。

在她想來，如果「世界」先生願意洩漏此事，自己肯定會做補充。

風暴領域半神級的非凡能力？

「正義」奧黛麗等人一陣錯愕，本能地懷疑起自己剛才的猜測是否正確。

他們之前都認為「萊曼諾的旅行筆記」是那位極光會神使死後形成的物品，所以「世界」刺殺對方前根本不可能借「愚者」先生的幫助記錄下半神級的能力！

東區涉及超凡的嚴重事件與「世界」先生無關？不，佛爾思剛才那一眼足以說明就是「世界」先生弄出來的！可是，風暴領域的半神級非凡能力又為什麼會出現呢？

一個可能是「萊曼諾的旅行筆記」並非這次刺殺的收穫，原本就屬於佛爾思，另一個可能是風暴教會的樞機主教或持有相應封印物的非凡者做出了攻擊……

如果是前者，能讓「世界」先生動用半神級的非凡能力，說明那位神使相當強大，而且背後存在著一位聖者，若是後者，「世界」先生能在這樣的攻擊下安然離開，足以說明他的恐怖……

當然，不排除他故意引導風暴教會的人與極光會的神使相遇，趁半神級的戰鬥爆發，場面異常混亂，高效率地完成了刺殺……

「正義」奧黛麗從自己觀察到的種種細節出發，大致有了幾個猜測，而每一個猜測都說明著同一件事情：「世界」有實力，有智商，有支持，有行動力，是半神以下最頂尖的序列五之一！

真是恐怖啊，不愧是「愚者」先生的眷者……等到了有教堂的地方，我應該就能弄清楚這件事情的細節……「倒吊人」阿爾傑也有了初步的判斷，內心一陣唏噓，只能安慰自己，有了這樣的幫手，對那座原始島嶼的探索將容易不少。

至於「隱者」嘉德麗雅，和「正義」奧黛麗的想法差不多，並打算向「神祕女王」詢問一下情況——這位「黎明號」的主人，之前在信中透露過自己最近正停留於貝克蘭德。

「風暴領域半神級的非凡能力……」

「月亮」埃姆林略感頭痛地重複著「魔術師」小姐的話語。

雖然他喜歡待在家裡，不愛外出，但身在大都市，三不五時又得去醫院弄點血喝，一些常識還是具備的，再加上長輩們的提醒和教導，對「代罰者」、「值夜者」、「機械之心」等官方組織其實有著足夠深刻的了解，明白這樣一起嚴重事件會對周圍區域帶來怎樣的影響。

如果沒有良好的偽裝，就這樣潛入東區，說不定還未靠近目標，就被「代罰者」們給按倒抓住了……雖然我有母神教會的身分，不至於被關到地底，或成為封印物研究人員，但這也意味著行動失敗，或許還會被拿走「萊曼諾的旅行筆記」……這個階段，走下水道更為危險，那裡不知道潛伏了多少官方非凡者……埃姆林忽然發現看似輕鬆的任務一下變得很困難。

他很快有了決定，那就是在傍晚後深夜前行動，這個時間段裡，東區的底層民眾會陸陸續續從工作地方返回，天色雖黑，街上卻很熱鬧，就算「代罰者」人數再多十倍，也沒辦法在這種情況下進行嚴格的監控，分辨出每一個可疑者。

接下來的重點就是策劃好行動，爭取動靜很小地解決掉那兩個人造吸血鬼……嗯，得考慮戰鬥激烈無法隱瞞的情況……等等，「魔術師」小姐剛才提過「萊曼諾的旅行筆記」裡有「傳送」這個非凡能力……問題解決了！

「月亮」埃姆林霍地鬆了一口氣，輕笑一聲道：「我會注意的。」

他這句話說得非常平靜，顯得很有信心，似乎一切都在掌控之中。

呵，埃姆林這傢伙先為難後放鬆，百分之九十是想到了「萊曼諾旅行筆記」裡那個「旅行家之門」……如果不是抽到了「旅行」，我肯定會附加條件，那就是「世界」格爾曼‧斯帕羅使用前，誰也不能動那頁魔法書……克萊恩在心裡嗤笑了兩聲，沒有開口。

對他來說，因為「萊曼諾的旅行筆記」內只有那一個「旅行家之門」，所以往返原始島嶼的過程中必然會動用「蠕動的飢餓」，既然如此，那還不如盡情壓榨手套，反正不管怎麼樣，都是要餵一個「死刑犯」的，不能浪費。

「總之，我提醒過你了。」「魔術師」佛爾思不再多說，只希望「月亮」先生能一切順利。

這時，「倒吊人」阿爾傑側頭望向了旁邊的小「太陽」：「你還在白銀城？」

「是的，最近的任務是熟悉能力，並巡邏周圍區域。」「太陽」戴里克沒有一點隱瞞地回答。

阿爾傑沉吟了一下道：「那位『牧羊人』長老最近沒來找過你？」

「沒有。」戴里克頓了一下道，「『六人議事團』似乎在忙前任首席陵寢的事情，具體是什麼，我沒有權限知道。」

克萊恩聽小「太陽」提過白銀城的前任首席，說他修建了一座深入地底的陵寢並搬了進去，之後再未出來，疑似想轉到「死神」途徑的序列三失敗。

也不知道陵寢內部發生了什麼事，我的靈性直覺告訴我，這隱藏著危險……

克萊恩還未開口，就聽「倒吊人」阿爾傑道：「你注意一下這件事情，這個關鍵階段研究前任首席的陵寢不會簡單，這可能給你帶來危險。」

「嗯！」「太陽」戴里克用力點頭道，「我會儘量想辦法弄清楚具體情況的。」

交流繼續往下進行，因為這周內各自遇到的事情不多，這個環節很快就步入了尾聲，塔羅會眾位成員開始對「太陽」做外界神祕學語言的教導，並從他那裡學習些古代神話。

這個過程中，「正義」奧黛麗有略感失落和沮喪，因為她這次聚會裡既沒有買什麼，也未分享什麼，參與度顯得不夠。

唉……我的生活太平靜太安穩了，沒有事情可以分享……不過，這也正常，作為東切斯特伯爵、王國排名前三的大銀行家的女兒，如果還會經常遭遇非凡事件，每周都過得又驚險又刺激，那只能說明現有的社會分層、政治結構不足以支撐起一個超凡世界的秩序，必然會有根本性地顛覆性地改變……嗯，等回到貝克蘭德，和心理鍊金會聯繫增多，就能改善這種狀況了……

奧黛麗迅速變得樂觀，站起身來，向「愚者」先生行禮告辭。

她這半年來，因為有蘇茜的刺激，真的看了不少有用的書籍，在思考的深度和成熟度上，和以往相比有了較大提升。

貝克蘭德北區，伯克倫德街一百六十號。

結束了塔羅會的克萊恩走至臥室附帶的陽臺上，眺望起周圍綠化很好的環境。

「有了『魔術師』小姐出租『萊曼諾旅行筆記』的嘗試，以後塔羅會上經常交易的事物肯定會多出一種，呵呵，他們或許還沒這方面的意識，沒想過自己的非凡能力也能夠售賣！等租賃行為多了，總會有人在交易環節提出誰能幫忙記錄某某方面的能力……」

「到時候，擁有不少神奇物品的我，可以穩定地提供多個領域的非凡能力……這不會賣的太貴，但勝在持久，經常都有人需要。」

「呵，不知道誰會第一個鼓起勇氣，向『愚者』請求幫忙，希望能記錄下半神級的能力……這需要等價交換，必須付出足夠的代價……如果沒有誰敢於走出這一步，害怕褻瀆神靈，我可以讓『世界』做個示範，畢竟『愚者』先生從開始就表現得很親和很隨意，只要不犯錯，類似的交易都可能答應……」

「有了前面懲戒『隱者』女士的事例，相信不會有人因此輕視『愚者』，他們只會又榮幸又欣喜又惶恐……」克萊恩思緒紛呈地想著塔羅會的事情，對之後的非凡能力交易充滿期待。

就在這時，他聽見了咚咚咚的敲門聲。

「請進。」鬢角斑白的道恩·唐泰斯轉身開口道。

把手轉動，房門打開，戴著白手套的管家瓦爾特走了進來，恭敬說道：「先生，『大氣汙染調查委員會』的瑪麗太太前來拜訪您。您要見她嗎？」

瑪麗·肖特？考伊姆公司那位大股東，曾經請我調查過她前夫偷情事件的夫人？她來找我做什麼？不會是看上道恩·唐泰斯了吧……

克萊恩略感疑惑地含笑點頭道：「差不多到下午茶時間了，讓我們提前一點吧。」

「好的，我會請瑪麗太太到二樓起居室。」瓦爾特毫無難度地理解了雇主的意思。

克萊恩輕輕頷首，沒再多說，於貼身男僕理查德森的幫助下，穿好外套，下至二樓。

很快，他在起居室內見到了顴骨較高的瑪麗太太。

這位夫人穿著深藍色的衣裙，飾品典雅，浮華內斂，與去年相比，顯得更有品味，更有氣質。

「午安，女士，我一直都想著什麼時候能去拜訪妳，聽妳講一講做貝克蘭德大氣汙染調查時發生的事情。」克萊恩主動但客氣地開口道。

瑪麗含笑回應道：「可惜，我還沒有等到。」

寒暄了幾句最近的天氣後，坐在單人沙發上的克萊恩端起骨瓷茶杯道：「女士，妳似乎有為難的事情？」

他有看出瑪麗在猶豫在斟酌。

瑪麗半笑半嘆了一聲道：「你的見識你的智慧，我都有聽說，相信你是一位有卓越眼光的紳士。是這樣的，你有沒有興趣收購一些考伊姆公司的股份？」

「為什麼？女士，妳遇到困難了嗎？」克萊恩沉穩反問道。

瑪麗搖了搖頭：「是別人要出售。」

第六章

逐漸熟練

別人要出售？克萊恩琢磨著這句話，沒立刻反問，等到女僕進來將下午茶的銀色三層托盤放好離開，才微笑開口道：「女士，妳為什麼不自己收購？」

「哪怕是盲人，也能知道未來的魯恩只會越來越重視環境汙染的治理，所以，主營無煙煤和優質木炭的考伊姆公司必然會有非常良好的前景，價值五十萬鎊，甚至一百萬鎊，都不再是幻想，當然，前提是公司的管理能夠跟得上相應的擴張。」

「這種情況下，收購考伊姆的股份是絕對賺錢的生意，如果我是妳，即使背負上沉重的債務，也會自己拿下。」

瑪麗用兩根手指，從最下層的銀色托盤裡捻了塊小黃瓜三明治，輕咬了一口，緩慢咀嚼，嚥入肚中。

有了這樣的緩衝，她終於組織好了語言：「自從治理大氣汙染的法案通過，考伊姆公司得到飛速發展，股東們的面孔就開始更換，你知道的，那些追逐金錢的人在這方面總是有著敏銳的嗅覺，而他們背後往往藏著一些大人物。」

「如果我不是大氣汙染調查委員會的成員，沒有藉此認識不少貴族和政府高級雇員，我想我也會承受壓力，不得不在一個相對不錯的價格，將手裡的股份賣出，得到還算可以的收益，然後退出這個舞臺。」

「可就算這樣，大量的股份也在飛速集中，我快要失去最大股東的地位，不再有主導公司的能力。」

「這是我父親留給我的財產，我不想就這樣讓它成為別人的玩具，我希望它能一步步發展為貝克蘭德，甚至整個魯恩王國，最大的無煙煤和優質木炭供應商，呵呵，我不是沒嘗試過其他辦法，我質押股權，變賣房產莊園，將絕大部分流動資金投入進去，暗地裡吸納了百分之十五的股份，並且請周圍值得信賴的朋友們幫忙，總計拿下了百分之十的股份，加上我原本擁有的百分之二——，能掌握的達到了百分之四十五。」

「這次是一位小股東突然打算拋售手裡的百分之三股份，而我和我的朋友們暫時沒有足夠的金錢拿下。」

這就是商場上的鬥爭啊……

習慣於非凡者對抗的克萊恩還是初次遇上這種事情，感覺又新鮮又陌生。

他同樣伸手，從三層銀色托盤最下面拿了一塊夾優質火腿肉的三明治，邊吃邊思考十幾秒，說道：「你們後續吸納的股份應該也能做質押吧？」

「時間上來不及了，那邊已經開價，隨時能夠交易。」瑪麗吃掉手中剩餘的食物道。

克萊恩狀似輕鬆地向後靠住沙發背道：「為什麼找我？」

聽到對方這麼提問，瑪麗稍微鬆了一口氣：「第一，你肯定帶了不少現金到貝克蘭德來，不需要再通過別的辦法籌集，第二，你剛來貝克蘭德，和那邊，和各個方面都沒什麼深入的牽扯，這是我能找的其他人所不具備的優勢，坦白地講，這也就意味著我不害怕你違背簽訂的協議，即使你主動靠攏那邊，他們也得考慮是否值得為此對抗法律，第三，雖然之前只有一次碰面，但我認為你是一個有見識有智慧也有紳士風度的人。」

這誇得我都有點不好意思了……不過，這也說明道恩．唐泰斯的扮演達到了效果，至少所有人都知道了這是一個有閱歷有能力的中年紳士，而且手裡拿著大量的現金，不知該投資什麼……

嗯，原本的一萬六千九百四十三鎊加魔術師小姐那裡的五千，不，六千鎊，以及X先生提供的四十八鎊，我總計有二萬兩千九百九十一鎊現金加五枚金幣，哪怕扣掉欠信使小姐的五千九百八十七鎊，也算是真正的富翁了……許多資產十萬鎊的人，流動資金也達不到這個數目……

克萊恩忍不住算了一下自己的財產，含笑問道：「女士，妳希望我做什麼事情？」

瑪麗喝了口紅茶，流暢地說道：「吸納那百分之三股份，而在此之前，我會和你簽訂兩份協議，一是三個月後，強制買下你手裡股份的協議，並以這段時間內股票價格的最高點為計算標準，相應的稅款由我負擔，二是『一致行動人』協議……」

「另外，我會讓你成為考伊姆公司董事會的成員，享受相應的福利，監督公司發展，並幫助你更好地進入上流社會。」

聽起來穩賺不賠啊，相當於我提供一筆借款，瑪麗夫人回報一定的利息和社交方面的資源……而比起債務協議，我手裡至少拿著一個優質公司的股份，更有保障，畢竟我和她只能算是陌生人……當然，前提是考伊姆公司本身沒出問題，嗯，這也就是她讓我成為董事的原因……

克萊恩分析著瑪麗夫人開出的條件，逐漸有點心動。

在他看來，道恩．唐泰斯這個身分必然會存在投資行為，否則很容易被懷疑，那麼，選擇什麼樣的投資就是一個相當重要的問題，尤其還得考慮到，道恩．唐泰斯隨時可能因為行動成功或失敗，不得不放棄現有的一切，離開貝克蘭德。

到時候，錢有機會帶走，股份就別想了……這種可以快速回收資金的投資正符合我的需求……說不定還能賺不少……

克萊恩思考了一陣，溫和笑道：「幫一位女士解決困難是我應該做的事情。」

瑪麗夫人頓時放鬆了下來，她正要開口，就聽見道恩．唐泰斯嗓音很有磁性地繼續說道：「不過，我對任何的投資行為都相當謹慎。我會聘請一個律師和會計團隊調查考伊姆公司的狀況，盡快得出結論，如果沒有問題，那就合作愉快。」

除了這個，我還會做一下占卜……克萊恩默默在心裡補充了一句。

「這是應該的。」瑪麗夫人露出笑容道，「這方面的開支我會承擔的。」

克萊恩沒有拒絕，點了一下頭道：「那百分之三股份目前價值多少？」

「正常估價是九千六百鎊，但那位股東認為，依照考伊姆公司的發展前景，不能低於一萬兩千鎊。」瑪麗夫人給出了具體的資訊。

——呼。

克萊恩用一副平靜悠然的樣子笑道：「還好。」

道恩．唐泰斯果然很有錢……

瑪麗夫人念頭一轉，主動說道：「道恩，我可以邀請你明天去參觀考伊姆公司嗎？」

「這正是我的願望。」克萊恩笑著回應道。

與此同時，他忍不住想到了一件事情：以前房東斯塔琳・薩默爾的先生，應該還在考伊姆公司擔任經理。

又是一位熟人啊，但不是道恩・唐泰斯的……克萊恩內心莫名有點唏噓。

夜晚八點，進入東區的各條道路上，行人依舊眾多，疲色非常明顯。

而這樣的狀況會一直維持到快十點。

埃姆林・懷特換了身灰藍色的工人服裝，戴了頂鴨舌帽，縮在貝克蘭德橋區域的街巷裡，觀察著來來往往的貧民們。

他雖然沒有喬裝打扮的經驗，但至少有眼睛有腦子，只是旁觀了一陣，就發現自己身上存在不少的問題。

最重要的一點是，和衣物骯髒且多有破爛處的貧民們相比，他下午剛從商店買回來的工人服裝顯得太新太乾淨，非常容易引來別人的注視。

埃姆林想了想，返回陰暗的巷子裡，伸出手指，根據先前觀察到的現象，將衣物容易破損的地方全部弄爛。

然後，他環顧了一圈，臉部肌肉逐漸扭曲了起來。帶著嫌棄抗拒的表情，埃姆林來到牆邊，閉上眼睛，將那些骯髒的事物蹭到了衣服上、褲子上。

煤灰的味道……腐爛淤泥的味道……尿、尿的味道……埃姆林下意識伸掌，摀住嘴巴，險些嘔吐出來。

這個時候，他才明白擁有超凡嗅覺不一定是好事。

經過幾分鐘的煎熬，埃姆林終於完成了偽裝，就連那張俊美的臉龐都沾上了不少煤灰。

藉著這樣的裝扮，他略彎背部，跟隨人潮，快步進入了東區，沒有引起任何人注意。

走著走著，埃姆林發現了一個問題。

那就是他並不認識路！

他根本不知道灰岩街和白鯨街分別位於東區哪個地方，而這裡的路牌大部分都被人為損壞了。

刺殺真是一件麻煩的事情……埃姆林咕噥了一句，開始找人問路。

經過將近一個小時的努力，他終於來到了灰岩街，這裡道路狹窄，兩邊的建築靠得很近，哪怕在白天，也顯得非常昏沉，到了晚上，更是有種讓人畏懼的森然與陰暗，可對血族來說，這樣的環境相當不錯，唯一的問題是，太髒太亂。

噴了消除氣味的藥劑後，埃姆林進入六號那棟公寓，上至三樓，捏著鼻子靠近了公共盥洗室，立到了「原始月亮」信徒阿爾戈斯的房間外。

埃姆林側耳聽了一下，疑惑地鬆開了捏住鼻子的手指。

這一刻，他險些被公共盥洗室裡傳出的惡臭味道熏得暈厥過去，好不容易才將注意力放至房間內。

他的嗅覺告訴他，裡面沒有人，也沒有屍體。

「搬走了？外出還未回來？」埃姆林有些呆愣地無聲自語。

他沒想到這次的狩獵會如此不順利。

強行收斂住思緒，埃姆林離開這棟公寓，快步趕去了白鯨街十九號。

這一次，他欣喜地發現，房間內有人，加利斯．凱文在家。

就在這時，埃姆林聞到了另一個人的味道，這與灰岩街阿爾戈斯房間內的味道非常接近。

兩個人……房間內有兩個人！阿爾戈斯不在家是因為來找加利斯．凱文了……兩個人……埃姆林的表情忽然又有些呆滯。

只是一對一，他半點都不擔心，可如果一對二，哪怕拿著「萊曼諾的旅行筆記」，他也有點畏懼，畢竟那是兩個人造吸血鬼，實力都不差！

作為一個喜歡待在家裡的血族，埃姆林這麼多年以來參與過的戰鬥用一隻手都能夠數清，而且從沒有試過以一敵多。

無論是對付上次那個「原始月亮」的信徒，還是抗衡豐收教堂的烏特拉夫斯基主教，他都基本占據了數量的優勢，最差也是一對一。

想起自己一家三口都沒能打贏半巨人主教的事情，埃姆林的臉色逐漸變綠，似乎又回憶起了當初在豐收教堂遭遇的折磨。

因為來往房客不少，而加利斯．凱文這個人造吸血鬼同樣有著敏銳的感官，他沒敢在門外停留太久，很快越過那裡，一路走向過道的盡頭，藏身於黑暗之中。

接下來該怎麼做……埃姆林背倚擋住了緋紅月光的雜物，思緒飛快運轉，試圖從自己少得可憐的經驗裡找出對策。

漸漸的，「倒吊人」教導「太陽」的一些話語浮現在了他的腦海裡：「耐心是應對很多情況的重要前提……懂得克制自己的衝動和急躁，才能最大程度地避免風險……」

「有的時候，隱忍很重要……」

隱忍……埃姆林微不可見地點了一下頭，明白自己該怎麼做了。

他打算潛藏在這裡，等待阿爾戈斯離開！

這裡不是這個人造吸血鬼的住所，他必然會離開，到時候，埃姆林又能一對一解決問題了。

耐心，隱忍，等待……埃姆林在心裡重複起類似的單字，以此對抗周圍環境對他造成的傷害。

公寓一樓的空氣裡，瀰漫著尿的騷味，潮溼水腐味，大便沒沖洗乾淨的味道，劣質煤炭燃燒產生的刺鼻味道，許多天沒有清洗的汗臭味，某些房客自帶的濃烈氣味，以及各種酸澀的，難聞的，噁心的味道，它們混雜在一起，就像毒藥一樣侵蝕著埃姆林的感官。

生平第一次，埃姆林想割掉自己的鼻子，有種正在深淵正在地獄承受折磨的感覺。

耐心……隱忍……等待……他機械地背誦著「守則」，覺得每一秒都是那樣的漫長。

終於，他看見加利斯．凱文的房門被打開，一道膚色深棕體型瘦削的身影走了出來，側臉顴骨凸出，鼻梁很高，尖端微勾，正是「原始月亮」的信徒阿爾戈斯。

此時此刻，他的臉上有好幾塊地方腫脹潰爛，看起來有點噁心。

果然，和伊恩那個小「老頭」說的一樣，這個傢伙穿的衣物又完整又乾淨，根本不像東區的居民……埃姆林精神一振，邊咕噥邊目送阿爾戈斯走出這棟公寓。

耐心等了快五分鐘，他站了起來，決定展開行動。

因為目標加利斯．凱文是人造吸血鬼，所以埃姆林相當了解對方擅長什麼，擁有怎樣的特點，也就能有針對性地進行準備。

加利斯．凱文的嗅覺不會比我剛成年時差多少，呵，這一點其實不是那麼確定，他竟然能在這種環境下居住，也許他已經失去了他的鼻子失去了他的腦子……

而且，他的靈性不會弱，有對危險的本能直覺……視力和聽覺同樣還不算差……

埃姆林一邊鄙視對方，一邊服食魔藥，噴灑液體，將身體的味道再次掩蓋，深深掩蓋。

緊接著，他像上次一樣，通過內服和外噴的魔藥，隱去了自己的身體和外套，如被橡皮擦掉般消失在了原地。

無人的黑暗角落裡，一本巴掌大小的銅綠色筆記突然從虛空裡冒出，似乎剛穿過了什麼透明的屏障。

它幾乎沒發出聲音地自行翻動，最終定格於一頁由諸多星相學符號構成的白紙。

這些符號隨之消失，周圍隱約明亮了少許。

這是屬於「占星人」的干擾能力！
然後，銅綠色的「萊曼諾旅行筆記」往後縮回，一寸一寸地消失，被無形的屏障再次遮掩。
做好準備的埃姆林又回想了一下行動方案，放輕腳步，毫無聲息地來到了加利斯．凱文的房間外面，卻沒有靠近正門。
那銅綠色的筆記又一次憑空浮現，翻到了「開門」那一頁。
虛幻之聲當即迴盪於埃姆林的腦海內，「推動」著他伸出一隻手，按向牆壁。
與此同時，埃姆林謹慎地將「萊曼諾的旅行筆記」收回衣物內側，借助隱形的外套將它遮掩。
當埃姆林的手掌終於按住牆壁時，他眼前霍然出現了一道幽藍色的，沒有實質感的模糊大門，它鑲嵌於牆上，卻又呈現出下方磚石的痕跡。
側耳聽了聽屋內的動靜，嗅了一下空氣裡的味道，埃姆林向前邁步，就像通過水幕一樣通過了那扇幽藍色大門。
他的眼前，場景瞬間變化，出現了布滿汙跡的牆面，擺放於另外三側的木製睡床、破舊櫥櫃和各種雜物。
這是加利斯．凱文的房間內部！
而埃姆林身後的幽藍大門，早已消失不見，彷彿根本就沒有存在過。
謹慎小心地環視了一圈，埃姆林捕捉到了目標加利斯．凱文的身影。
這位「原始月亮」的信徒是個長相不錯的混血兒，頭髮偏長，垂落於肩膀，眼睛褐中帶著點暗紅，似乎並沒有完全地獲得血族的眸色。

此時，他正坐在床邊，盯著門口，不知在想些什麼。

埃姆林沒有產生任何動靜地繞到側面，在視覺盲點裡拿出「萊曼諾的旅行筆記」，翻到了讓他手指微微發麻的一頁。

那頁呈黃褐色，似乎屬於羊皮紙，上面繪滿了各種古老而扭曲的符號與花紋，它們共同構築出的圖案就像是一株單薄的樹木在伸張枝條。

調整好角度，埃姆林用手指滑過了紙面。

霍然之間，銀白的電光將房間內部照得如同白晝。

滋的聲音傳出前，這閃電已直接劈在了加利斯．凱文的頭頂，劈得這位「原始月亮」的信徒體表瞬間焦黑，身體劇烈顫抖，眼睛短暫失去了焦距。

銀白的電蛇還在混亂竄動時，埃姆林．懷特的身影陡地浮現於僵硬的目標身後，探出右掌，捏住了對方的脖子。

「喀嚓！」

他冷靜地扭斷了加利斯．凱文的頸椎，然後用力拔下腦袋，丟出身體，不給對方利用超強自癒能力恢復的機會。

「啪！」

加利斯．凱文的無頭屍體掉落於地，鮮血灑得到處都是，一個人造吸血鬼就這樣失去了生命。

埃姆林冷靜的表情迅速被錯愕的情緒代替，不敢相信地低頭看了眼手中的腦袋，發現加利斯．凱文直到死亡，都還不明白發生了什麼事情，眸子內凝固著痛苦與迷茫兩重色彩。

這麼簡單？這麼輕鬆？埃姆林雖然很驕傲，但也不認為自己能如此容易地幹掉一個人造吸血鬼，可事實告訴他，就是這麼簡單這麼輕鬆。

能造成麻痺的雷擊，配合我本身的高速運動能力，竟然能達到瞬殺目標的效果……呵，前提是對方非常害怕閃電，容易因此被麻痺……還有，事前對靈性直覺的干擾和避開正面，穿牆進來的行為，都是成功的關鍵……呆滯了幾秒後，埃姆林終於回顧起剛才的細節，總結出了不少經驗。

這讓他真正認識到非凡能力搭配的強大和「萊曼諾旅行筆記」的價值。

難怪「倒吊人」先生第一個想租賃……

埃姆林收回思緒，看著加利斯．凱文汩汩流出的鮮血，喉結忍不住活動了一下。

他很久沒喝過這麼新鮮的血液了。

不過，他不敢喝，因為對方的非凡特性還未析出，血液裡有蘊含部分，喝了容易造成非凡特性過量的問題，有潛藏的失控風險，不利於接下來的行動。

埃姆林收回視線，環顧一圈，找出了一疊陳舊報紙和一個小木箱，準備等一下用來裝加利斯．凱文的腦袋。

而在此之前，他坐了下來，等待對方的非凡特性析出。

兩分鐘後，埃姆林突然抬起腦袋，望向門口。

他聽見有腳步聲靠攏過來！

緊接著，他聞到了阿爾戈斯的味道！

這個人造吸血鬼回來了？他半路折返了？埃姆林．懷特一下有點緊張，不知道該怎麼處理這種情況。

「咚！」

外面的阿爾戈斯敲了下房門，然後就不再發出任何聲音，變得異常沉默。

埃姆林先是一愣，旋即明白對方聞到了鮮血的味道，已察知房間內出了狀況。

該怎麼做……直接衝出去解決他？不，這樣會被別人看見，會遭遇官方非凡者的抓捕……埃姆林本能地拿出藥劑，準備再次隱藏自己。

接著，他據此有了靈感。

無聲吐了一口氣，埃姆林將加利斯．凱文的腦袋放在床上，自己喝下隱形魔藥，噴了相應的液體，動作很輕很慢地挪動至角落，躲藏了起來。

這樣之後，房間內就是一副刺殺已完成，凶手早逃離的場景。

時間一分一秒流逝，門外和門內都一片安靜，沒任何聲音發出，只偶爾有別的房客路過。

突然，加利斯．凱文房間的窗戶吱呀一聲打開，兩道視線投注了進來。

經過仔細的探查，臉上有潰爛痕跡的阿爾戈斯一按一躍，跳進了房間，緩步走向那具正不明顯析出非凡特性的屍體。

角落裡的埃姆林·懷特趁對方沒有望向這邊的機會，悄然拿出了「萊曼諾的旅行筆記」，將它翻到了另一頁「雷擊」。

就在這時，阿爾戈斯的目光落到了床上，落到了同伴的腦袋上，落到了那疊陳舊報紙和那個小木箱上。

他的瞳孔陡然收縮。

不好！埃姆林·懷特順著阿爾戈斯的目光，注意到了自己忘記處理的陳舊報紙和小木箱。

它們雖然原本就屬於這個房間，但之前分別在不同的地方，此時擺放於一起，顯得相當奇怪，似乎有人想用它們做點什麼卻臨時放棄。

那為什麼會臨時放棄呢？是被剛才的敲門聲驚擾到了嗎？而這是否意味著凶手並未離開，正潛藏於房間某個角落裡？類似的問題同時閃現於阿爾戈斯和埃姆林·懷特的腦海內，只不過一個是突生疑惑，另一個是反向猜測對方會怎麼想。

不好！

兩個吸血鬼同時做出了反應，阿爾戈斯猛地向側方一撲，身後瀰漫出濃郁的黑氣，外形神似蝙蝠翅膀，而埃姆林·懷特的手指飛快滑過了攤開的「萊曼諾旅行筆記」。

霍然間，銀白乍現，又一次照亮了整個房間。

枝椏張揚的閃電沒能劈中阿爾戈斯，打在睡床旁邊的地上，崩散為無數細小的電蛇，並向者周圍導電性能較好的事物跳躍而去。

這裡面，阿爾戈斯用濃郁黑氣製造的翅膀似乎格外受到雷霆的青睞，被諸多銀白電蛇追逐，茲茲擊碎，並蔓延至體表。

阿爾戈斯陡然麻痺了一秒，沒能落地彈起，摔得撲通一聲。

埃姆林連忙翻動「萊曼諾的旅行筆記」，再次用手指滑過一頁「雷擊」。

雖然他不知道為什麼會有如此多頁「雷擊」，占據了黃褐色羊皮紙一半的數量，但這一刻，他無比慶幸還能繼續使用。

銀白的閃電憑空落下，直直劈在了阿爾戈斯身上，讓剛擺脫麻痺狀態想要躍開的他體表陡地冒出一陣黑煙，渾身上下止不住地顫抖。

抓住這個機會，埃姆林．懷特膝蓋一挺，雙腳一蹬，近乎拖出殘影般高速臨近了阿爾戈斯，然後用右臂箍住對方的腦袋，輕巧一繞，閃到了身後。

「喀嚓！」

阿爾戈斯直接看見了自己的背部。

他的眼睛一下充血，臉上腫脹潰爛的幾個地方徹底崩開，深沉而虛幻的黑暗從裡面奔騰而出。

埃姆林不明白發生了什麼變化，腳底一滑，本能就向後退開，並連續改變了位置。

阿爾戈斯沒有追逐，眼中似乎失去了理智，只剩下純粹的惡意、瘋狂和明顯的茫然。

他抬起雙手，從兩側按住自己的腦袋，猛地用力一扳，讓它於清脆的喀嚓聲裡回到了正確的朝向。

而這人造吸血鬼的四周，黑暗深邃湧動，彷彿要吞沒一切。

然後，阿爾戈斯左右活動了一下搖搖晃晃的脖子，體表已全部腫脹腐爛，流出噁心的膿液。

他今晚來找加利斯·凱文，就是因為本身出現了失控的前兆，需要談論出一個解決的方案，中途折返則是他忽然想到會不會是惡劣的環境對擁有超凡嗅覺和靈敏感官的自己產生了強烈的負面影響，才導致失控徵兆呈現。

而此時，死亡陰影籠罩下的他徹底崩潰了，真正地失控了。

被阿爾戈斯視線掃過的埃姆林·懷特心頭一顫，感覺自己又遇上了麻煩，忍不住暗罵這群「原始月亮」的信徒總是把自己弄得像個怪物。

他沒立刻向「愚者」先生祈求，一是根本來不及，對方即將發動攻擊，二是單對單的情況下，埃姆林認為自己應付失控的序列七不會太危險。

他抓緊時間，快速翻動「萊曼諾的旅行筆記」，讓它再次定格於「雷擊」。

「啪！」

粗大，扭曲，張揚著爪牙的銀白閃電重重劈下，打在了異變的阿爾戈斯身上。

這個瞬間，閃電似乎擊碎了那湧動的黑暗，又彷彿被幽邃的對方給吞沒了，兩者同時消失，只留下目光終於鎖定了埃姆林的阿爾戈斯。

這失控的人造吸血鬼真正拖出殘影，撲向了目標。

埃姆林身體一矮，就地翻滾，躲過了這致命一擊。

與此同時，他沒有拿「萊曼諾旅行筆記」的右手，探入衣兜，取出了一個金屬瓶。

阿爾戈斯急速轉向，瞬間貼近了敵人。

「啪！」沒有時間打開瓶蓋的埃姆林五指用力，直接將那個金屬瓶捏出了縫隙。

然後，他將瓶子向前一拋，讓裡面純淨燦爛的液體灑向了撲過來的阿爾戈斯。

這是他用靈性材料調配的「太陽之水」，非常克制吸血鬼。

這是「魔藥教授」提前做的準備！

「啊！」

被直接潑中的阿爾戈斯當場發出淒厲的慘叫，體表蒸騰起一縷縷黑煙，於半空失去了力量。

「砰！」他雖然撞中了埃姆林，卻只能讓對方失去平衡，翻滾兩圈，未受實質傷害。

而翻滾之中，埃姆林顧不得處理傷勢，甩兩下因沾到幾滴「太陽之水」而疼痛的右手，飛快讓「萊曼諾的旅行筆記」做出了翻頁。

「啪！」

又是一道銀白的閃電劈下，讓阿爾戈斯的慘叫戛然而止。

這個失控的人造吸血鬼一邊似乎還在承受太陽的近距離照射，一邊則直接陷入強烈的麻痺裡。

埃姆林抓住機會，取出另一瓶「太陽之水」，擰開瓶蓋，直接潑向了前方。

這一次，阿爾戈斯連慘叫都無法發出，身體呈現出蠟燭融化般的狀態。

埃姆林這才鬆了一口氣，於背後瀰漫出濃郁的黑霧，並讓它們化作一隻隻巴掌大小的虛幻蝙蝠，成群結隊地湧向目標。

黑色的蝙蝠們落到了阿爾戈斯身上，將它完全籠罩於內，接著嘩啦一聲分開，飛回了埃姆林身邊，消失不見。

阿爾戈斯的身體明顯縮小了一圈，終於支持不住，帶著半融化的痕跡，緩緩倒了下去。

埃姆林這才抬起右手，檢查殘留的疼痛，看見掌心和幾個指頭上都有萎縮糜爛的傷口。

不過，裡面血肉正快速蠕動，在自我癒合。

結束了……我竟然真的幹掉他了……

埃姆林收回視線，望向阿爾戈斯的屍體，還有點不敢相信。

雖然這次的狩獵有不少波折，但整個過程裡，他其實並沒有遭遇真正的危險，這讓他再次認識到塔羅會的存在讓自己變得比預想的強大了不少。

「如果阿爾戈斯先檢查加利斯．凱文的屍體，而不是觀察睡床那裡的報紙和木箱，那他肯定能判斷出我擁有『雷擊』這種非凡能力，也就不會在躲避時使用『黑暗之翼』，遭遇閃電的波及。」

「不過這樣一來，他沒辦法發現異常，難以提前規避，我的『雷擊』能直接命中他，事情將簡單很多……」

「從這個角度來看，不管怎麼樣，只要我應對沒有錯誤，都肯定能擊殺他……他們真是弱啊……原來我已經這麼強大了……」

「難怪始祖讓我加入塔羅會……這是一個為迎接末日拯救各自族群而準備的聚會，比其他隱密組織不知高檔了多少倍！」埃姆林微揚下巴，嘴角難以遏制地翹起了一點。

他隨即聽見門外腳步聲來回，卻無人靠近。

阿爾戈斯剛才的慘叫驚動了周圍的住客，但他們不敢進來，害怕遇到麻煩……不過，肯定已經有人去找警察了……我得快點處理現場，並離開這裡……

埃姆林收回望向門口的目光，走至加利斯．凱文的屍體旁邊，從渲染開來的血泊裡撿起了一塊拳頭大小的物品。

它通體鮮紅，彷彿心臟，正輕微地膨脹和收縮著，表面呈半透明狀態，隱約有液體在內裡流淌，正是「藥師」途徑序列七「吸血鬼」遺留的非凡特性。

這就是我的戰利品……埃姆林一時還有點不適應，定了定神才將非凡特性和加利斯．凱文的腦袋用陳舊報紙包住，塞入了那個木箱內。

放好木箱，他又扯下了阿爾戈斯潰爛到幾乎看不出原本樣子的腦袋，接著取出另一瓶藥劑，將它灑向房間的每一個角落。

這個過程裡，埃姆林一點也不慌亂，似乎根本不擔心東區的官方非凡者趕到。

幾分鐘後，他撿起阿爾戈斯那有點異變的非凡特性，瞄了眼更接近黑色的表層和若隱若現的人臉圖案，於背後浮現出瀰漫的黑氣。

那黑氣再次化作數不清的細小蝙蝠，飛舞於房間內部，與之前噴灑的魔藥液體結合在一起，製造出了安靜蔓延的黑色火焰。

這黑焰燒掉了血液，燒掉了屍體，燒掉了雷擊殘留的痕跡，只留下一層黏稠如同瀝青的液體覆蓋於不同物品上。

然後，這些液體變為沉重的黑色蝙蝠，盤旋繚繞於埃姆林身周。

埃姆林並沒有奢望自己的處理能完全干擾別人的追查，他的目的只有一個，那就是讓現場的情況顯得沒太大問題，讓警方讓可能接手的官方非凡者認為事情不太重要沒什麼價值，隨便調查一下就丟入卷宗櫃裡，不再關注。

做完這一切，戴著鴨舌帽，滿臉炭灰的埃姆林提起木箱，環顧了一圈。

接著，他向外面的緋紅之月微微鞠躬，行了一禮。

與此同時，他手中的「萊曼諾旅行筆記」嘩啦啦翻動，定格於「傳送」之頁。

埃姆林的身影連同那些沉重的蝙蝠隨即透明和無形，消失在了原地。

又過了至少一刻鐘，幾位東區的警察才趕到公寓，撞門而入，沒發現住客，也沒找到屍體。

他們懶洋洋地打了個哈欠，逼迫圍觀的住客承認自己產生了幻聽，據此結束了調查。

這就是東區警察的做事效率和辦案風格。

離開東區後，埃姆林先行回家，藏好了「萊曼諾的旅行筆記」，然後才帶著收穫，直奔位於西區的奧德拉家。

他要去宣告勝利，領取獎勵了！

奧德拉一家的別墅內，埃姆林見到了同為男爵的卡西米。

這位正值「壯年」的血族是尼拜斯．奧德拉的代言者。

我也是男爵，而且剛成年沒多久……

埃姆林肚中嘀咕了一句，從起居室沙發上站起，向對方行了一禮：「晚安，男爵閣下。」

卡西米正要說話，鼻翼忽然動了一下，目光隨之轉向了埃姆林放在腳邊的木箱，說：「鮮血的味道？」

他疑惑出聲的同時，似乎聯想到了什麼，沉吟一秒後補充道：「你又獵殺了一個目標？」

埃姆林唇線勾笑，搖了一下頭：「不。」

然後，他搶在卡西米開口詢問前，笑容變深道：「不是一個，是兩個。」

兩個？中年紳士模樣的卡西米愣了一下，看著埃姆林彎腰提起木箱，打開了蓋子。

這個過程中，埃姆林臉龐肌肉隱約有點抽動和扭曲，因為這一連串的動作裡，他碰到了右手的傷口。

忍著沒讓表情變化，埃姆林手臂微垂，使木箱向前下傾斜，將裡面的事物完全暴露於對面血族男爵的視線內。

兩顆沾著血汙有所焦黑的腦袋並排塞在陳舊的報紙堆裡，旁邊點綴著兩團心臟般的半透明物品，一鮮紅蓬勃，一暗紅近黑。

這帶著強烈視覺衝擊力的畫面映入了卡西米的眼睛，讓他詫異地抬起腦袋，愕然望向埃姆林，脫口而出道：「你做的？」

雖然他暫時只能辨認出其中一個腦袋屬於加利斯．凱文，但兩份「吸血鬼」的非凡特性不會有假！

埃姆林放下木箱，右手自然垂落，於褲線邊緣幅度很小地甩了一下，然後臉含笑意地回應道：「當然。是這樣的，上次拿到那七千鎊獎勵後，我於某個非凡者聚會裡，買下了某位男爵的『遺產』，依靠它獲得了位階的晉升。」

「我並不希望用金錢滿足狩獵我們血族的凶手，但我不想看見這份『遺產』落到別人手裡，而且，販賣者未必就是獵殺者。」

趁這個機會，埃姆林將自己已成為「男爵」的事情講了出來，並且說的每一句都是真話。

這是他在塔羅會上學到的技巧。

我早就知道你是男爵了，你以為你頻繁購買各種有靈性的材料，借閱研讀魔藥方面的書籍，能夠瞞得過我們的眼睛？如果不是基於某些因素，早就將你找過來詢問了……

我驚訝的是，以你的戰鬥水準，以你連一件神奇物品都沒有，只想購買人偶的狀態，哪怕已經是男爵，也不可能輕鬆狩獵兩個人造吸血鬼且沒造成大的動靜……

即使是我，也得預先做好充分的準備，掌握住詳細的情報，才有可能辦到……在大家都沒有察覺時，埃姆林竟然厲害到這種程度了？

卡西米．奧德拉忍不住腹誹了幾句，露出假笑道：「原來是這樣。埃姆林，你之前為什麼隱瞞呢？難道你不想被別的血族尊稱一句男爵閣下？」

埃姆林瞄了一眼對面血族的表情，下巴微揚道：「我正打算告訴大家，結果遇上了這個狩獵競賽，所以想著給你們一個驚喜。」

「卡西米，我已經成功狩獵了三個『原始月亮』的信徒，而你給的目標只有五個，這是否意味著，我勝利了？」

他迫不及待地將稱呼從男爵閣下改為了卡西米。

卡西米眼皮跳了一下，呵呵笑道：「對，是這樣。剩下的兩個目標，你不用再操心，交給魯斯．巴托里他們去做，這樣一來，他們還能爭取到一些安慰性的獎勵。」

說到這裡，卡西米才感覺自己顯得太冷淡，忙關心了一句：「沒受傷吧？」

「一點小傷。」埃姆林抬起右臂，舒張了一下手指。

坦白地講，今晚的狩獵行動中，他受的最嚴重的傷，其實是傳送出東區後，自己抓開皮膚和血管，用血液塗抹「萊曼諾旅行筆記」封皮造成的。

卡西米沒辦法就這個話題發揮，沉默了幾秒道：「祝賀你獲得了這次狩獵競賽的勝利，你將有兩項獎品。一是將來族內如果有成為子爵的機會，你能直接進入最後的名單，並得到免費的儀式幫助。二是獲得一件神奇物品，它是古老年代裡，由始祖親自製作的一枚戒指，雖然不含神性，但卻有著很強大很神奇的能力。因為始祖沒有為它命名，所以我們都稱呼它，『莉莉絲的指環』。」

「還有，按照慣例，這兩份非凡特性將歸屬於整個血族，這樣一來，也許又能多兩個新生兒，而你將得到三千鎊的現金作為交換。」

始祖親自製作的一枚戒指……埃姆林雖然有點遺憾獎勵不是「子爵」的非凡特性，只是候選機會和免費儀式，但血族始祖莉莉絲親自製作的戒指足以彌補一切。

對一位有著強烈種族自豪感的血族來說，這就是榮譽的最高象徵！

欣喜稍有平復，歷經多次塔羅聚會並完成了兩次狩獵的埃姆林隱約覺得事情不是那麼簡單。

我本身就是始祖派去「愚者」先生那裡的，現在又獲得了一枚始祖的指環，會不會太巧了？

埃姆林想了一陣，難以得到答案，只能決定等一下向「愚者」先生做個禱告，講述整件事情，看這位存在會給什麼意見。

見埃姆林在喜悅沉澱後，十幾秒沒有說話，卡西米清了清喉嚨道：「那枚指環和現金明晚給你。到時候，我會召集魯斯·巴托里他們，公開宣布你贏得了狩獵競賽，然後再把指環給你。」

「沒有問題。」埃姆林雖然在類似方面沒什麼經驗，但也知道「獎品」不可能私下給予，必然要當著所有參賽者的面。

他未再停留，告辭離開了奧德拉家的別墅，坐上了一輛出租馬車。

馬車緩緩行駛間，埃姆林望了眼半空安靜懸掛的緋紅之月，心情逐漸寧和，不由自主地回想起今天的種種細節，從中總結出了不少經驗和教訓。

最後，他盤算起需要記錄多少個非凡能力到「萊曼諾的旅行筆記」上：「用了五次『雷擊』，都用完了……還有一次『傳送』，一次『開門』，一次『占星術』……總共八次，額外還得支付兩次，也就是十次。」

「這有點困難啊，有的非凡能力應該沒辦法記錄，就像我的自癒能力……只能重複了……呵，等拿到始祖的指環，可以嘗試著記錄下它擁有的非凡能力……」

「莉莉絲的指環？」灰霧之上，巨人居所般的宮殿內，克萊恩坐在對應「愚者」的那張高背椅上，琢磨著「月亮」埃姆林·懷特禱告的內容。

他原本想著半夜可能被吵醒，不得不為某個沒什麼戰鬥經驗的吸血鬼提供幫忙，結果沒想到埃姆林十一點前就搞定了一切，連任務都已「上交」。

埃姆林當初向「愚者」祈禱，就是因為古神莉莉絲給予了啟示……現在又獲得祂的戒指……不管這「莉莉絲」究竟是誰，我都得提防一下，然後，旁觀變化……

克萊恩認真思考了幾秒，低沉但平和地回應了埃姆林的祈禱：「之後向我禱告或參與聚會時，都要取下那枚指環。」

交待完這件事情，克萊恩返回現實世界，不再擔心半夜會被吵醒，一覺睡到了天亮。

用過早餐，休息了一陣，他等來了禮儀老師瓦哈娜，為周末自家舉行的舞會做特別培訓。

瓦哈娜黑髮輕挽，裙角擺動，引領著道恩·唐泰斯從開場舞跳起，熟悉著整個流程。

輕揚舒緩的樂章裡，這位禮儀老師突然開口道：「聽說瑪麗夫人昨天下午來拜訪過你？」

「是的。」克萊恩一邊感慨在人際交往領域，這片街區沒有祕密，一邊坦然頷首。

瓦哈娜微微點頭，沉默了兩秒道：「我聽說瑪麗夫人將所有股權都質押給銀行，借出了一大筆錢。」

這是在提醒我小心，不要陷入可能的騙局……之前提供的幫助，不僅讓我很快進入了伯克倫德街的社交圈，而且還有源源不斷的後續回報啊……不過，瑪麗夫人質押股權，是為了暗中吸納更多的股份……

克萊恩安靜聽完，露出溫和的笑容道：「謝謝。」

他頓了一下，補充道：「我相信每一位朋友的人格，但在商業領域，謹慎和小心永遠是排在第一位的守則。」

「我已經讓瓦爾特聘請了獨立的律師和會計團隊，他們將做詳細的，負責任的調查，並給出最能保障我利益最能避稅的方案。」

「在此之前，我不會做任何決定。」

瓦哈娜半仰臉龐，看著道恩．唐泰斯深邃的藍眸，忽然半嘆半笑地說道：「你真是一個有智慧的人。」

克萊恩本想說一句這是成熟，可突地想到瓦哈娜的丈夫之前被人騙了布料，靠著自己的幫助才挽回大部分損失，如此回應很容易讓對方產生聯想，做出對比，形同嘲諷，遂及時改變了說辭，輕笑一聲道：「我的智慧都來源於之前接受過的教訓。」

「很難想像你會被騙。」瓦哈娜低頭笑道，「也是因為經歷過太多，所以能欣賞各種類型女士的不同魅力？」

這個傳聞就過不去了是吧……

克萊恩無奈笑道：「每一朵花都有它美麗的地方。」

熟悉完整個流程和相應的舞蹈，克萊恩送走瓦哈娜，帶上貼身男僕理查德森，應瑪麗夫人的邀請，前往喬伍德區的考伊姆公司參觀。

喬伍德區，考伊姆公司門外。

克萊恩走下馬車，左右看了一眼，似乎從未來過這裡，有著強烈的新鮮感。

但實際上，他對附近並不陌生，他知道馬路對面是中產階級相當喜歡的嘉德列百貨公司，知道不遠的地方有家很出名的辛記迪西餡餅。

他曾經在這裡蹲守多拉古。蓋爾，跟蹤尋找對方出軌的線索！

收回視線，克萊恩帶著貼身男僕理查德森，走向考伊姆公司的大門，瑪麗夫人和她的貼身女僕已等在那裡。

——在民風相對保守的魯恩王國，女士的貼身僕人必須是同性，否則風評會很差，影響社交和婚姻。

所以哪怕瑪麗夫人的貼身僕人某種程度上還相當於她的祕書，需要掌握社交禮儀，商場知識，擁有一定的談判能力，也只能從接受過良好教育或有對應工作經驗的女性中尋找，不能考慮男士。

同樣的，紳士們的貼身僕人和商務祕書，也得是同性。

當然，就算是這樣，管不住自己的人還是會有不道德的行為，在貝克蘭德，每年都有僕人和雇主發生關係的事情出現，其中，受到傷害的以女僕居多，她們或被欺騙，或被強迫，或被引誘，成為了男性雇主的情人，等到被發現，又會被毫不留情地開除，失去工作，然後因為名聲被損，無法再做僕人，很大部分不得不成為站壁女郎。

「午安，道恩。」瑪麗夫人笑著迎了上來。

克萊恩行了一禮道：「午安，女士，這裡真是相當繁華。」

這樣的話語略等於對天氣的討論。

瑪麗回應了兩句，邊領著道恩‧唐泰斯進入考伊姆公司的大門，邊微笑說道：「等一下會有專業人士給你講解，帶你轉一圈。」

「大概半個小時後，去樓上，我準備了一個冷餐會，邀請了些不同領域的朋友。」

不同領域的朋友……這是在為我拓展社交圈子啊……很有誠意嘛！克萊恩輕輕頷首道：「作為一個剛來貝克蘭德沒多久的外鄉人，我總是期待著認識更多的朋友。」

瑪麗夫人客氣地回應了一句：「不，你一點也不像外鄉人，在我看來，你就是一個接受過良好教育的真正的貝克蘭德紳士。」

說話間，他們通過了大門，進入採光非常不錯的待客區域，　位身材魁梧，穿著正裝，留有兩撇漂亮小鬍子的男士正等待於此。

「這是盧克・薩默爾，他是考伊姆的第一經理。」瑪麗為道恩・唐泰斯介紹道。

其實我認識他……克萊恩看向盧克，含笑點了一下頭。

在他心裡，盧克・薩默爾是位相當沉穩，非常專業的紳士，他喜愛機械，在晚宴上很有主人風度，既不會輕視當時還未出名的窮偵探，也不刻意討好明斯克街居住的幾個貝克蘭德市政部門中層雇員。

瑪麗轉而向盧克說道：「這位是我的朋友，道恩・唐泰斯，他對無煙煤和優質木炭很感興趣，你幫我做個詳細的講解。」

早就得到叮囑的盧克上前一步，看向來自迪西海灣的大富翁，露出柔和的笑容，尊敬地說道：「唐泰斯先生，這裡是考伊姆公司的總部……我們與多個無煙煤礦區簽訂有長期協議……供應給喬伍德區、希爾斯頓區、北區和西區的無煙煤和優質木炭占他們總需求的百分之三十，並有望拿下海軍的大訂單……」

這樣表情的盧克，我之前從未見過……克萊恩表面不動聲色地跟著對方在考伊姆公司內閒逛，聽著他介紹各方面的情況，三不五時隨口詢問一句，但沒做任何表態。

半個小時後，他們上至二樓，進入了大會議室。

這裡已提前布置過，一張張桌子貼牆安置，一盤盤食物錯落地擺放於上，以火腿、燻肉、香腸、麵包、沙拉、蛋糕、布丁等冷食為主，不過，也有少量的熱菜。

剛剛入門，瑪麗就為道恩・唐泰斯介紹起站在附近交流的兩位男士：「這位是《每日觀察報》

的記者邁克・約瑟夫，這位是優秀的外科醫生艾倫・克瑞斯，在貝克蘭德，你總是會有需要他們的時候。」

克萊恩一邊聽著瑪麗的話語，一邊含笑看著那兩位男士，嘴角險些抽動。

這都是我很熟悉的朋友啊！嗯，我和艾倫他老婆肚中的胎兒更加熟悉，呃，這話有點怪怪的……克萊恩腹誹之餘，耐心地等到瑪麗將道恩・唐泰斯介紹給了對面，才禮貌客氣地向邁克和艾倫打了聲招呼。

邁克・約瑟夫和去年相比，沒太大變化，眉毛稀疏，皮膚粗糙，蔚藍的眼睛依舊迷人，而艾倫・克瑞斯雖然本質是冷淡內斂的人，但已不再明顯地表現出來，他最近半年似乎一切都很順利，無論心情，還是自信，都處於高峰。

聽到唐泰斯是來自迪西的富翁，邁克拿出名片，笑著遞了過去：「不介意我推銷吧？如果你想刊登廣告，可以來找我，無論是《每日觀察報》，還是《塔索克報》，我都能拿到優惠的價格。」

說話間，邁克擠了一下眼睛，表示自己是在開玩笑。

你這個總是帶多本假證件的記者……以前怎麼沒給夏洛克・莫里亞蒂說過能拿優惠價格的廣告位？看不起大偵探是吧？

克萊恩腹誹了幾句，與對方交換了名片：「我一直有這方面的需求。」

接著，他轉向艾倫，將手中另一張名片遞給對方：「我前段時間生了一場病，剛痊癒沒多久，特別明白醫生的重要性。」

「我是外科醫生，我想你不會太希望見到我。」艾倫嘴上這麼說，還是接過了名片。

不，我非常希望見到你，甚至想參加你孩子的出生宴會……克萊恩咕噥了一句，刻意將話題導引向醫療領域，和艾倫、邁克聊得相當不錯。

他之前一直在發愁怎麼接近艾倫，與某胎兒重建聯繫，畢竟千紙鶴隨時會破掉，也許連一次都用不了，而夏洛克．莫里亞蒂很難光明正大出現在貝克蘭德，並上門拜訪，更別說參加出生宴會。

現在沒問題了，有瑪麗夫人的介紹，我可以非常自然地和艾倫熟悉起來，到時候，肯定會被邀請，嘿嘿，說不定還能做一位「水銀之蛇」的教父，畢竟都是信仰女神的人……這會不會讓某胎兒惱羞成怒……得謹慎啊，艾倫不提，我絕對不能主動建議……克萊恩心情愉快地想著。

他專業地收斂住自己，沒在第一次就表現得太熱情，簡單閒聊了幾句，就跟著瑪麗認識起別的客人。

這個過程中，克萊恩沒忘記取食物和飲料，顯得很適應這樣的環境。

一圈走完，瑪麗停了下來，斟酌著說道：「這裡都是我的朋友。」

意思是沒邀請那邊的人，同時還包含我也是你朋友的意思？

克萊恩輕輕點頭道：「作為一名紳士，我或許不該問，但作為一個商人，我必須知道和妳爭奪考伊姆公司控制權的是誰，或者說哪些人？」

瑪麗沉默了兩秒道：「辛德拉斯男爵和他的朋友們，他們想把考伊姆公司推向證券交易所，從中賺取天價利潤，他們並不關心公司未來怎麼發展。」

辛德拉斯男爵，魯恩最有錢的人之一，靠捐款給保守黨成為貴族的銀行家、工廠主、大商人……他的立場有些模糊啊，雖然是靠保守黨拿到的爵位，但同情商人，親近新黨……

克萊恩想了想，微笑反問道：「妳為什麼不請那位霍爾先生幫忙？他的父親是大貴族、人銀行家，應該能提供最有效的幫助。」

瑪麗夫人苦澀笑道：「霍爾先生並不想參與這件事情，他說他是王國大氣汙染調查委員會的首席祕書，不能牽扯入與無煙煤、木炭有關的商業行為。」

一位真正有志於政治的先生啊……不過，應該也是不願意與辛德拉斯男爵交惡……呵呵，如果我之前選另一位管家，現在應該就是和辛德拉斯男爵建立關係……他那麼有錢，真要溢價，我溢不過啊……呵，會不會出現拿錢砸死我的劇情……

克萊恩沒再多問，轉而說道：「我會等調查報告出來。」

瑪麗見道恩．唐泰斯沒直接退縮，略顯感激地說道：「在這個年代，有騎士精神的人已經很少了，而你是其中一位。」

克萊恩笑了笑，沒承諾什麼，吃到冷餐會結束，坐上自己的高檔四輪馬車，往北區返回。

望著窗外的街景發一陣呆，克萊恩忽然側頭對貼身男僕理查德森道：「轉去聖賽繆爾教堂。」

上次教堂內有異變出現又旋即平復的事情，他始終沒有找到確定的答案，這讓他不得不考慮是否該找機會接觸下內部看守者了。

而他記得，每天下午，都至少有一位內部看守者會到大祈禱廳向女神禱告。

該怎麼接觸呢？在那種環境下，連聊天都顯得吵鬧……而太過刻意容易引人懷疑……克萊恩微微皺起眉頭，決定先做觀察，再想辦法。

馬車沒有變向，依舊駛向伯克倫德街，不過未在那裡停頓，直接越了過去。

車廂內的克萊恩閉了閉眼睛，平復突然有點緊張的心情。

北區，聖賽繆爾教堂。

克萊恩剛進入大祈禱廳，就借助聖壇後方牆壁上照入的點點光芒，自然地環顧了一圈，將內裡祈禱的信徒全部納進眼底。

僅僅這麼看了一眼，克萊恩就迅速鎖定了目標，沒有任何異常地沿著過道，走向前方。

在第一排，坐著位套黑色神職人員長袍但氣息陰冷，臉色蒼白，頭髮枯黃的老者，他正緊閉著雙眼，專心禱告，是克萊恩之前感應到的內部看守者之一。

他一般輪值周五……克萊恩沒有真正靠近，離了兩排座椅，找了個位置坐下，將帽子和手杖交給了貼身男僕理查德森。

然後，他於坐下的過程裡，用左手拇指快速掐了食指關節兩次，悄無聲息地開啟了「靈體之線」視覺。

霍然間，克萊恩眼前出現了一根根虛幻的黑色細線，它們密集地從不同生靈體內鑽出，一叢叢向著無窮遠處蔓延。

剛剛坐穩，克萊恩視線移動，將注意力投往了那位內部看守者。

這一看，他險些咦出聲音，不過有賴於「小丑」的自我控制能力和本身對異常情況的預料，還是輕鬆保持住了沉穩的狀態。

他的視界裡，那位頭髮枯黃的老者雖然也有「靈體之線」伸出，但身體內部一片深黑，吞噬了那些虛幻細線的原點，與正常非凡者完全不同！

果然，他們已經被封印核心的力量侵蝕，出現了靈魂層面的異變……這麼看來，問題更接近於我上次做的第二個猜測，他們在某種程度上已成為封印核心的一部分，一旦有失控跡象，立刻會激起那件物品的本能反應，強行平復下去……

難怪內部看守者必須自願，且已步入晚年，他們應該有充分了解會有怎樣的結果……

克萊恩莫名唏噓，準備關閉對「靈體之線」的感知，收回視線。

就在這時，他看到了一雙眼睛，眸色如同黑墨，沒有絲毫情感內蘊的眼睛。

這眼睛的旁邊，細密深刻的皺紋一點點延伸，彷彿扭曲奇異的神祕符號。

這是那位內部看守者的眼睛！

他不知什麼時候已直起身體，轉過腦袋，目光淡漠地看向了道恩·唐泰斯！

克萊恩的頭皮瞬間發麻，強行擠出笑容，向對方點了一下頭，彷彿這只是正常的視線接觸。

那位內部看守者遲緩地動了動腦袋，竟然做出了回應。

然後，克萊恩只覺四周環境一下抽離，先是變得模糊，旋即沉澱清晰。

這一刻，他知道自己被動進入了夢境。

於是，他一邊保持住道恩．唐泰斯的形象，一邊本能地打量了一下周圍，發現自己依舊在聖賽繆爾教堂內，但所有的座椅或破損或傾倒，灑得到處都是，一副遭遇過襲擊的樣子。

前方的聖壇布滿裂痕，爬著雜草，積澱有塵埃，似乎已荒廢許久。那位頭髮枯黃的內部看守者立在倒塌的奉獻箱旁，冰冷地注視著身穿黑色正裝的道恩．唐泰斯。

見克萊恩回望過來，他嘴巴一點點張開，露出尖利的，慘白的，一點也不整齊的牙齒。

而這些牙齒上，鑲嵌著模糊的，隱約的，渺小的身影，它們有完整的五官和四肢，表情各有不同卻帶著相似的痛苦，似乎被囚禁在此，難以解脫。

「荷……」那位內部看守者喉嚨裡發出野獸低吼般的聲音，腰背向前彎曲了下來。

他的肋部，他的腰側，衣物鼓脹起來，刷得長出了四條沒有皮膚的，纏滿血管的手臂。

緊接著，它們長出了細密的黑毛，指頭頂端啪地彈出一根根尖銳的指甲。

短短兩三秒間，剛才還相對正常的內部看守者已變成了趴在地面，有著八條「腿」的怪物，這既像在黑夜裡默默織網等待獵物的蜘蛛，又彷彿畸形的黑狼，給人帶來強烈的恐懼。

與此同時，破裂荒廢的聖壇裡面，兩隻布滿黑毛的巨大手掌毫無徵兆地伸了出來，按在邊緣，一根根黑氣凝聚般的滑膩觸手向著四面八方蔓延，瞬間就充塞了整個大祈禱廳。

那讓人顫慄的氣息、極端的恐懼感和虛幻巨大的模糊身影在穿透無形的屏障，一點點呈現。

失控了？那位內部看守者失控了？

克萊恩立在那裡，下意識想要做出反應，憑藉本身的特殊強行掙脫出夢境，但瞬息間，他聯想到了之前發生的事情，臉色一變，做出害怕畏懼的表情，瑟瑟發抖地跑向門口，一副在噩夢裡掙扎的樣子。

也就是一個呼吸時間之後，潮水般的黑暗冰涼無聲地從外界湧入，將這片夢境完全淹沒，平復了一切。

克萊恩猛地睜開眼睛，發現自己不知什麼時候已經睡著，而那位頭髮枯黃的內部看守者早已轉過頭去，繼續閉目禱告。

眼眸微轉，道恩．唐泰斯隱含驚恐地左右張望，似乎還沉浸在剛才夢境裡，沒有徹底擺脫恐懼的情緒。

過了幾十秒，他才做了兩次深呼吸，重新望向聖徽，在胸口畫了個緋紅之月。

直到此時，克萊恩才有空閒回想剛才的經歷，推測究竟發生了什麼事情。

因為我對他「靈體之線」的窺視，導致他出現失控的徵兆，並給予過激的反應，將我強行拉入夢中，試圖做相應的處理？

之後應該就是查尼斯門後那個封印核心感應到異常，平復了問題……

現在的關鍵是，這位內部看守者是否還記得自身險些異變的源頭……如果他已經習慣，以他現在的狀態，對問題怎麼發生的應該很模糊……

當然，未必是我的問題，也許他本身就接近失控……克萊恩再次看向前面那位頭髮枯黃的老者，觀察他接下來要做什麼，以判斷自己該怎麼應對。

如果不行，直接用「蠕動的飢餓」，開「旅行」逃離……克萊恩迅速做出決定，耐心地等待著可能出現的變化。

幾分鐘後，他看見埃萊克特拉主教從側門進來，走向了自己。

克萊恩心中一緊，張開了左手五指，準備啟用「蠕動的飢餓」。

這一刻，他突然靈光一閃，放棄了行動。

如果內部看守者已經借助夢境將我有問題的情況告訴了主教們，那現在迎接我的將是許多位教會非凡者的共同打擊，畢竟拉入夢境可以避免誤傷其他信徒，所以，他們沒必要非得找和我熟悉的主教過來……這更應該是慰問和安撫……克萊恩收回視線，繼續擺出祈禱的姿勢。

不到一分鐘，他終於感覺有人靠近，忙抬頭望向旁邊，看見埃萊克特拉主教柔和開口道：「你看起來不是太好？」

「剛才不知道怎麼睡著了，做了一個噩夢，現在還殘存著點害怕。」克萊恩自嘲一笑道。

埃萊克特拉主教順勢坐到他旁邊，沉穩說道：「夢境有時候是內心恐懼的呈現。只要虔誠向女神禱告，再服食聖水，就能平復。」

「當然，最重要的是平時不要太壓制自己，要懂得向女神懺悔，有的時候，一場隱匿的哭泣會為你減輕許多壓力。」

克萊恩暗中觀察著對方的態度，品讀著語氣，悄然鬆了一口氣道：「我明白了。」

他將目光重新投向前方，埋下腦袋，交握住雙手，安靜地開始祈禱。

這個過程中，他看見前方那位內部看守者自行起身，往側門走去，那裡等待著一位主教。

呼……克萊恩無聲吁了一口氣，真正地融入了周圍寧靜的環境。

突然，他心裡冒出了一個聲音，屬於他自己卻又不被他控制的聲音：「你以為自己做的很隱密？不！一點也不！你忘記自己接觸過黑夜女神的聖物了嗎？」

不死者

—The Most High—

詭秘之主

第七章

後續的辦法

誰？誰在說話？克萊恩渾身肌肉一下僵硬，眼皮差點睜開。

這一刻，他背後冷汗瘋狂沁出，溼潤了襯衫。

他最驚恐的不是那聲音說的話語，而是它為什麼能直接響在自己心裡，並且和本身未做改變的嗓音一致。

剛才那場夢境，雖然我保持住了清醒，但還是被對方的失控精神汙染了靈體？或者，有誰在借助剛才那位內部看守者，向我傳話？數不清的猜測在克萊恩腦海裡飛快閃過，結合剛才話語的內容和本身的情況，做出了一個初步的判斷。

知曉我克萊恩．莫雷蒂身分的人本來就非常少，清楚克萊恩．莫雷蒂以觸碰聖物方式立下誓約的同樣如此，而且兩邊幾乎沒有交集。

阿茲克先生聽我講過後面那件事情，可他要做出提醒，直接讓信使轉達就行了，沒必要用這麼嚇人的辦法……

威爾．昂賽汀或許能知道，畢竟祂是代表命運的「水銀之蛇」，但同樣的道理，祂能直接聯絡我……當然，不排除祂忽然想嚇一嚇我的可能，我中午才想過，說不定有機會做祂的教父……

安提哥努斯家族筆記侵蝕內部看守者，就像上次利用厄運布偶傳遞符號一樣？可如果是它，為什麼不直接給我魔藥配方？或者，商量出一個互相協助的「筆記越獄方案」……

聖賽繆爾教堂是貝克蘭德教區的總部，層次高過聖賽琳娜教堂，那本筆記應該沒什麼能力做出額外的動作才對，它肯定被嚴密封印著……

除了他們，有可能同時掌握兩方面情況的只有一位，那就是黑夜女神，不過，以一位神靈的驕傲，祂完全沒必要假裝是路人，還用客氣疏離的語氣叫自己……

我身在聖賽繆爾教堂，祂只要一條神諭，就能有幾十位非凡者出來將我撂倒，而這裡作為教區總部，有準備的前提下，高機率能干擾「旅行」，所以，根本沒必要弄得這麼麻煩……

嗯，還有一個人是清楚那兩件事情的……

這就是我自己！

規劃行動前，我其實有考慮過相應的問題，當時得出的結論是不需要太擔心，因為，在晉升「無面人」後，灰霧才有少許力量進入現實世界，讓我能被特定的半神感應到特殊，這之前，只有「怪物」途徑的非凡者能發現少許特殊，而接觸聖劍，立下誓約時，我還未成為「小丑」……

就算因為誓約建立起來的隱密聯繫讓女神在後續慢慢察覺了我的問題，這麼久過去，也沒見祂採取什麼行動……那位教會的女性天使，嗯，應該是天使，在抹掉A先生後，甚至還對我笑了笑……所以，女神或許是樂見我拿走安提哥努斯家族筆記的，雖然不知道出於什麼目的，但以我目前的層次，也只能先行接受，後續再想辦法應對，這總比爬霍納奇斯山脈主峰要安全……

當然，前提是，擦除A先生的女士真是教會的天使……

嗯……雖然我在「無面人」階段，已通過各種扮演，認清了真正的自己，但目前有多服食魔藥，還未徹底消化，而「祕偶大師」要求給每一個人偶一個符合特點的人設，這同樣容易導致人格分裂……

還有，為了竊取安提哥努斯家族筆記，為了扮演道恩．唐泰斯，我承受著巨大的壓力，潛意識中有強烈的動搖和懷疑傾向……

這種狀態下，剛才那位內部看守者失控的精神汙染並刺激了我的靈體，讓我精分出一個人格？

克萊恩剛想到這裡，腦海再次迴盪起那熟悉又陌生的嗓音：「呵，你考慮得太理想化了，你一切的行動都建立在僥倖上，如果那位掌握聖劍的高級執事克雷斯泰．塞西瑪前來貝克蘭德，處理別的超凡案件，你能保證同處一個教堂時，那把聖劍不會感應到你？你們可是有契約聯繫的！」

等塞西瑪執事過來，我就會放棄這個計畫……而且，也不是不能提前規避，找個理由找個藉口，外出考察一段時間……克萊恩本能地在心裡嘀咕道。

然後，他聽見那屬於自己的嗓音在腦海裡說道：「這存在太多的意外和無法預料的情況。今天來教堂之前，你不是也沒想到僅是觀察『靈體之線』，就會導致異變？」

我當時的緊張就是在擔心出現意料之外的變化，不過，因為僅是觀察，不會直接與對方接觸，所以沒覺得會有太大問題，後續更謹慎一點就好了……

而且，任何事情都存在意外，都存在變化……你究竟是誰？

克萊恩閉著眼睛，狀似專注地祈禱著。

那嗓音遲疑了一下道：「我是克萊恩，你是周明瑞。不，我是周明瑞，你是克萊恩……」

果然……克萊恩再次有了汗毛聳立的感覺，決定立刻離開聖賽繆爾教堂，返回家中，解決自己人格分裂的問題。

當症狀剛出現時，事情還比較容易處理，等到人格穩定並強大起來，開始搶奪身體控制權時，說不定就必須借助外力的幫忙了！

他睜開眼睛，表情寧和地對身邊的埃萊克特拉主教道：「我感覺自己已經平靜下來了。」自從得了精神病，我精神好多了……說話的同時，克萊恩在心裡自嘲了一句。

他喜歡內心吐槽，一方面是本身性格，另一方面就是為了強調自身，始終牢記自己，不沉浸入扮演。

埃萊克特拉主教露出笑容：「女神在庇佑你。」

說話間，他從過來的牧師手中拿過一杯清水，遞給道恩．唐泰斯。

不需要解釋，克萊恩知道這是聖水，往常也喝過，於是藏住擔心，表面正常地接過杯子，一口喝掉。

清涼的感覺順喉而入，讓克萊恩精神一振，似乎清醒了不少，就連腦海裡那個聲音都減弱了下去。

這有安撫靈體的作用啊……教會對道恩．唐泰斯還是挺重視的，當然，這是他們非凡者造成的……克萊恩一邊對埃萊克特拉主教點了一下頭，並在胸口畫了個緋紅之月，一邊沉穩地走向聖壇，去奉獻箱前捐了五十鎊現金。

做完這一切，他帶著貼身男僕理查德森，離開教堂，乘坐馬車返回伯克倫德街。

這個過程中，他沒有再去餵食白鴿，因為有剛才遭遇的普通人很難再有心情去做這件事情。

回到家裡，始終沉默的克萊恩藉口午休，打發走其他人，在主臥盥洗室內逆走四步，進入灰霧之上。

穿透那些嘶吼和囈語時，他沒有感覺到體內有事物被淨化的跡象，越來越肯定腦海內說話的聲音來源於自己，來源於受汙染刺激產生的副人格。

坐至「愚者」那張高背椅，克萊恩當即審視起自己靈體的狀態，發現確實存在一定的混亂痕跡，不是那麼純粹，相應的氣場顏色都略顯斑駁。

仔細考慮了兩分鐘，沒去理睬腦海內迴盪的噪音，克萊恩具現出「世界」格爾曼．斯帕羅，讓他虔誠禱告道：「偉大的『愚者』先生……請轉告『月亮』，我想租賃『心魔蠟燭』半天，我知道他有辦法拿到……」

在最早那會，「世界」這個身分就是為夏洛克．莫里亞蒂準備的，所以克萊恩並不擔心什麼。

大橋南區，豐收教堂內。

正在期待晚上「莉莉絲指環」的埃姆林．懷特忽然看見了無邊灰霧，聽到了「世界」的話語。

他異常驚愕地無聲低語道：「他怎麼知道我能弄到『心魔蠟燭』？」

短暫的錯愕後，埃姆林忍不住左右張望了一下，有點懷疑「世界」就潛伏在周圍，是不多的那幾位信徒之一。

要知道，他從未在塔羅會裡提到過「心魔蠟燭」，烏特拉夫斯基主教平時也很少與別人衝突，幾乎沒用過任何神奇物品，若非埃姆林當初有被種下經常來豐收教堂的心理暗示，並得到夏洛克·莫里亞蒂的提醒，於後續詢問了主教，他本人都難以知曉「心魔蠟燭」的存在。

這個瞬間，埃姆林看誰都像是「世界」，無論是那個身材肥胖的中年男子，還是包著灰暗頭巾的老太太，抑或者長相秀麗的時髦女郎，在他眼裡，都與「世界」有一定的共通之處。

不行，我得詢問清楚，他竟然對我周圍的情況如此了解……就連在「愚者」先生面前，有些事情我都沒有提過……

埃姆林真的有點被嚇到，站起身來，走入後面的神職人員休息室，於安靜無人的環境裡回應說道：「尊敬的『愚者』先生，我想直接和『世界』交談。」

不到十秒鐘，埃姆林眼前就有潮水般的深紅光芒湧來，將他淹沒。

然後，他發現自己回到了灰霧之上，回到了那座巍峨壯麗的宮殿內，回到了屬於自己的那個位置。

而斑駁長桌最下首，身影模糊的「世界」已在等待。

相比過去，埃姆林已有了很大改善，他沒急著與「世界」對話，先向高踞上首，悠然旁觀的「愚者」先生行了一禮，才望著目標，開口說道：「你怎麼知道我能弄到『心魔蠟燭』？」

「世界」在克萊恩操縱下，低啞笑道：「我們或許見過面。」

他沒有說的太多，只點出了關鍵，至於對方能不能猜到實際情況，那就是他自己的問題。

當然，克萊恩認為埃姆林暫時沒辦法聯想到夏洛克·莫里亞蒂，畢竟缺乏必要的線索。

埃姆林眉頭一點點皺起，有了一個又一個懷疑對象，可又沒辦法確定誰才是「世界」。

「相信我，我對塔羅會的成員沒有惡意。」見埃姆林許久沒有說話，「世界」又補充了一句。

呵，總有一天，我能把你找出來！

埃姆林無聲自語了一句，轉而問道：「你拿『心魔蠟燭』做什麼？我必須有充分的理由才能借出這件神奇物品。」

克萊恩控制住想抬起揉太陽穴的右手，讓「世界」沉默了一下道：「治療我的精神問題。」

治療……精神問題……埃姆林忍不住向後縮了縮身體，旋即又挺直了腰背。

再看「世界」，他眼中的神采分明在說，果然是個危險的瘋子。

「……『心魔蠟燭』確實有這方面的作用。」埃姆林想了想，「只能借你半天，沒問題吧？」

「可以。」克萊恩忍著腦海內聲音的恐嚇與哀求，操縱「世界」回答道。

「心魔蠟燭」如果有效，克萊恩在一刻鐘內就能解決問題，若是沒什麼作用，那他拿在手裡幾天幾個月都一樣，所以，租賃時間並不是關鍵，他完全不在意這方面的要求。

埃姆林心算了兩秒，說道：「租金是三百鎊，以及往『萊曼諾的旅行筆記』上記錄五頁非凡能力。」

他將自己要負擔的事情分了一半出去。

五頁……這傢伙究竟用了多少頁啊……

克萊恩邊腹誹邊讓「世界」道：「沒問題。」

達成交易後，埃姆林立刻回到現實世界，走出了豐收教堂的神職人員休息室。

望了一眼站在聖壇旁邊，等待著與信徒們交流的半巨人主教烏特拉夫斯基，埃姆林突然有點忐忑。

雖然他在「世界」面前說的很有把握，但實際上，他之前從未向神父借過類似物品，根本不知道對方會有什麼態度。

視線不自覺地游移，埃姆林下意識將不大的祈禱廳環顧了一圈。

我幫神父幫教會救了許多感染瘟疫的平民，並一直在教導願意學習的人草藥知識，讓大地母神的信仰在這個區域得到相對不錯的傳播，借半天「心魔蠟燭」怎麼了？

埃姆林下巴一抬，走向需要仰視的烏特拉夫斯基主教，清了清喉嚨道：「我有一個朋友精神出了問題，我想借一下『心魔蠟燭』。」

他沒直接提自己做出的貢獻，因為他的驕傲不允許他這麼做。

烏特拉夫斯基神父低頭看了眼身穿教士袍的埃姆林，溫和笑道：「好。」

……這就行了？埃姆林一下有點愣住，不敢相信神父就這樣答應了。

他沒有順勢接受，忍不住多嘴問道：「你不害怕我弄丟那根蠟燭嗎？」

烏特拉夫斯基主教面帶笑容地回答道：「每個人每件物品都有自己的盡頭，都會回到大地，深埋於土中，重新再發芽，抽長和開花，一世又一世。」

「這就是萬物的命運，如果『心魔蠟燭』遺失，那說明我和它之間的聯繫已經走到了盡頭，必須耐心聽候命運和母親的安排。」

「心魔蠟燭」是否遺失是它的命運，而我會不會因此被你打死，也是命運？

埃姆林腹誹了一句，沒再多問，接過了半巨人神父給的那截奇異蠟燭。

接著，他藉口給朋友治病，離開豐收教堂，隨意找了一家旅館，布置起獻祭儀式。

灰霧之上，克萊恩又一次拿到了那根「心魔蠟燭」。

這件神奇物品似乎已燃燒了一大半，外面裹著層人皮似的事物，有好幾個疙瘩突顯了出來。

它的燭蕊很短，通體漆黑，有細密的鱗片狀花紋。

克萊恩沒有耽擱，不給副人格成長起來的機會，要趁他弱小，將問題徹底解決，否則等待他本人的將是不可更改的失控命運，而灰霧之上這片神祕空間的環境，能把兩個人格內部戰鬥對身體的負面影響完全屏蔽。

呼……克萊恩緩緩吐了一口氣，伸手招來了「海神權杖」。

這一刻，他沒做占卜，因為無法確定「我」這個名詞會指向誰，結果自然也就沒什麼意義。

「啪！」

克萊恩打了個響指，點燃了那「心魔蠟燭」。

漆黑的燭蕊上，淡藍色的靈性火焰靜靜散發出光芒，照亮了巨人居所般的宮殿。

不知不覺間，環境發生了變化，櫥櫃、書桌、煤爐、高低床和瓦斯計費器同時映入了克萊恩的眼睛，窗外緋紅的月光無聲照入，讓每一件事物都披上輕紗。

這是莫雷蒂家之前居住的那個公寓房間！

這是克萊恩．莫雷蒂開槍自盡的地方！

此時，一道人影正坐在高低床下方，表情扭曲地看著手提「海神權杖」的克萊恩。他黑髮，褐瞳，體型單薄，五官普通，輪廓較深，有明顯的書卷氣息，儼然是另一個「克萊恩」。

這「克萊恩」露出憤怒的表情道：「你占據了我的身體，難道還想讓我的靈徹底泯滅？我才是克萊恩．莫雷蒂！你這個卑鄙的無恥的穿越者，寄生者！」

他似乎剛成長起來，還沒辦法利用外界的事物。

克萊恩沒有回應，表情凝重地一步步走了過去，那「克萊恩」的神情慢慢變化，恐懼逐漸占據了他的眼眸。

他身體蜷縮起來，略有點顫慄地哀求道：「放過我吧，放過我吧。你搶了我的哥哥，搶了我的妹妹，搶了我的人生，難道還不夠嗎？」

「我會安靜地待在身體裡，幫你分析問題，給你建議，絕對不會和你爭搶控制權。」

「放過我吧，放過我吧……」

克萊恩依舊沒有說話，抬起了握著「海神權杖」的右手。

那個「克萊恩」已是滿臉淚水，又氣憤又害怕地喊道：「我只是想提醒你！如果不是為了提醒你，我怎麼會暴露自己！放過我吧，放過我吧……我沒有惡意！」

克萊恩沉默地注視著對方，讓「海神權杖」的青藍色寶石一顆顆亮起。

一道道閃電瞬間突顯，扭曲著，糾纏著，如風暴一樣籠罩了那個「克萊恩」。

淒厲的慘叫裡，那身影迅速消散，被一道道電蛇抹去了所有的痕跡。

「不愧是我自己……知道我內心柔軟的地方在哪裡，知道怎麼哀求最有效果……不過，我之前已經認清了自己，是融合了克萊恩記憶碎片和部分情感的周明瑞，如果放過你，就等於把兩者分開，承認對立，那我只要回到現實世界，立刻就會失控……」克萊恩放下權杖，閉上眼睛，低聲喟嘆道。

然後，始終保持著清醒的他離開了這心靈的世界。

再次睜開眼睛時，克萊恩腦海內的恐嚇與哀求已全部消失，前方淡藍色的火焰依舊在漆黑的燭蕊上靜靜燃燒。

他認真審視了一下自身靈體的狀態，確認混亂的痕跡已全部不見，氣場顏色也變得純粹，不再斑駁。

總算解決了……克萊恩呼了一口氣，放下「海神權杖」，啪地打了個響指，讓「心魔蠟燭」瞬間熄滅。

他沒有立刻返回現實世界，在灰霧之上安靜地坐了一陣，於這沒有任何聲音傳出的地方撫平著排解著內心殘存的負面情緒。

經過這件事情，克萊恩比以往更加深刻地理解了超凡之路是一條時刻對抗著瘋狂與危險的道路，所有的非凡者，稍有不慎，就可能在內部因素或外界刺激的影響下，瀕臨失控，出現精神方面的問題，而一旦症狀表露，又解決得不夠及時，再想要挽救會變得異常困難。

這次產生副人格，內外因素都有……

源頭是我本身為穿越者，但又融合了克萊恩．莫雷蒂的記憶碎片和部分情感，天然就有人格分裂的潛在傾向，再加上最近為了竊取安提哥努斯家族筆記，為了扮演道恩．唐泰斯，可以說像是行走於深淵邊緣，壓力非常大，被內部看守者失控的精神汙染和刺激後，問題立刻就爆發了……

克萊恩一邊抬手揉了一下太陽穴，一邊消失在了灰霧之上。

剛回到體內，克萊恩突然覺得心靈輕鬆通透了不少，彷彿落滿塵埃的玻璃被認真擦拭了一遍，而多服食的「無面人」魔藥已徹底消化。

副人格的出現果然有之前種種心理問題作為誘因，這次利用「心魔蠟燭」解決問題，相當於接受了一次全面而有效的「精神分析」，短時內，這方面不會有什麼隱患了，不過，還是得時刻注意，多自我調節，不能疏忽大意……

克萊恩走出盥洗室，來到陽臺上，眺望著遠處的山峰和附近的綠化，狀態相當得不錯。

他能明顯地感知到本身自我認知自我認同的程度有加深，原本時常會有的抽離意味隨之減弱了不少。

想不到贏得與副人格的爭鬥，還有這種好處……如果不是副人格再次產生會更強大更難對付，我都想再人格分裂幾次，再殺「自己」幾次……克萊恩搖頭失笑，自嘲了兩句。

坦白地講，換做別人，僅僅這一次人格分裂，都相當危險，難以解決，也就是他知道哪裡有「心魔蠟燭」，知道能怎麼獲得，知道問題的實質並有處理的經驗，才能及時消除隱患，不讓副人格成長起來，否則最好也是烏特拉夫斯基主教當初那種狀態，最差則是逐漸失控，難以逆轉。

而且，我還有一位「心理醫生」備用……克萊恩低笑一聲，緩步走回房間，坐到了安樂椅上。

他再次回味了一下今天的遭遇，從中提取著以後需要注意的事項。

「『不眠者』途徑的中序列如果失控，能透過拉人入夢這種方式，直接進行精神方面的汙染，以後必須小心……」

不到高序列，大部分途徑的失控者是做不到這一點的，他們往往都是異變為怪物，通過相應的非凡能力控制或攻擊目標，很難將本身受到的汙染傳遞過去。

除了「不眠者」途徑的中序列失控者能做到，「觀眾」途徑的應該也可以……遇到類似的敵人，不搶先清除，真的連防禦都不知道該怎麼防禦……

還有，雖然我弄清楚了內部看守者的狀態，弄清楚了他們與封印核心的關係，但相應的問題也產生了，我如果想偽裝潛入，該怎麼製造被封印核心侵蝕的表現，並且不被它識破……

克萊恩仔細考慮了一陣，完全沒有思路，只好站起身來，走到書桌前方，拿起鋼筆，於一張白紙上畫出隱密和窺視的複合符號。

他這是在召喚「魔鏡」阿羅德斯。

主臥室內的全身鏡表面霍然蕩起了無形的水波，點點銀色光芒躍出，勾勒成一個個魯恩文。

「偉大的至高的主人，您忠誠的謙卑的聽話的僕人阿羅德斯時刻等待著為您效勞。」

「我之前的行為對您現在的形象造成了一定損害，我、我很惶恐，很愧疚，您、您能接受我的歉意嗎？」

這次竟然知道認錯了……克萊恩「呵」了一聲道：「下次不要再犯同樣的錯誤。」

「好的！」全身鏡的表面迸出了新的單字，「我有什麼能為您效勞的嗎？」

「有。」克萊恩斟酌了一下道，「黑夜教會的內部看守者都被查尼斯門後封印核心的力量侵蝕，狀態與一般非凡者不同，有什麼辦法能夠完美偽裝？」

那一個個銀白單字蠕動變化，勾勒出全新的內容：「偉大的主人，只有一個辦法，那就是犧牲您的祕偶，讓它接受封印核心力量的侵蝕，逐漸改變狀態，與那些內部看守者一致，然後您再將它容納於體內，欺瞞過封印核心。」

還能這樣……確實是個思路……不過，一個序列五「怨魂」製成的祕偶，有錢都未必能買得到啊……想得到高序列魔藥的配方和材料，果然需要付出極大的代價……

克萊恩想了想道：「那麼，怎麼讓祕偶接受封印核心的侵蝕呢？」

正常來說，「怨魂」祕偶可能剛靠近查尼斯門，或者出現於大祈禱廳，就被封印力量發現，強行淨化或驅散了！

全身鏡表面，水波再次浮動，映照出了一道人影。

那人影戴著老氣的紗帽，身材高挑，長髮顯出栗色，正是「神祕女王」貝爾納黛。

「偉大的主人，您得尋求她的幫助。」阿羅德斯拼湊銀色單字解釋了一句。

她？「神祕女王」又不是「黑夜」途徑的，怎麼提供幫助？或者，她有一件封印物，對應「黑夜」途徑的高序列，與查尼斯門後的封印核心類同？

正好，「星之上將」需要神話生物的一滴血液，到時候除了給威爾．昂賽汀讓祂滿意的事物，還得支付我的「仲介費」……這就是「仲介費」！

克萊恩若有所思地點了一下頭道：「很好，你可以回去了。」

「是，偉大的至高的主人，您忠心的卑微的僕人阿羅德斯等待著您再次召喚。」銀白單字浮現的同時，阿羅德斯還在鏡面上勾勒出了一隻捏著手帕不停搖動的手掌。

克萊恩看得嘴角抽動了一下，一時竟不知道該有怎樣的反應。

西區，奧德拉家族的別墅內。

埃姆林．懷特噙著若有似無的笑容，在起居室內隨意找了張單人沙發坐下。

他的斜對面，另一位血族男爵魯斯．巴托里端著裝有血液的酒杯，眼睛微瞇地注視著他，毫不掩飾地表露厭惡憎恨的情緒——魯斯．巴托里在狩獵第一個「原始月亮」信徒時，不僅本身受傷，還被埃姆林搶走了戰利品。

你這樣的表現只會讓我愉悅……埃姆林暗笑一聲，側頭望向推門而入的卡西米．奧德拉，等待著這位男爵宣布結果，給予獎品。

卡西米強迫自己無視埃姆林的目光，走至壁爐前方，對在場所有血族道：「這次召集你們過來，是因為狩獵競賽已經決出了最終的獲勝者。」

誰？一位位血族左右張望，看著彼此，猜測是誰獲得了勝利。

他們的目光更多地集中於魯斯．巴托里，幾乎沒人認為是埃姆林．懷特，只有魯斯．巴托里隱約猜到了點什麼，目光滿是愕然地投向了那個該死的傢伙。

卡西米悄然嘆了一口氣道：「埃姆林．懷特已獵殺三個目標，自動獲得勝利。」

「什麼？」已有年輕血族脫口而出，不敢相信。

血族是一個成員數量遠比不上人類的種族，在貝克蘭德的更是只有其中一部分，所以，彼此間都不陌生。

埃姆林是怎樣的血族，大家都很清楚！

在場所有血族心裡，埃姆林即使算不上最奇葩的同類，也肯定能排進前十。

作為出生就擁有很長生命的種族的一員，培養一個甚至多個愛好以打發時光是相當常見的事情，喜歡人偶的絕不止埃姆林一個，但問題在於，他除了購買新人偶搭配新衣服和去醫院找血喝，幾乎不怎麼出門，也不愛和同族打交道，除非特別渴望較新鮮的血液或者需要學習歷史方面的知識和交換相應的材料物品，否則基本上不會參與相應的聚會。

這樣的生活狀態，幾乎和衰老不堪，不得不躺在特製棺材內勉強維持生存的幾位高層大人物一樣，根本看不出來屬於一個剛成年的傢伙，埃姆林自然也就成為了別的血族聚會閒聊時的話題。

之前那麼多年，大家還只是隨便說一說，私下裡調侃幾句，就像日常討論貝克蘭德的各種怪人一樣，等到埃姆林據說因「迷路」自行走入豐收教堂，被大地母神的主教抓住，關到地下室內，他的形象開始一路往血族之恥和各種笑話的主角方向滑落，難以挽回。

可就是這樣一個丟族群臉的傢伙，竟然連續狩獵了三位「原始月亮」信徒！

那可都是人造吸血鬼！

難道他請了大地母神教會的神職人員幫忙？或者僱傭到了特別厲害的賞金獵人？一個個念頭在不同血族腦海內閃過，揣測著埃姆林是依靠什麼辦法才取得競賽勝利的。

就在這時，卡西米輕咳一聲道：「埃姆林自己蒐集到了相應的特性遺產，已成為『男爵』。」

男爵……那一位位血族再次看向埃姆林時，已不再那麼茫然那麼懷疑，眼神裡更多是震動，驚訝和錯愕。

埃姆林生平第一次被同族們用這樣的目光注視，霍然有種身體輕飄飄的感覺，大腦裡充滿了愉悅的情緒，這讓他很想高傲地抬起下巴，說一句話「你們該稱呼我男爵閣下了」。

這種滿足感和存了很久的錢，終於買下渴求人偶時一樣……埃姆林無聲讚嘆了一句，忍住湧到嘴邊的話語，噙著淺淡的笑容，緩慢環顧了一圈，然後邊扣攏外套，邊起身走向卡西米．奧德拉身邊。

等到其餘血族回過神來，目光複雜地望向前面兩位男爵，卡西米終於開口說道：「這次狩獵競賽的獲勝者將直接進入『子爵』的候選名單，並獲得免費的儀式幫助。」

「另外，他還將得到一枚始祖製作的指環。」

說話間，卡西米從衣物口袋裡取出了一個雕滿繁複花紋的銀色首飾盒，啪地將它打開，展示給在場所有的血族。

這是一枚通體半透明，彷彿由淡紅琥珀製成的指環，它的頂端鑲嵌著一顆血色的寶石，有半個指甲蓋大小，散發出悠悠的光芒。

「它叫『莉莉絲的指環』，能讓佩戴者變得更有魅力，並始終處於滿月時的良好狀態下。」卡西米粗略介紹道，「它還能讓周圍處於滿月效果，使相應的非凡能力得到極大提升，同時，它可以投影出一扇門，通往靈界深處的門。」

卡西米頓了頓，補充道：「這扇門是『召喚之門』，可以讓靈界深處的生物藉此來到現實世界，但一定時間內只有一次機會。」

「靈界生物通過這扇門，就等於和佩戴者簽訂了相應的協議，能在一定時間內為佩戴者效勞，這大概是五分鐘，如果需要維持更久，佩戴者必須親自和那個靈界生物溝通，重新簽訂期限更長的契約。」

「正常情況下，召喚來的靈界生物實力等於和稍強於佩戴者，但也有更弱小和更強大的可能，曾經有一位子爵，依靠這枚指環，召喚出了一個半神級的靈界生物。」

「那靈界生物的實力越強，越能對抗『召喚之門』本身的協議，危害到佩戴者，如果遇到這種情況，一定要果斷解除投影，中止召喚。」

「它的負面效果是『渴血症』，每隔一小時至少要喝一採血瓶的人類血液來紓解，否則自身血液會出現沸騰和蒸發症狀，不超過一刻鐘就會造成一位男爵死亡。」

我不排斥這個，反倒很渴望經常喝血，可問題在於，我沒辦法弄到這麼多的血……

埃姆林控制住自身的喜悅和激動，思考起怎麼解決負面效果。

這時，卡西米側頭看了他一眼道：「額外的血液需求由族群提供。」

那問題就變成怎麼改造瓶子怎麼隨身攜帶那麼多血液了……

埃姆林掃了臉浮羨慕和嫉妒的其他血族一眼，主動地詢問道：「如果不佩戴，是否會有『渴血症』？」

「沒有。」卡西米堅定地搖了搖頭。

埃姆林盯著「莉莉絲的指環」，再次問道：「如果我戴五十九分鐘，然後取下，那會不會有『渴血症』？」

卡西米臉龐肌肉抽動了一下道：「當你戴上指環，就患上『渴血症』了，必須喝一採血瓶的人類血液才能平息一小時，這個過程中，如果取下又戴上，『渴血症』將被重新啟用，不管前面是否到了一個小時，都得再次喝血，你明白我的意思嗎？」

「當然，這不是一個複雜的問題。」埃姆林嘖了一聲道。

卡西米收回目光，望向其他血族道：「我將把這枚指環授予這次狩獵競賽的獲勝者，埃姆林．懷特。」

「祝賀你，埃姆林。」他轉而對埃姆林伸出了右手，與對方輕握了一下。

然後，他把血色的「莉莉絲指環」交給了埃姆林。

「謝謝。」埃姆林矜持笑道。

卡西米沒再看他，對其餘血族道：「還剩下兩個目標，這是屬於你們的獵物，一樣有獎勵。」

夜裡十點，灰霧之上。

克萊恩收到埃姆林獻祭的「萊曼諾旅行筆記」，並知道了所謂的「莉莉絲指環」有什麼作用。

其他都沒什麼問題，最值得關注的是那扇通往靈界深處的「召喚之門」……說不定有一天，透過那扇門出來的會是古神莉莉絲……當然，肯定要滿足很多前提條件……

克萊恩一邊做著大膽的猜測，一邊翻開「萊曼諾的旅行筆記」，查看埃姆林用了哪些非凡能力，又補了哪幾種。

「『雷擊』全部用完了，『旅行』也沒有了……這傢伙真是用別人的能力不心疼啊……」

「補了一個『黑暗之翼』，這既能幫助使用者獲得速度方面的提升，擁有短暫飛行的能力，還可以化為一群虛幻的吸血蝙蝠攻擊敵人……」

「一個是『滿月』，能讓一定範圍內的區域處於滿月狀態，靈性滋生，死亡變強……這是從『莉莉絲的指環』上記錄的……」

「一個是『腐蝕之爪』，它可以讓本身指甲長出有神祕符號和花紋的額外一截，銳利程度足以劃破鋼鐵，並且自帶強大的腐蝕能力，是鱗片皮膜等防禦方式的剋星……」

「一個是『動物感官』，溝通動物，驅使動物，並分享它們的感官……這個如果用得好，有奇效啊……呵，之前都沒見埃姆林用過，真是浪費啊……」

「一個是『深淵枷鎖』，屬於黑暗領域的類法術能力，能讓黑暗或陰影凝成鍊條，限制或控制敵人……」

「沒有『召喚之門』……也是，這個應該非常難記錄，以埃姆林的性格，試了幾次沒成功估計就放棄了……」克萊恩邊翻閱「萊曼諾的旅行筆記」，邊借助占卜技巧和神祕學知識解讀著新非凡能力的作用。

收回視線，他招手讓「海神權杖」飛來，補了幾個「雷擊」在筆記上——這基於他一貫的火力缺乏恐懼症。

然後，克萊恩又借助「太陽胸針」，記錄了「召喚聖光」和「製造神水」，讓「萊曼諾旅行筆記」的非凡能力更加多樣。

做完這一切，他合攏筆記，拿起了「心魘蠟燭」。

下午解決副人格後，他並沒有立刻歸還這件神奇物品，而是想著這屬於「觀眾」領域，說不定能幫助自己探索《格羅塞爾遊記》內的集體潛意識大海，所以準備拖到半天期限截止再給埃姆林。

誰知，他經研究發現，這「心魘蠟燭」沒有安撫精神，排除負面情緒的作用，它只能讓人進入目標心靈深處，種下暗示或解決問題。

呼……克萊恩吐了一口氣，通過賜予儀式，將「心魔蠟燭」和「萊曼諾的旅行筆記」分別歸還了埃姆林和佛爾思。

回到現實世界，他舒服地泡了個澡，看了會報紙和雜誌，然後上床睡覺。

迷迷糊糊間，克萊恩忽然清醒，知道有人進入了自己的夢境。

他看見眼前場景變化，高空一下黑暗深邃，點綴起一顆顆璀璨的鑽石，讓人發自內心地感覺敬畏和安寧。

遠處則有唱誦詩篇的聲音傳來，空靈整齊，直入心底。

與此同時，雲層移動，紅月半遮半掩顯露了出來，灑下輕柔的光芒。

這一切讓克萊恩彷彿來到黑夜女神的神國，在夢境裡都能感覺到渾身放鬆，極為舒暢。

這是……克萊恩突然明白了現在是什麼情況。

這是黑夜教會的非凡者半夜過來，用夢境的方式安撫富翁道恩·唐泰斯，以治療他下午受到的心理創傷。

你們這樣，我反而睡不好啊！克萊恩無奈地在心裡嘆息道。

不死者
—The Most High—
詭秘之主

第八章

夜半入島

嘆息之中，克萊恩放縱自己鬆懈下來，像個正常人一樣享受起夢裡難得的安寧和舒暢。

大概一刻鐘後，他終於等到那位來安撫自己的教會非凡者離開夢境。

「總算……可以安穩睡覺了……」克萊恩本想習慣性睜開眼睛，重新入睡，卻發現自己一旦不用高度警惕和戒備，借助夢裡殘餘的寧靜感，可以直接沉眠過去。

這一晚，他的睡眠質量非常得好，一覺就到了天明，外面太陽初升，紅月猶存，高空發亮，風聲輕響。

克萊恩懶洋洋地發了將近十分鐘的呆才拿起放在床頭櫃子上的金殼懷表，啪地按開看了一眼。

「不到六點半……我是應該翻個身，繼續睡覺，還是就此起床？」

克萊恩審視了一下本身的狀態，見自己精神清醒，精力充沛，沒有一點疲倦感，遂下床洗漱，踱步至陽臺，眺望橙紅一片的天邊。

這個季節的貝克蘭德，受風的影響，霧霾本身就不會太嚴重，再加上之前幾個月有做大氣汙染治理，此時藍天如洗，空氣清爽，園丁已在花園忙碌，廚房女僕和雜活男僕正結伴前往市場，而除了他們，周圍一片安詳，這讓克萊恩心情霍然開朗，短暫忘記了所有的煩惱，只覺這個世界在這一刻獨屬於自己。

他噙著不太明顯的笑容，安靜地欣賞著這樣的景象，而周圍其餘房屋，在之後一刻鐘內，陸陸續續走出了兩到三位僕人，或提著籃子，或牽引馬匹，整個街區一點點活了過來，陽光逐漸變亮。

「這才是生活應該有的樣子……」克萊恩無聲感慨，突然有了出門散步的衝動，掉頭離開陽臺，走至門邊，擰動了把手。

他的主臥室外，理查德森已等待在那裡，讓人根本無從猜測他是幾點起的床。

這是貼身男僕最辛苦的地方，必須比雇主晚睡，比他早起。

「早餐還有一個小時，如果先生您想提前，廚房可以在一刻鐘內準備好。」理查德森沒有問道恩·唐泰斯為什麼突然早起。

克萊恩呵呵笑道：「不用提前，我打算先出去散步。」

「好的，先生。」理查德森進入臥室，根據雇主的意見，挑選出外套，幫他穿上。

最後，克萊恩戴好絲綢禮帽，拿上鑲金手杖，下至一樓，走出大門，沿著街邊的因蒂斯梧桐樹和黑色煤氣路燈杆，向另外一頭緩步行去。

一路之上，每棟房屋的花園內都有飄出淡淡的香味，樹木的綠葉在高處製造著清幽的意蘊，來往的行人三三兩兩，非常稀少，偶爾駛過的馬車打破安靜，又很快遠去。

克萊恩享受著清晨的環境，享受著早起的美好，覺得昨天負面情緒殘留的痕跡在一點點蒸發，一點點消失。

嗯，非凡者要懂得主動去創造條件，調節心情……我這麼走一圈，聖賽繆爾教堂的主教們應該就知道道恩·唐泰斯已徹底恢復，半夜不會來打擾我睡覺了……

克萊恩思緒發散間，目光隨意掃過了旁邊的伯克倫德街三一九號。

這是馬赫特議員的家。

它的外牆由一根根尖銳的長條鐵桿組成，讓路人能通過縫隙，欣賞到裡面花園的美景。

視線移動間，克萊恩看見了道熟悉的身影，那是有著墨綠色長髮和深棕色眼眸的海柔爾，這位美麗高傲的少女正帶著自己的女僕，行走在花園小路上，三不五時左右張望一眼。

她也起這麼早？最近半夜沒辦法去下水道，所以睡眠質量極好？克萊恩腹誹了一句，收回目光，往前踱步。

瞄了一眼側後方沉穩跟隨的理查德森，克萊恩霍然想起了最近看過的與南大陸有關的新聞報導、雜誌專欄和小說故事。

——他一直在有意識地閱讀類似領域的內容，這是為了充實道恩·唐泰斯這個人設，畢竟他之前對南大陸的許多了解源於海盜、冒險家和迷霧海最強獵人安德森，誰知道有沒有誇大和編造的地方。

我過去和最近看的那些資料都是某某某去了南大陸，發了筆財回來，或者乾脆移居了過去，呵，這讓整個貝克蘭德民眾都認為南大陸遍地是黃金，充滿暴富的機會，哪怕是那裡常見的樹木，汁液也有多種作用，能換取大量金鎊，所以王國才會經常和弗薩克、因蒂斯等國家開戰，搶奪殖民地……如果不是平民們攢不夠船資，又不敢偷渡，肯定會有大量人口湧向那裡……

克萊恩思緒一轉，隨口問著自己的貼身男僕：「你印象裡的南大陸是什麼樣子？」

他記得理查德森出生於那裡的莊園，成年後才被帶到貝克蘭德。

理查德森沉默了幾秒道：「先生，我對南大陸其實了解不深，因為大部分時候都在莊園裡忙碌，很少有機會外出。」

「就說一說你的印象，最真實的印象，不用在意什麼，我只是想大概了解一下，你知道的，他們都認為我是南大陸專家，可實際上，我的經歷也只局限於少數幾個地方和商人階層。」克萊恩呵呵笑道。

理查德森一點點埋下腦袋，看著自己往前邁步的腳尖道：「我對南大陸的印象是：飢餓，疲憊，痛苦，以及對死去後那個世界的嚮往……」

飢餓，疲憊，痛苦……克萊恩在心裡重複著這三個單字，步步走在伯克倫德街上，沒再詢問什麼。

東切斯特郡，斯托恩大學邊緣的一棟建築內。

奧黛麗正在參觀「魯恩古物蒐集和保護基金會」得到的藏品。

她原本打算是周二下午過來，誰知米歐爾·德伊特副教授在貝克蘭德參加學術會議，今天才能返回，所以，她不得不更改了安排。

「這雙靴子是斯托恩附近一位農夫在山裡一個廢墟發現的，它的形狀特點與第四紀的社會潮流很像。」米歐爾為高貴美麗的少女介紹著玻璃展櫃內的物品。

奧黛麗很感興趣地望了過去，發現那雙靴子尖端明顯翹起，似乎屬於小丑。

它兩邊翹起的高度並不一致，一個三公分，一個五公分，看起來不是一對。

第四紀的不對稱風格……左三右五不知道代表哪個階層……奧黛麗收回日光，跟著米歐爾副教授走向下一個藏品。

參觀到了最後，米歐爾指著斜前方的玻璃展櫃道：「這枚紋章是前幾天才送過來的，它涉及很古老的巨龍崇拜。」

巨龍……奧黛麗矜持邁步，靠攏過去，只見那紋章表面繪刻著一條張開了羽翼的灰白色巨龍。

「它來自哪裡？」奧黛麗與之前沒什麼區別地問道。

米歇爾回答道：「一個叫做赫德拉克的村莊，這個魯恩文單字在古弗薩克語裡沒有原型，似乎是根據讀音直接拼寫出來的。」

赫德拉克……這就是我之前去過的那個有巨龍崇拜風俗的村莊，那裡人們的集體潛意識大海裡生活著一條心靈巨龍……我之前從米歇爾副教授手裡拿到的二十年戰爭筆記就屬於這個村莊出去的一位叫做「林德里拉」的騎士，他疑似與那條心靈巨龍有關……

奧黛麗若有所思地點了點頭，斟酌著語言，想詢問是誰找到這枚紋章的。

就在這時，米歇爾副教授表情變得異常沉重：「這枚紋章的發現有伴隨一場慘劇。」

「慘劇？」奧黛麗沒掩飾自己的愕然。

米歇爾副教授吐了一口氣道：「一個考古隊進入那個村莊，研究巨龍崇拜的風俗，結果，有一位成員在夜裡瘋了，而這精神疾病似乎可以傳染，整個考古隊的人後來都相繼變成了瘋子，他們殺害彼此，或是自殘，沒一個活下來。」

「這枚紋章是在他們遺物裡發現的，先是被警局拿走，確認沒有問題後，才捐獻給了我們。」

有個考古隊進入村莊，成員一個接一個瘋掉……奧黛麗眼眸略微放大地在心裡重複起米歇爾副教授的話語。

突然，她的腦海內閃過了一個靈感：心理鍊金會！

這個考古隊的人都是心理鍊金會的成員！

「魯恩古物蒐集和保護基金會」所在的建築物內，思緒沸騰的奧黛麗眨了下眼睛，注意著自己的細小表情和肢體動作，半真半假地在胸口畫了個緋紅之月，嘆息說道：「這真是一個悲劇，願他們的靈能夠安息。」

她剛才之所以猜那個考古隊的人是心理鍊金會的成員，是因為她曾經接受任務，幫這個組織從米歇爾副教授手裡拿到了一本二十年戰爭時期的筆記，而這本筆記屬於赫德拉克村莊過去的騎士林德里拉。

奧黛麗當時求助「愚者」先生，依靠「魔鏡占卜」確認了筆記的來歷，發現它與崇拜巨龍的鄉村有密切聯繫，因為事先知道那裡有一條能躲藏於集體潛意識大海的心靈巨龍，所以，考慮到自身序列和實力的不足，她最終還是選擇將筆記上交給心理鍊金會。

也就是說，心理鍊金會這個隱密組織有不小的可能通過那本筆記鎖定赫德拉克村莊，前往那裡尋找目標事物。

讓奧黛麗做出這個判斷的依據還有另外一個，那就是考古隊成員遭受的奇怪精神疾病，它能像瘟疫一樣傳染，讓周圍人群一個接一個發瘋。

於現實領域，精神疾病有機率遺傳，但幾乎不可能傳染別人，可在神祕學領域，在靈與意識的世界裡，混亂瘋狂的精神確實可以借助類似通靈、入夢、潛意識影響的方式感染目標！

而赫德拉克村莊就潛藏著一條不知道活了多少年的心靈巨龍！

心理鍊金會通過筆記找去了赫德拉克村莊，被受到威脅的那條心靈巨龍用巧妙的辦法相繼汙染了精神？祂也許就是通過集體潛意識大海完成這件事情的……超凡世界真的很危險呀，這麼一個

『小隊』，好幾位挑選出來的非凡者，就這樣以荒誕的方式，非常簡單地結束了自己的生命……

奧黛麗一邊想著，一邊慶幸自己當初做出了足夠理智的選擇，沒有任性地拿著那本騎士筆記，去赫德拉克村莊探索，否則，失常發瘋的人員名單裡高機率會多上她一位。

感謝「愚者」先生，感謝塔羅會的各位成員，感謝之前偽裝潛入的齊林格斯，讓我雖然沒什麼神祕學領域的實際經驗，但依舊清楚這裡面潛藏著太多的危險，必須足夠謹慎和小心……奧黛麗默默做出了感謝。

此時，再回想當初剛加入塔羅會時的表現，她恨不得將臉埋進枕頭裡，並於心中對自己吶喊：「奧黛麗，妳當初怎麼能那樣天真，那樣幼稚！也就是遇上了『愚者』先生，換做別的隱密存在，妳早就變成瘋子或怪物了！」

「『愚者』先生真是好人啊！不，是很好的正神！」

旁邊的米歇爾副教授見奧黛麗小姐長久不語，沉重點頭道：「是的，這是一場讓人害怕的悲劇。我只希望政府已經處理好這件事情，不讓那具備傳染性的精神疾病變成瘟疫。」

放心，除非那條心靈巨龍失控，打算挑戰三大教會，否則那精神疾病不會有更多感染者了……奧黛麗無聲回應道。

在她看來，官方非凡者應該已經接手了這件事情，畢竟具備傳染性的精神疾病天然會被移交過去。

所以，玻璃展櫃內的巨龍紋章肯定是他們已經確認過沒有問題才捐獻給基金會的，警察部門沒有這個權限！

奧黛麗一邊對疑似心理鍊金會成員的考古隊死者們抱有強烈的同情，彷彿親身經歷了那場慘劇，一邊又很好奇那條心靈巨龍是否還在赫德拉克及附近鄉村。

以實體的方式躲入生靈集體潛意識大海，應該是難以被發現和找到的……不過，三大教會都有漫長的歷史，在第四紀，甚至更早，肯定與心靈巨龍產生過交集，也許有相應的記載流傳下來……

而且心理鍊金會掌握著「觀眾」途徑，有高序列存在，對集體潛意識人海的了解不會比那條心靈巨龍差多少，在初次探索因情報不足遭遇慘烈失敗後，再派來的隊伍肯定非常強大……

嗯，那條心靈巨龍雖然比心理鍊金會預想得強大，但也不會停留在原地，等著別人來找它，它應該已經離開了……奧黛麗以自身掌握的情況做著推測。

她沒有去赫德拉克村莊探究真相的想法，因為她早就知道自己目前的實力不足以應對那條心靈巨龍。

她目前唯一的打算是，下周塔羅會上，將這件事情提一提，看其他成員是否能回饋出足夠有價值的知識，比如，是因為此地有巨龍崇拜風俗，所以心靈巨龍可以直接進入集體潛意識大海生活，還是心靈巨龍生活在這裡的集體潛意識大海裡，周圍民眾時而會夢到，會下意識受到相應的影響，於是出現了崇拜巨龍的風俗。

周五下午，克萊恩拿著接受明晚舞會邀請的賓客名單，認真記憶著與不同客人該聊什麼話題。

「碰到馬赫特議員，就要讚美貝克蘭德最近的空氣，和波特蘭·莫蒙特教授寒暄，可以開幾句與皇家科學院有關的玩笑……」克萊恩正一條一條背著，耳畔忽然響起了虛幻層疊的祈求聲。

一位男性……算算時間，高機率是「倒吊人」先生……克萊恩若有所思地放下手中的紙張，咕嚕喝了口紅茶，起身離開有大陽臺的半開放房間，回到了主臥的盥洗室內。

他逆走四步，進入灰霧之上，發現祈禱者正是「倒吊人」。

這位先生請偉大的「愚者」轉告「世界」，他已經抵達羅思德群島的首府，「慷慨之城」拜亞姆，再等兩天，他補足了物資，就可以前往那座原始島嶼了。

他讓「世界」提前準備，免得來不及會合，並表示如果對方沒好的辦法前往那座原始島嶼，他可以安排「世界」祕密乘坐「幽藍復仇者號」。

乘坐「幽藍復仇者號」，帶著一群風暴教會的水手去原始島嶼附近？從埃姆林那裡買來的血族麻醉氣體能維持多久？有足夠的探索時間嗎？

克萊恩想了想，具現出「世界」格爾曼．斯帕羅，讓他虔誠禱告道：「……不需要這麼麻煩。你在拜亞姆應該可以自由行動，今晚十二點，城外墓園見。」

「在此之前，補充好你的物資。」

拜亞姆，一家旅館內。

阿爾傑微皺眉頭地聽完了「世界」格爾曼．斯帕羅的話語。

在「慷慨之城」，他確實可以自由行動，因為水手們都急迫地去了「紅劇場」等地方，今晚肯定不會回來，而白天他們睡醒之後，必然還得去賭幾把，盡情放縱自己，以宣洩長期漂泊在海上的壓抑和苦悶。

也就是說，阿爾傑就算消失一個晚上一個白天，也不會被人發現。

……「世界」的意思是，利用這個空隙？這確實比用血族麻醉氣體好，這辦法已經用了兩次，說不定已經有誰產生了懷疑，正等著驗證……

但沒有了船隻，怎麼去那座原始島嶼……呃，「萊曼諾的旅行筆記」？「魔術師」小姐有提到上面記錄著「傳送」這種非凡能力，不過，只有一頁，這肯定不夠往返……

阿爾傑依靠強大的聯想能力，隱約猜到了「世界」格爾曼．斯帕羅想怎麼做，可又認為這缺乏必要的條件。

帶著這樣的疑惑，他找到反抗軍聯絡人，補充了一批白錫製作的風暴領域符咒。

等到夜裡十一點，阿爾傑悄然離開旅館，沿著街道的陰影，一路走向城外。

他並不擔心水手們回來發現自己不在，因為他也有生理需求，也有可能睡到了「紅劇場」哪位女郎的床上，捨不得回來，而類似的妓院，拜亞姆還有好多個，並存在為數不少的站壁女郎，不是說確認「紅劇場」沒有人，就能知道他出問題了。

出了拜亞姆，阿爾傑走在無法通行馬車的狹窄道路上，往海邊山脈的半腰行去。

忽然，他目光有所凝固，發現了點問題。

緋紅的月光照耀下，原本應該存在的一座山峰不見了！

而相應的下方，石塊堆積，草木不見，地形近乎完全改變！

這……

阿爾傑之前是從反抗軍私港過來的，沒機會留意這邊的山峰，所以直到此時才察覺異常！

山峰垮塌了？竟然垮塌了？對了，之前確實有報紙提過，拜亞姆遭遇了一場淺源地震，威力集中在城外山脈……還有，教會的執事說過，格爾曼．斯帕羅差點毀了拜亞姆，而那件事情有半神參與……這兩者的時間點很接近……難道，難道這是格爾曼．斯帕羅造成的？

他引發了一場半神級的戰鬥，本人卻成功逃脫，並順手殺了「血之上將」？阿爾傑瞳孔放大，腳步變緩，停頓了下來。

他突地明白了風暴教會為什麼那樣重視格爾曼．斯帕羅，為什麼會發布高達五萬鎊的懸賞令！

前方沒受到什麼破壞的墓園內，陰冷的風吹了出來，於寂靜的黑夜裡湧向阿爾傑，讓他不由自主有了些顫慄。

就在這時，阿爾傑心中一動，側身轉頭，看向了後方。

一株巨樹下面的陰暗環境裡，一道人影飛快勾勒了出來。

這人影手按頭頂禮帽，緩緩抬起腦袋，露出了消瘦的臉龐，線條深刻的輪廓，以及沒包含任何情感的深棕色眼眸，正是格爾曼．斯帕羅。

果然是「傳送」過來的……真是奢侈啊……阿爾傑精神一緊，旋即放鬆了下來，不過內心的戒備和警惕沒有少一星半點。

再次看見格爾曼．斯帕羅，他發現對方的特點雖然與以往沒什麼變化，但一舉一動間難以用語言形容的強者氣質更加沉厚更加讓人心悸了。

不愧是能挑起半神級戰鬥，並順利逃脫的瘋狂冒險家……阿爾傑剛成為序列五的些許得意，在這一刻霍然消融不見。

手提馬燈的他緩步過去，看著格爾曼．斯帕羅，故意說道：「你在這裡留下的痕跡也許幾百年幾千年都不會消失。」

他這是在確認山峰的垮塌是否與對方有關。

克萊恩眺望了一眼改變的地形，鬆開了按著頭頂禮帽的右手，斯文笑道：「這裡面貢獻最大的是『海王』。」

嘶，他真的弄出了一場可能毀滅拜亞姆的半神之戰，讓「海王」直接攻擊了這裡……而這種情況下，他還活著，還「帶走」了「血之上將」，簡直不可想像，讓人無法相信！

阿爾傑開始懷疑格爾曼．斯帕羅身上有「1」級封印物，這相當於半神級的物品！

他沒有表露出自己的震驚和錯愕，也不敢做更多試探，轉而問道：「你打算現在就去那座原始島嶼？」

「當然。」克萊恩平靜回答道。

現在是深夜，正是道恩．唐泰斯睡覺的時候，不會有人打擾，而到了白天，他就不得不露面了。當然，為了防備火災等意外情況，克萊恩同樣召喚來了「魔鏡」阿羅德斯，讓它時刻注意著這邊的鏡面幻象，必要時給出應對。

也就是黑夜教會對富翁先生的「夢境治療」結束了，否則我肯定得推遲這次行動……克萊恩忍不住在心裡嘆息了一句。

阿爾傑審視了一下自己，發現短時間內也弄不到什麼神奇物品，遂拿出一枚有尖刺般凸起的黑鐵色戒指，將它戴到了左手拇指上。

忍著抽搐般的頭痛，他輕輕頷首道：「合作愉快。」

然後，他看見格爾曼．斯帕羅沒什麼表情地走了過來，伸手抓向自己的肩膀。

這個瞬間，阿爾傑的第一反應是對方要攻擊自己，本能就想側身躲避，但他旋即記起了之前的猜測，於念頭飛快閃現中，強行控制住了一下意識的行動，任由瘋狂冒險家的手掌落至左肩。

緊接著，他注意到格爾曼．斯帕羅的左手變得透明，彷彿承載了靈界的倒影，然後，他眼前黑色更加濃郁，紅月越來越鮮明，各種顏色彼此分明又層疊在了一起。

數不清的近乎無形的身影向著「後」方倒退，阿爾傑在格爾曼．斯帕羅幫助下，飛快穿梭於靈界。

蠕動的飢餓……「傳送」……原來是這樣……他剛有類似的想法浮現，就看見身體直直下墜，周圍濃彩退去，一切恢復了正常。

沙灘……礁石……樹木……這是一座荒島……阿爾傑環顧了一圈，正要開口，周圍又一次出現了色塊變濃，層疊分明的現象。

這一次，離開靈界時，他們置身於半空，下方是波浪起伏的深藍大海。

阿爾傑雖然沒有和格爾曼．斯帕羅實戰配合過，但有著豐富經驗的他，當即默契地製造出一陣打旋的狂風，讓兩人漂浮不落。

於是，「旅行」再一次順利激發，阿爾傑和格爾曼．斯帕羅的身影迅速變淡，透明至無形。

當周圍景象再次恢復時，兩人已來到一座巨型島嶼的邊緣，半空霧氣沉積，緋紅的月光只能穿透少許，這不僅沒讓森林和山峰的幽黑被驅散，反而為它們蒙上了些許陰森血腥的意韻。

「就是這裡。」阿爾傑環顧了一圈道。

克萊恩表面漫不經心，實際卻異常謹慎地觀察起環境，發現這裡非常安靜，別說鳥叫聲，狼嚎聲，就連蟲鳴都沒有，給人一種死寂的感覺。

似乎猜到了他心裡的感受，阿爾傑提高馬燈，照亮了前方雜草叢生，多有獸類腳印的天然小路，並開口說道：「如果白天過來，這裡相當熱鬧，你甚至能看見一些只存在於神話傳說裡的鳥類生物飛行於森林半空。而到了晚上，主宰這裡的『力量』似乎就會發生變化，許多超凡物種躲藏了起來，等待天明。」

「倒吊人」先生來過這裡不止一次，而且至少有一次白天一次夜晚的經驗……克萊恩沉默地點了一下頭，沒有多說什麼。

阿爾傑想了兩秒，指了指前方：「我們沿這條路進入黑森林，始終向前，直到抵達那片不知具體年代的古老遺蹟。

「這一路上，我們狩獵遇上的，有能力對付的超凡生物。獨自一人擊殺的，相應的材料全部歸擊殺者，合作完成的，由你保管收穫，等離開了這裡，用輪流挑選的方式分配，並依據具體做出的貢獻，調整挑選的優先度和優先次數。」

他沒有急於行動，而是先講清楚了路線和分配方案，免得雙方在探索裡意見不一，產生矛盾。

由我保管合作擊殺的收穫……「倒吊人」先生很有誠意嘛……

克萊恩抬起右手，按了按半高絲綢禮帽，低沉笑道：「沒有問題。」

阿爾傑暗中鬆了一口氣，繼續說道：「我們這次的目的主要是探索那片古老遺蹟，途中的收穫屬於附帶，等結束了探索，最好就直接離開，不去別的區域，不走別的路線。」

「至於之後，你想什麼時候來，想去哪片區域，都是你的事情，由你自己決定。」

阿爾傑強調這件事情，是害怕格爾曼．斯帕羅貪心，要知道非凡者不是永動機，肯定會疲憊，這麼一圈探索下來，必然已接近極限，如果還強撐著去別的區域狩獵超凡生物，恐怕獵人和獵物的身分會直接對調，即使瘋狂冒險家非常強大，不害怕這樣的危險，靈性長時間處於乾涸狀態，也會誘發失控徵兆的出現。

你以為我不是這麼想的嗎？我還擔心你太過貪婪，想獲取更多，盲目深入……

克萊恩笑了一聲道：「我是一個有禮貌的人。」

「有禮貌？」阿爾傑有點沒聽懂格爾曼．斯帕羅想表達的意思。

克萊恩嘴角微微上翹，表情在黑暗裡帶上了幾分陰森：「初次到別人家裡拜訪，停留太久是不禮貌的行為。」

……這傢伙的思維方式和行為邏輯完全與正常人不一樣啊……不愧是瘋狂冒險家……

阿爾傑先是一愣，旋即提著馬燈，在緋紅黯淡幽影搖曳的環境裡向前邁步：「我們出發吧。」

克萊恩雙手自然下垂，彷彿在郊遊一樣行於阿爾傑的身旁。

兩人很快進入了那片幾乎沒有月光能照入的黑森林，看見這裡的樹木都粗壯高大，枝葉茂密，即使最小的那種，一個人也合抱不了。

而它們的共同特徵是，樹皮呈明顯的鱗片狀，一塊一塊地密集拼接著，似乎隨時會活過來，隨時會蠕動表面。

像是龍紋樹的變種，蛇鱗樹？克萊恩收回目光，注意著腳邊看起來沒有什麼問題的雜草們。

他和阿爾傑誰都沒有說話，保持著異常沉默的狀態，沒有因為周圍太安靜身邊又有人，就想說點什麼，排除尷尬。

走著走著，兩人借助馬燈的光芒，看見前方的樹木一下變得稀疏。

「咚！咚！咚！」

沉悶的撞擊聲從那片區域傳出，隨著阿爾傑和格爾曼的靠攏，越來越清晰，越來越明顯。

當兩人進入那稀疏的地帶，馬燈的光芒終於照射了過去，讓他們看見了一道道佝僂或匍匐的身影。

這些身影裡有人類，有狒狒，有山羊，有老虎，它們或拿著石塊，或使用爪牙，不斷地打磨著堆積的樹木和岩石，似乎正在修建一座宮殿。

沒有了茂密枝葉的遮掩，穿透沉積霧氣的些許緋紅月光灑落下來，籠罩於這些身影表面，讓它們染上了淡淡的血色。

有人類？克萊恩眸光一凝，左手五指當即舒張開來，阿爾傑則放緩了腳步，讓聲帶處於隨時能夠振動的狀態。

霍然間，那些身影彷彿有所感應，同時停下了「手」中的動作，整齊一致地轉過身體，望向兩個外來者。

它們或臉色蒼白，或毛皮枯萎，或體表潰爛，沒有一個像是還活著。

死屍……有超凡生物在驅使死屍，為自己修建宮殿？克萊恩的目光越過它們，投向更遠處，看見了一個斜著深入地底的幽黑洞穴，那周圍雜草倒伏，散落著好幾根沾有淡黃油漬的白色羽毛。

羽毛……死屍……克萊恩一下聯想起了靈教團人造死神計畫的那個副產物，聯想起了那讓自己長出羽毛的氣息感染。

這片區域的「領主」不會弱……他冷靜地做出了判斷。

此時，仔細觀察了一陣的阿爾傑猶豫了兩秒，開口提議道：「我之前沒見過類似的情況，不清楚這超凡生物的層次，不如繞過它，選取更有把握的目標？」

他直覺地認為那個幽黑地洞裡藏著極為危險的東西。

就等著你這麼說！維持著格爾曼．斯帕羅人設的克萊恩無聲舒了一口氣，呵了一聲道：「這會不會不夠禮貌？」

他話音剛落，地表突然顫動，似乎有什麼生物在下面翻了個身！

第九章

要命的歌聲

感覺到大地的顫動，阿爾傑心中一緊，瞄了格爾曼．斯帕羅一眼，用行動代替了語言。他身邊風聲陡地呼嘯，幫助他向側方奔跑得更加輕鬆更加快速。

阿爾傑之所以直接這麼做，是因為擔心格爾曼．斯帕羅突然瘋狂，決定狩獵幽黑地洞內藏著的恐怖生物，那樣一來，就算最終能贏，對之後的探索也肯定極為不利。

而作為一名經驗豐富的「水手」，他知道果斷的行動具有誘導性和傳染性，能讓尚未做出決定的同伴下意識跟隨或模仿。

克萊恩見狀，暗中鬆了一口氣，放棄對禮貌問題的討論，邁開步伐，蹬蹬蹬跑向了「倒吊人」的側後。

接著，他感覺狂風從背後從腳下吹來，推著他托著他往前追趕，這讓他需要戰勝的地心引力顯著減小，並獲得了額外的動力，速度瞬間提升了何止一倍！

呼嘯的聲音裡，克萊恩和阿爾傑奔出了樹木稀疏的區域，繞到了幽深黑暗的側面。

就在這時，兩人的心跳忽然放緩，根本不像正在做劇烈運動，反倒有幾分午後曬太陽即將入睡的狀態。

克萊恩隨即感覺身體在發冷，難以言喻的陰森莫名浮現，絲絲縷縷往內浸入。

與此同時，他看見阿爾傑那盞馬燈的光芒被後方升起的巨大黑影一寸寸遮掩，腦海內自然就浮現出了相應的場景。

幽黑的地洞內鑽出了一條單人無法合抱的巨蛇，這巨蛇有著陰綠泛黑的碩大鱗片和燃燒著火焰般的誇張雙眼。

牠的鱗片縫隙間，長出了一根根沾滿淡黃油汙的白色羽毛，背後甚至有一對可以展開的厚實羽翼。

這巨蛇半爬半飛地抬高了身體，纏繞於一株高大粗壯的樹木上，吐出漆黑的蛇芯，遠遠注視著之前闖入附近區域的兩道人影。

牠的周圍，樹木在快速凋敝，雜草全部枯敗，數不清的屍體從泥土裡鑽了出來，看不見的幽影簇擁於旁邊。

羽蛇！

這是一條羽蛇！

在南大陸，牠是神聖的象徵，是死神後裔艾格斯家族的徽章圖案！

克萊恩和阿爾傑沒有停頓，強忍著身體的冰冷和心跳的放緩，在更加激烈的狂風幫助下，衝進了黑森林深處，遠離了那片樹木稀疏的區域。

撲通！撲通！撲通！兩人的心跳漸漸恢復正常，體表的陰冷感也被劇烈運動散發出的熱量一點點驅散著。

克萊恩的靈性直覺告訴他，剛才的危險已經過去，於是，他放緩步伐，轉頭往後，看了一眼，對著樹木聳立幽黑深邃的遠處平靜說道：「一條半神級的羽蛇。」

「半神級……」阿爾傑同樣減慢了速度，額頭血管輕微跳了一下。

他頓了兩秒，輕呼了一口氣道：「不用太在意，這裡的超凡生物很有領地意識，除非想狩獵，否則不會進入別的區域，尤其是靠近山峰的地方，那條羽蛇應該不會追趕過來。」

克萊恩輕輕頷首，轉而說道：「這裡的超凡生物很強。」

阿爾傑收回目光，搖頭回應道：「不，也有很多弱小的。我之前也在夜裡來過這裡，但只發現有半神級超凡生物遺留的痕跡，從來沒有真的遇到過，今天還是第一次正面碰上。」

「這種事情主要看運氣，再發生的機率不會太高。」

作為一名「航海家」，計算是必不可少的能力。

你這是瞧不起我執掌好運的黃黑之王？

克萊恩在心裡自嘲了一句，沒什麼表情地說道：「絕對的判斷往往會導致相反的結果。」

這句話的意思翻譯成地球用語就是：不要立FLAG！

其實，剛才如果不是半神級的羽蛇，而是牠處於序列五的同類，克萊恩很樂意欺負下對方，畢竟有阿茲克銅哨在手，死靈領域的超凡生物至少會直接喪失一半的戰鬥力。

至於遇上半神級非凡生物這件事情，他並沒有受到太大的驚嚇，因為「倒吊人」曾經提過這方面的問題，而他也做好了相應的準備，「竊運者」符咒、「萊曼諾旅行筆記」的三頁半神級非凡能力、《格羅塞爾遊記》和「旅行」能力的搭配，雖然不一定能讓他對抗半神，但足以幫助他創造出機會逃離。

只要不遇上也屬於半神領域的天使……克萊恩默默在心裡補了一句。

聽到格爾曼·斯帕羅的話語，阿爾傑竟頗有點詫異，因為瘋狂冒險家的意思明顯是讓他謹慎一點，小心一點。

一個又冷靜又瘋狂的傢伙？也是，如果單純只有瘋狂，他肯定活不到現在……

阿爾傑抬頭望向高空，透過沉積的霧氣，努力辨別著模糊的星辰。

過了兩分鐘，他收回視線，指著一個方向道：「往這裡走。」

克萊恩早已拔出鐵黑色的「喪鐘」左輪，此時讓槍口自然下垂，沉默地跟在阿爾傑旁邊，表情冷峻，平靜從容，不見慌亂。

在光芒極為黯淡的黑森林裡穿行了一陣，阿爾傑忽然停住腳步，往左側看了一眼，沉聲說道：「再往前走一段距離，會有一株迷幻風鈴樹，我想先試著自己處理。之後遇到的第二個超凡生物，由你解決，我不參與。」

除非你一個人對付不了……阿爾傑將後半截話語吞回了肚子裡。

他不是海上經常能遇見的那些「獵人」，不會總是控制不住自己的嘴巴，習慣性說一些讓別人憤怒生氣的話語。

「正義」小姐需要的非凡材料的母體……「倒吊人」先生的冒險經驗也不少啊，知道有的時候坦誠比隱瞞有用，交流商量比算計陰人有效……

克萊恩維持著格爾曼·斯帕羅的人設，冷峻中透著幾分斯文地點頭道：「好。如果對付不了，最好主動求救，否則我當你還在堅持。」

瘋狂冒險家的風格和「獵人」們看似不同，在某些方面卻驚人的一致……

阿爾傑悄然吸了一口氣，提著馬燈繼續前行。

走著走著，他們聽到了叮叮噹噹的微弱風鈴聲，頓時有了種回到家中，身心放鬆的感覺。

克萊恩敏銳察覺到自己的警惕和戒備在不可逆轉地融化，無論他腦海裡怎麼強調怎麼重複，整個人也無法再緊繃起來。

這個瞬間，他甚至想靠向風鈴聲傳出的地方，認為那裡有著自己極為珍視極為親近的事物。

因為距離還比較遠，風鈴聲有一陣沒一陣，克萊恩勉強控制住了自己，側頭看向「倒吊人」先生。

阿爾傑也沒了該有的沉穩，粗獷的臉龐上，眼眶居然微微發紅，也不知道想起了什麼，進入了怎樣的情緒狀態。

不知道「倒吊人」先生真的哭出來會是什麼樣子……那一定很恐怖……克萊恩忍不住想道。

這時，阿爾傑嗓音低啞地開口了：「接下來交給我。」

話音剛落，他放下馬燈，微微轉動了左手拇指上戴著的那枚邪異指環，讓沾有陳舊血汙般的尖刺式凸起越來越鮮明。

這是他的神奇物品「精神之鞭」，副作用是佩戴時始終處於頭痛狀態，恨不得用腦袋去碰撞牆壁。

然而，此時此刻，這種強烈的頭痛體驗卻讓阿爾傑在風鈴聲裡保持住了基本的清醒，不被對方真正催眠。

有的時候，副作用未必就不能幫助到持有者……阿爾傑一邊感慨一邊從衣物暗袋裡取出了一個木盒，啪地將它打開。

這裡面有一隻灰色的老鼠！

「倒吊人」先生想用老鼠充當誘餌，吸引走迷幻風鈴樹的注意力，然後趁機攻擊對方？不錯，準備的很充分嘛，事前有詳細的方案……作為經驗豐富的冒險家，克萊恩一下就隱約把握到了「倒吊人」的思路。

阿爾傑提起那隻老鼠，甩了一下，表情突然變得有點古怪。

那隻灰色的老鼠已不會動彈。已失去了呼吸和體溫，無法再承擔誘餌的責任！

剛才與半神級羽蛇遭遇的過程中，雖然阿爾傑處在對方注視的邊緣，並很快脫離，受到的影響不算太大，較為容易就恢復了過來，但他隨身攜帶的這灰色老鼠只是普通物種，沒那麼強的生命力和體魄，僅是受到一點波及，就難以倖免，當場支撐不住，成為了屍體。

死了……死了……「倒吊人」先生現在應該明白了一個道理，計畫往往沒有變化快……他的運氣真不怎麼樣……

看到這一幕，克萊恩嘴角微不可見地動了動，想笑又不敢笑出聲音，害怕崩掉人設。

類似的情況在經驗豐富做事縝密的「倒吊人」身上並不多見。

阿爾傑迅速收斂了表情，提著那死去的灰色老鼠向前行去，克萊恩則彎腰伸手，拿起馬燈，不快不慢地跟在他後方。

風鈴聲越來越清晰，越來越有讓人安靜，想直接奔跑過去的力量。

又前行了幾步，克萊恩終於看見了那株奇怪的樹木。

它棕綠色的軀幹之上，有一個又一個細長的裂口，每個裂口內都幽黑深藏，似乎長著不同的眼睛。

那伸展開來的枝椏上，垂著一個個風鈴般的鐵灰色事物，它們會自行搖動，發出悅耳的聲音，而最靠近軀幹並位於最上方的那根枝條中央，有一枚拳頭大小的，沒有顏色的，半透明果實結出。

阿爾傑注視著那裡，按了按自己的喉結，沉聲對格爾曼．斯帕羅說道：「你最好堵住自己的耳朵，收斂自己的靈性。」

聽見「倒吊人」的話語，克萊恩內心突然咯噔了一下，有了不好的預感，他沒去拗什麼人設，放下馬燈，從衣服口袋掏出兩張便簽紙，揉成團狀，分別塞進了左右耳朵內。

見格爾曼．斯帕羅沒做詢問，直接照做，阿爾傑忍不住鬆了一口氣，於內心感慨和經驗豐富的傢伙合作真是省心又省事，哪怕有瘋狂稱號的冒險家，也聽得進合理的話語，知道什麼該做什麼不該做。

他正要將手裡還有點溫度的死老鼠扔向迷幻風鈴樹，吸引對方去捕捉，忽然看見旁邊灌木雜草搖晃，鑽出了一隻黃皮黑紋的老虎。

叮叮噹噹的優美風鈴聲裡，那老虎一步一步地走向了前方的奇怪樹木，牠動作正常，目光呆滯，有種無法描述的邪異感。

阿爾傑見狀，垂下手臂，暫時放棄了丟出那隻死老鼠的嘗試，忍著劇烈的頭痛，冷靜地看著那隻黃皮黑紋的老虎在越來越急越來越大聲的悠揚聲音裡，走到了迷幻風鈴樹前方。

牠蹲了下來，抬起右爪，啪地彈出尖利的指甲，往自己脖子上劃了一下。

鮮血汩汩流出，而這老虎彷彿失去了痛覺，繼續拉扯爪子，讓傷口變深變長，然後，它開始一點點剝去自己的皮毛，露出血肉模糊的「赤裸」軀體。

風鈴聲漸漸平息，那些枝椏突然活了過來，向著下方蔓延，一根根刺入了老虎失去皮毛保護的，讓人不忍直視的身體內。

早就做好準備的阿爾傑當即抽出腰間的短刃，張開嘴巴，嘶啞高歌道：「衝激，衝激，衝激，大海啊，衝激灰而冷的岩石！衝激，衝激，衝激，大海啊，在岩石腳下崩裂！」

他的歌聲粗獷豪邁，但又完全不在調上，與人類與生物的正常認知完全違背，並自帶噪音般的有金屬質感的轟鳴聲，充滿了讓人煩躁讓人噁心讓人頭痛的力量。

那株迷幻風鈴樹的枝椏同時顫抖了一下，齊齊往後收回，似乎要蜷縮在一起，隨之響起的美妙鈴聲少許地沖淡了可怕的噪音。

阿爾傑旁邊的克萊恩雖然用紙團堵住了耳朵，並主動收斂了靈性，這一刻也額頭血管暴跳，心裡瞬間冒出想弄死歌唱者想毀滅眼前一切的衝動。

而且，他的腦海有被撕裂的感覺，皮膚下的肌肉和血管輕微地自行蠕動了起來。

別人唱歌是要錢，「倒吊人」先生唱歌是要命啊！克萊恩用吐槽對抗著內心的暴躁。

「衝激！衝激！衝激！」

阿爾傑每一個單字的迸發逐漸靠攏了浪潮拍擊礁石的聲響，一道又一道銀白的閃電隨之落下，彷彿一陣又一陣的喝彩。

銀白相繼亮起，齊齊劈到了迷幻風鈴樹表面，劈得這奇異的樹木止不住地顫動，劈得它枝條的搖晃僵硬混亂，難以發出整齊的催眠之音。

阿爾傑抓住這個機會，丟下死老鼠，向前伸出了手中的短刃。

嗚的風聲乍響，一道道無形的利刃嗖嗖嗖奔了過去，斬在迷幻風鈴樹最頂端最靠近軀幹的那根枝椏上。

「喀嚓！」

那拳頭大小的，沒有顏色的半透明果實直直掉落，被一股強風捲起，飛向了阿爾傑掌中，那表面布滿眼睛般裂縫的樹木隨之凝固，剩餘的枝椏同時垂下，失去了活力。

果然，只要事先蒐集和掌握了正確的情報，靈智相對不高的超凡植物比同樣層次的動物要好對付……阿爾傑拿出預備好的金屬小筒，收好了迷幻風鈴樹的果實。

然後，他側身轉頭，看向格爾曼·斯帕羅道：「我們繼續……」

他的話語突然中斷，「往前」對應的詞組消失在了他的喉嚨裡。

這一刻，他看見格爾曼·斯帕羅冷峻的臉龐略有扭曲，棕色瞳孔旁的眼白微微染紅，似乎隨時會爆發，隨時會向自己動手。

阿爾傑的精神一下緊繃，緩慢吸了一口氣，將剛才的話語補充至完整：「我們繼續往前。」

「走吧。」

格爾曼·斯帕羅低啞回應，率先繞過進入枯萎狀態的迷幻風鈴樹，走向黑森林深處。

他沒有去弄樹皮、枝幹等富有靈性的材料，因為後續肯定還會遇上不少超凡生物，而他又沒有所謂的儲物神器，當然要保留空間給更有價值的收穫。

再說，身上帶的東西太多太沉重，明顯不利於發揮「小丑」的敏捷。

可惜啊，那都是沒生命的材料，沒有自己的血液，沒辦法進入《格羅塞爾遊記》……倒是可以用祕偶將它們帶進去，但這非常麻煩，不利於後續的探索……

克萊恩一邊無聲感嘆，一邊平復情緒，從「倒吊人」歌聲的殘餘影響裡擺脫了出來。

這是他前後兩段人生聽過最難聽最刺激的歌唱！

如果「倒吊人」再持續一兩分鐘，他不敢保證自己還能控制得住毆打對方的衝動。

僅憑紙團堵住耳朵和收斂靈性，只能減弱影響，沒辦法真的隔絕……就算是失聰者，也一樣能聽見，這包含了靈性層面的「交流」……

這應該就是「海洋歌者」最難以防禦的能力，再加上一旦出現，肯定已躲不開，只能提前規避的「雷擊」，這個序列五也相當強啊……

不過，「倒吊人」先生的歌唱感覺為什麼和精靈歌者夏塔絲的完全不一樣……

克萊恩一邊總結和分析剛才的經驗，一邊產生了些許疑惑。

這個時候，提著馬燈走在他旁邊的阿爾傑也忍不住考慮起一個問題：「就連格爾曼·斯帕羅都無法長時間忍耐我的歌聲，我該怎麼扮演『海洋歌者』……」

沉默的氛圍裡，兩人在長滿蛇鱗般的粗大樹木間快速往前，向那片古老遺蹟靠攏。

有「航海家」在旁邊，克萊恩省下卜杖尋路的精力，專心地戒備著周圍可能突然出現的攻擊。

幽黑無聲，很有恐怖故事感覺的環境下，兩人不知前行了多久，發現黑森林內的樹木開始有規律地逐漸稀疏。

這與他們之前遇上那條半神級羽蛇時的狀況並不一樣，那裡是樹木一下稀疏，顯得很突兀，這邊是漸進式的，給人一種快離開黑森林的錯覺。

「穿過這片區域，就到那古老遺蹟的邊緣了。」阿爾傑打破安靜，說了一句。

他頓了頓，狀似隨意地補充道：「根據我的經驗，越靠近那裡越危險，我之前發現的半神級超凡生物痕跡都是在這附近找到的，不過，很奇怪的一點是，那古老遺蹟的邊緣，完全沒有超凡生物活動留下的線索，至於它的深處，我就不知道了。」

這高機率是那古老遺蹟內有更加恐怖的存在，那片區域是它的「領地」，所以其他生物不敢靠近……克萊恩在心裡咕噥道。

他對這次探索的危險程度是有預感的，事前也在灰霧之上做了相應的占卜，得到的啟示是，有波折，有問題，但安全離開的可能不小。

等「倒吊人」說完，克萊恩低笑了一聲道：「你應該能知道我的猜測是什麼。」

他沒有多說什麼，進入了雜草叢生樹木稀疏的區域。

阿爾傑默然走於旁邊，越來越相信自己對格爾曼．斯帕羅的判斷是正確的：又冷靜又瘋狂！

前行幾十公尺，他們忽然看見馬燈光芒的盡頭出現了一雙幽藍色的眼睛。

那是一隻蹲在樹木枝幹上的黑色狒狒，牠毛髮自然捲著，頭部長出了一片又一片黑色的晶體，這些晶體往上生長，沒有規律地簇擁成了奇異的冠冕。

一看到這黑色狒狒，克萊恩和阿爾傑就同時有了想低下腦袋的衝動，似乎不敢直視對方，只覺那是這片森林的主宰，是自己的領主。

領主……阿爾傑依靠「精神之鞭」戒指帶來的劇烈頭痛，擺脫了影響，忙往左側邁步，試圖讓開正面，將這不知品種的超凡生物留給格爾曼．斯帕羅。

這是他們之前的約定。

可是他明明是往左邁步，最後卻成了往前行走，而且雙腿一瘸一拐，似乎突然就需要枴杖了。
下意識間，阿爾傑抽出短刃，讓一片片銳利的風刃嗖嗖嗖奔向了那黑色的捲毛狒狒。
就在這個時候，那隻狒狒咧開嘴巴，露出了笑容。
半空的風刃突然變向，或向左偏，或往右飄，或向上浮，或往下沉，完美避開了目標。
克萊恩看到這一幕，放棄用正常辦法靠近的計畫，左掌手套一下變得透明，身體也隨之無形。
阿爾傑停止了應激而發的行動，看見格爾曼．斯帕羅戴半高絲綢禮帽的身影陡然浮現於黑色捲毛狒狒的身後，雙方的距離不到五公尺。
緊接著，那黑色的捲毛狒狒身體霍然僵硬，彷彿失去了大半控制權，牠甚至艱難地抬起手掌，半挖向自己的眼睛半試圖扭曲著什麼。
而格爾曼．斯帕羅已趁牠遲緩，抬起了右手握著的鐵黑色左輪，用深邃幽暗的槍口瞄準了牠的頭部。
然後，這位瘋狂冒險家沒什麼表情地扣動了扳機。
「砰！」
巨大的槍響迴盪在樹木稀疏的開闊地帶，向著四面八方傳播出去，如果是正常的島嶼正常的夜晚森林，此時肯定會有許多鳥類被驚起，撲稜著翅膀，在野獸的嘶吼裡盤旋飛舞，但這裡依舊安靜，安靜到似乎不存在活著的生物。
而那隻黑色的捲毛狒狒，腦袋突然炸開，血漿、大腦與碎片猛地向著四周灑落，讓那片區域彷彿下了一陣急雨。

牠頭部的黑色晶體同樣碎裂，沒有一塊完整。

克萊恩彎折手臂，緩慢收回了還冒著火藥煙霧般的「喪鐘」左輪，看著變異捲毛狒狒比人類更健壯的身體撲通倒下。

「旅行」靠近，「怨魂」強控，加抓住機會的「喪鐘」致命一擊，就等於瞬殺！

克萊恩並不是為了炫耀本身實力才這麼做，而是通過剛才的觀察，認為這隻變異的捲毛狒狒能力特殊，如不趁牠對自己沒一點了解快速將牠解決，那牠有極大的可能扭轉戰局，讓事情變得相當棘手，而這在一座危險的原始島嶼上，是必須儘量避免的情況，因為誰也不知道激烈的戰鬥會引來什麼東西。

所以，克萊恩在「怨魂」附身變異的捲毛狒狒後，放棄了操縱「靈體之線」，用更漫長時間更加穩當更加不留痕跡解決對方的嘗試，直接拉開擊錘，用「喪鐘」左輪抓敵人受「怨魂」影響產生的僵硬與遲緩。

效果和他預計的一致，中途可能的意外也和他想像的一樣，那隻變異的捲毛狒狒確實有足夠的能力通過「扭曲」或「混亂」擺脫「怨魂」附身的不利局面，並讓子彈的軌跡變得沒有規律，強行避開它的身體。

可惜，牠這所有的努力都還沒產生作用，就戛然而止，克萊恩抓住那短暫的呆滯，果斷迅猛地發動了「致命一擊」。

如果他改為操縱「靈體之線」，那事情的結局很可能不是這樣。

為此承受一個弱點，也值得了……而且越往後走，越高機率動用「喪鐘」左輪，比起在危險環境下才發現自己害怕什麼，提前弄清楚問題，適應並規避類似的處境，是更好的選擇……

克萊恩讓鐵黑色的手槍自然下垂，兩三步走到了變異捲毛狒狒的身旁。

這個時候，在「怨魂」的控制下，這超凡生物的非凡特性在加速析出。

阿爾傑提著馬燈，遠遠看到這一幕，好幾十秒都沒有徹底回神，腦海內凝固的始終是格爾曼．斯帕羅手中鐵黑色左輪槍口冒出火花，變異捲毛狒狒腦袋隨之崩碎的畫面。

最開始時的「混亂」遭遇就已經讓他明白，這隻超凡生物的層次要高於迷幻風鈴樹，是相當不容易對付的類型，自己與它戰鬥，必須足夠謹慎足夠小心，而且未必能贏，可格爾曼．斯帕羅在兩三秒內就解決了戰鬥，迅速得彷彿只是在練習射擊。

同為序列五，這樣的差距簡直讓他無法相信！

短距離的「傳送」和一定時間內控制住對手的奇怪能力，配合那把威力驚人的左輪，效果超乎想像的可怕……

如果是第一次遇到，我也肯定會被瞬殺，而即使有了準備，要想抗衡也不是那麼容易，最好的辦法還是提前用「歌聲」大範圍無差別影響周圍，讓格爾曼．斯帕羅沒辦法那麼順利地完成「傳送」……不愧是賞金五萬鎊的瘋狂冒險家，哪怕沒有「愚者」先生提供的幫助，純粹靠自己，也不比「地獄上將」差，甚至更強……

阿爾傑收回思緒，邊假設自己處在變異捲毛狒狒的位置，考慮該怎麼應對，邊無聲感嘆幾句。

比起別人的講述和自己做出的猜測，親眼目睹的情況似乎更有說服力更有震撼感！

捲毛狒狒的屍體內，破碎的黑色晶體中，一點點微光飛快析出，凝聚在一起，變成了緊握的半透明的漆黑拳頭。

這拳頭直觀地給人力量感和邪異感，上面的紋路、光點與指甲看似遵循著正常的規則，卻又充滿違和的意蘊，似乎潛藏著大量的瘋狂與混亂。

「黑皇帝」途徑的序列五「混亂導師」？不知道我這次獲得的弱點是什麼，希望不要太奇葩……嗯，六個小時內，「喪鐘」可以隨便使用了……

克萊恩一邊咕噥，一邊彎腰撿起了那團非凡特性，將它裝入提前準備好的金屬盒子內。

他其實可以試著放牧這變異的捲毛狒狒，看能否獲得「混亂導師」對應的非凡能力，替換掉手套內的「腐化男爵」，但最終還是放棄了這個想法，因為他不知道這超凡生物曾經做過什麼，是否應該接受折磨。

剛才的遭遇，屬於戰場上的碰撞，你死我活很正常，但放牧是一件讓靈非常痛苦渴求解脫的事情，克萊恩有自己的原則和堅持，不會輕易去做，總是謹慎地選擇目標。

當然，在他心裡，智慧不高的生物與人類是無法等同的，即使嘗試著放牧，也不會過不了心裡的坎，但是，之前的許多經驗告訴他，堅持自身的原則，不放鬆對自我的要求，不僅僅是道德方面的問題，還是防備失控洪水的堤壩，不能因為覺得沒什麼，就打擦邊球，一點點小事累積，最終會釀成大錯。

這個瘋狂混亂的神祕世界裡，做事不是給別人看的，是為了自己，一個人可以欺騙別人欺騙神靈，但騙不了自己，呃，不知道「觀眾」途徑的高序列，能不能騙自己……克萊恩思緒一轉，就要拿出藏在胸口的《格羅塞爾遊記》，將變異捲毛狒狒的血液塗在那表面。

就在這時，他心中一緊，脖子後面的汗毛一根根立了起來。

這是強烈的危險預感！

而這樣的預感裡，克萊恩腦海內並沒有浮現對應的畫面！

不好！克萊恩心裡瞬間蒙上了一層厚厚的陰影，他眼前所有的事物都像隔了一層暗色的玻璃。

顧不得去考慮發生了什麼事情，他垂於身側的左掌表面，手套再次變得透明。

他身影一下無形，旋即浮現於「倒吊人」阿爾傑身旁，探手抓住了對方的肩膀。

這一刻，阿爾傑也察覺到了異變，心臟收縮膨脹得彷彿風暴的源頭，血液潮水一樣奔湧於動脈和靜脈內。

與此同時，他看見格爾曼·斯帕羅抓住自己肩膀的右手，從指甲蓋開始，一點點變灰，一點點失去光澤，就像是黑森林內隨處可見的那種石頭，而他的雙腿，膝蓋僵硬，肌肉凝固，彷彿已不再屬於他。

兩人的身影迅速透明，消失於原地，進入了色塊濃郁，分明疊加的靈界，快速往古代遺蹟的方向穿梭。

忽然，克萊恩眼前紅、綠、黑等顏色層疊的場景奇異地統一為了深黑，並呈現出細密的紋理，就像根根分明的烏黑長髮。

烏黑長髮！

一股涼意從腳底竄起，克萊恩毫不猶豫帶著「倒吊人」脫離靈界，回到現實，落於一片碎石和雜草混雜的區域，不遠的地方是　片坍塌了大半的建築。

他的眼角餘光中，「倒吊人」腰背以下，已變得灰白，如同石雕！

「啪！」

克萊恩打了個響指，點燃了幾十公尺外的一叢雜草，準備直接跳躍過去。

這個時候，他心頭突然一震，身體竟不由自主顫抖起來。

那騰起的火焰於現在的他而言，是那樣的恐怖！

「喪鐘」左輪這次帶來的弱點是，怕火！

眼前暗色的「玻璃」越來越厚，克萊恩還未來得及擺脫恐懼，就感覺呼嘯的狂風從身下捲起，讓他和阿爾傑同時飛騰，躍過無形的界限，進入了那片古老遺蹟的周圍區域。

「砰！」

兩人同時落地，摔出了石頭砸中石頭的響聲。

他們心中濃厚的陰影隨之消失，周圍潛藏於黑暗裡的危險潮水般退去。

呼……克萊恩舒了一口氣，看見已蔓延至肘彎的灰白一點點淡化，一點點縮回，感覺身體的狀況在脫離相應的環境後正飛快恢復。

他的背心，汗水淋漓，已浸溼襯衫。

而最讓他感到恐怖的是，他甚至不知道剛才襲擊自己的是什麼怪物，用的是什麼能力！

是「喪鐘」左輪的槍響驚動了周圍的某個怪物，或是於黑夜裡主宰森林的那位？還好，牠不敢進入這片古老遺蹟所在的區域……這也不是太好，這說明古老遺蹟的深處真的有讓剛才那位都畏懼的事物……等一下做好隨時撤退的準備……克萊恩動了動雙手，緩慢站了起來。

這時，阿爾傑也擺脫了那層灰白，回頭望了眼來處道：「那片區域在石化我們。」

那片區域……石化……

克萊恩若有所思地點了一下頭，邁步走向那片坍塌了大半，長滿了雜草和藤蔓的建築，並低沉回應了一句：「現在的問題在前方。」

阿爾傑沒有多說，加快腳步，沉穩地行於他的側方。

靠近之後，克萊恩望著那片建築，目光掃過了那些尖頂，那些石柱，以及那些依舊屹立的殘破牆壁。

他停頓下來，狀似隨意地問道：「你覺得這片遺蹟原本是什麼建築？」

阿爾傑默然了幾秒道：「教堂。一片教堂。」

不死者

—The Most High—

詭秘之主

第十章

誰的教堂

一片教堂……和我的判斷一樣……克萊恩望著前方的遺蹟，無聲自語了兩句。

此時，穿透沉積霧氣的些許緋紅月光灑在那些半坍塌的建築上，比之前濃郁了不少，越來越接近血色。

克萊恩保持著格爾曼．斯帕羅標誌性的冷峻感，沒有情緒起伏地開口道：「你們之前探索的是哪裡？」

說話的同時，克萊恩瞄了眼「倒吊人」手中久經磨難卻沒有破碎的馬燈，被火焰映出的光芒照得下意識縮緊了肌肉和皮膜。

雖然那火焰始終被厚實玻璃和金屬柵欄隔絕著，但依舊讓他有點畏懼。

阿爾傑沒去注意格爾曼．斯帕羅的細微變化，抬起握著短刃的右手，指著那片廢墟裡最為完好也最宏大的建築道：「那裡。」

那棟建築也只剩下主體，讓人無從知曉它原本的平面布局是什麼樣子，只能從目前殘餘的部分判斷它有牆體厚實，恢弘巨大，窗口窄小等特點，而且曾經擁有過高塔和鐘樓，外表樸素，形制古老。

「這是第四紀早期的一種建築風格，在風暴教會的典籍裡有過記載，據說那個時期，各大教會都廣泛地採用類似的形制來修建教堂。」阿爾傑對這片遺蹟印象深刻，這麼多年來，翻過不少圖書，掌握了一定的情況，「它最大的特點是，上神廟下墓葬，生與死統一在了一起，不過，我無法肯定這古老教堂的內部和我描述的一樣，因為我沒有深入過。」

這或許是第三紀遺留下來的建築風格……克萊恩做出一定的猜測，當先走向了那門洞異常高大的古教堂遺蹟，將馬燈甩在了身後，只享受光芒，不承擔火焰。

兩人很快就沿著層高誇張的灰白色石製臺階，來到了門洞前，看見了裡面殘存的古典石柱和同心多層拱券。

克萊恩沒急著進去，左手探入口袋，拿出一枚金幣，讓它在指縫間翻轉跳躍，嘴裡似乎在念著什麼。

突然，他錚的一聲彈起了那枚金幣，邊攤開手掌等待對方下落，邊側頭對「倒吊人」道：「你們是依據什麼判斷這座教堂的深處有價值不低於『褻瀆之牌』的物品？」

說完之後，他望了眼掉落至掌心的金幣，隨意地將它收了起來。

阿爾傑指了指裡面道：「我說過，我當時的實力不如齊林格斯，深入的程度自然也不如他，無法知道他究竟看見了什麼，只能從他的一些話語判斷裡面有非常珍貴非常重要的事物，而且至少得有真正序列五的層次才有可能獲取。」

「不過，入口附近的壁畫和地上的痕跡也許能說明一些問題。」

克萊恩點了一下頭，走入了緋紅月光無法直接照到的幽深門洞，身上披著的黑色風衣隨之輕微後揚，阿爾傑則提著馬燈，緊握短刃，跟隨其後。

穿過門洞，克萊恩借助穹頂破口處垂落的赤紅月華，看清楚了前方是個進深不小的大廳，支撐它的古典石柱已倒塌斷折了小半。

它的盡頭不是聖壇，也沒有往上的階梯，一片幽黑，難見細節，似乎在深入地底。

不是上神廟下墓葬……神廟和墓葬都在地底？無法判斷，必須下去才能知道……克萊恩下意識往左右看了一眼，發現兩邊各有一扇側門，但它們通向的區域已完全垮塌，無路可行。

入口附近的壁畫和地上的痕跡……他記起「倒吊人」剛才的話語，斜行兩步，放出隱形狀態的「怨魂」塞尼奧爾，借助他的夜視能力，打量起牆上殘留的壁畫。

那壁畫的背景是巍峨宏偉的山峰，頂端有蒙著層層光輝的巨大十字架。

十字架的前方，立著道雄偉異常的身影，周圍則簇擁著背生雙翼、四翼、六翼的天使。

這……克萊恩只是粗略地瞄了一眼，就有了強烈的熟悉感。

類似的壁畫，他曾經見過，在「瀆神者」阿蒙的陵寢內！

定神再瞧，克萊恩迅速找出了不同，這裡沒有代表阿蒙和亞當的兩個嬰兒，也沒有十二翼的天使，十字架前蒙著神聖光輝的雄偉身影雙手捧於胸前，托著一塊古拙樸素的石板。

那石板被畫得極為模糊，卻有一種既古老又年輕，既神聖又邪異的感覺，意蘊極為矛盾。

石板……克萊恩瞳孔略微放大，腦海裡閃過了一個專有名詞：「褻瀆石板」！

這應該是那位遠古太陽神，白銀城崇拜的創造一切的主……果然，「褻瀆石板」和祂有著密切聯繫……不知道這是第一塊「褻瀆石板」，還是第二塊……克萊恩大致明白了這片教堂屬於哪位，也開始相信這遺蹟的深處可能藏著很珍貴很重要的事物。

他收回塞尼奧爾的視線，讓這個「祕偶」轉而看向地面。

那一塊塊石板上除了布滿裂紋，還殘留著一些奇怪的痕跡，它們呈暗紅色，人類額頭大小，時有交疊，一直往大廳盡頭延伸過去。

這一刻，克萊恩腦海內自然想像出了一幕場景：一位位虔誠的信徒匍匐於地，往前爬行，每走一段距離，就用額頭重重撞擊地面，撞出鮮血。

見格爾曼．斯帕羅目光迴轉，不再打量，阿爾傑試探著問道：「遠古太陽神？」

與此同時，他莫名覺得格爾曼．斯帕羅側方有陰冷之風吹來，懷疑周圍有潛藏的幽影或者怨魂。

聯想到那隻變異捲毛狒狒被奇怪控制的事情，阿爾傑隱約猜到了點什麼，但沒有說出來。

聽見「倒吊人」的問題，克萊恩本想低笑一聲，回一句「你也可以稱呼祂創造一切的主，全知全能的神」，但旋即察覺到這語氣和用詞更接近「愚者」，而非格爾曼．斯帕羅，遂克制住了自己，只是微微點頭道：「這不難看出。」

阿爾傑無聲舒了一口氣，對這座教堂深處埋葬的那件物品越來越期待。

兩人同時做出決斷，齊齊走向了大廳的盡頭。

等到靠近，克萊恩終於看清楚那裡有一層層往下的臺階。

「地下區域？」他言語簡潔地問了一句。

阿爾傑搖了一下頭道：「我無法肯定，我沒有下去過。齊林格斯雖然有嘗試深入，但不到十分鐘就回到了這裡，氣息變得相當虛弱。」

克萊恩若有所思地點了一下頭，隨口說道：「你和他似乎很熟悉。」

換做別人這麼說，阿爾傑肯定當沒有聽到，不正面回應，可在他心裡，「世界」格爾曼．斯帕羅是「愚者」先生的眷者，他的問題也許代表著那位存在的意思，必須慎重對待。

斟酌了幾秒後，阿爾傑低沉說道：「我和他是同鄉，在同一個小教堂內做過僕役。那裡的牧師是位易怒暴躁喜歡懲罰僕役的人，齊林格斯接受不了，偷偷逃走，成為了海盜。」

還有這麼一段過往啊……「倒吊人」先生也是有故事的人……

克萊恩沒做深入的詢問，在無比安靜的廢墟教堂內，沿著階梯一層層往下走去。

雖然他的腳步聲已非常輕微，但在這樣的環境下，依然明顯，遠遠蕩開。

很快，兩人走完了階梯，又看見了一個有拱券的門洞。

門洞兩側，分別立著兩道黑影，靜靜地，無聲地，永不改變地立著。

克萊恩和阿爾傑同時停住了腳步，望向那兩道黑影，發現是兩尊石像。

它們都是男性，通體呈灰白色，一個穿著水桶狀的全身盔甲，一個披著較有近代風味的夾克，表情都充滿痛苦，眼睛凸了出來，彷彿在瞪著什麼。

看到這一幕，克萊恩突地打了個機靈，想起了之前在外界的遭遇：他和阿爾傑也出現了石化的跡象，幸好及時擺脫了影響，沒有真的變成雕像！

這……不會是有同樣遭遇的人類吧……如果我們剛才被石化，是不是也會被「搬」入這座古老教堂的地底，幾百年幾千年不變地看守著一個門洞？那石化的力量不是在畏懼這片遺蹟嗎？

克萊恩莫名恐懼，頭皮隱有點發麻。

他控制住表情的波動，側頭看了眼「倒吊人」，發現這位粗獷的海上男子瞳孔同樣有變大，握著短刃的手也明顯緊了不少。

「倒吊人」先生也有相同的猜測啊，不需要我再說明什麼了……克萊恩指了指門洞道：「裡面可能還有更多的石製雕像。」

阿爾傑點了點頭，半擔憂半開玩笑地說道：「只希望不要看見我們的。」

如果我們一邊堅信自己擺脫了石化的效果，一邊又在地底區域看見自己的雕像，那就是一個恐怖故事……克萊恩想了兩秒，對「倒吊人」道：「你有夜視能力嗎？」

他真正的意思是，馬燈的光芒在純粹黑暗的地下部分非常顯眼，容易引發不必要的變化，所以，如果有夜視能力，最好熄掉火光。

而這隱藏的含意，他相信「倒吊人」先生能夠品得出來。

阿爾傑坦然回答道：「有。」

一位能深潛的「水手」途徑序列者，必然有「夜視」的能力。

克萊恩看了他一眼，沒有開口，但表露的意思已是非常明顯：那你為什麼還要用馬燈？

阿爾傑鄭重回應道：「一是誤導敵人，當他們看見我使用馬燈照明時，會本能地認為我沒有『夜視』能力，等到他們破壞掉馬燈，努力創造出黑暗的環境後，我就可以給他們一個驚喜了。」

真陰險啊……克萊恩一時竟找不到語言應對。

阿爾傑繼續說道：「二是防備類似白銀城的情況，純粹無光的黑暗裡也許藏著極致的危險。」

有道理……克萊恩沒再示意對方熄滅馬燈，當先越過那兩尊石雕，在它們凝固著痛苦的眼神裡，步入了通往地底區域的門洞。

——因為不知道石化雕像究竟代表什麼，也不清楚被石化的人是否已徹底死去，克萊恩沒有嘗試打碎它們，收穫可能存在的非凡特性和神奇物品。

通過門洞，進入地下區域後，克萊恩和阿爾傑眼前就再沒有一絲自然光線，這裡的頂部相當完好，缺乏破口，穿透霧氣的緋紅月光無法照入。

阿爾傑隨即將手中的馬燈提高了一點，使前方寬敞卻看不到盡頭的甬道染上了明顯的昏黃。

克萊恩一眼望去，至少發現了六尊石像，它們有男有女，通體灰白，就連衣物都彷彿雕刻而成。這些石像裡面有精靈，有巨人，有風格偏古代的人類，除了表情都凝固著痛苦與絕望，毫無相似之處。

被它們這樣眼珠毫不轉動地看著，再聯想到它們曾經也可能是活生生的存在，克萊恩就背脊發寒，覺得甬道的深處，黑暗統治的地方，似乎有一個恐怖的怪物正張開嘴巴，等著自己兩人主動走入它的肚中。

收斂住波動的情緒，克萊恩和阿爾傑誰都沒有說話，從一尊尊面容扭曲的灰白石像間穿過，一步一步向前移動。

走了十幾秒，因為有馬燈的光芒，克萊恩無需借助「怨魂」塞尼奧爾的夜視能力，就能看見兩側的牆上有一幅幅殘破的，黯淡的壁畫。

這裡面有幾幅相對完好，讓人能分辨得出具體描繪了什麼，它們的主體毫無疑問都是那蒙著層層光輝的巨大十字架和立在十字架前的雄偉身影。

這模糊又莊嚴的身影或面對著淹沒了城邦淹到了山腰的洪水，或腳踩著分裂成塊的大地，或仰望著上方的星空，與深邃黑暗裡透出的一隻又一隻邪異瘋狂到極點的眼睛對視。

末日來臨時，遠古太陽神拯救世界的畫面？這和小「太陽」他們在「真實造物主」神廟內發現的壁畫有相似之處啊……或者，這是你抄我我抄你，大家都沒放棄過往這方面靠的努力，反正要強調自己曾經是救世主，是最值得信仰的神靈……

克萊恩的視線在牆上快速移動，自身則慢慢進入了甬道的深處。

阿爾傑也在觀察那些殘破的壁畫，突然，他壓著嗓音，低沉開口道：「我懷疑『真實』，『墮落造物主』對自身的描述有參照這些內容。」

果然，大家的看法是一致的……

克萊恩讓「喪鐘」左輪斜垂，笑笑道：「如果在前面看見了與『真實造物主』有關的事物，我不會覺得意外。」

「祂和白銀城信仰的那位造物主很可能存在某種聯繫。」阿爾傑認同格爾曼·斯帕羅的判斷。

兩人繼續往前，努力地放輕了腳步，可四周依然有些許迴響，並在極端安靜的氛圍裡，向著遠處蕩去。

就在這時，克萊恩靈感一動，當即上前兩步，擋在了阿爾傑前方，將馬燈光芒遮掩了大半。

不到兩秒後，他聽見沉悶的響聲由遠及近，傳了過來。

「咚！咚！咚！」

地面輕微震顫，越來越明顯，然後，克萊恩看見前方走出了一道近四公尺高的身影。

牠同樣通體呈灰白色，體表雕刻著甲片似的花紋，頭部長著山羊尖角，嘴巴彷彿獵犬，於半張半合間露出獠牙。

而牠最吸引人注意的是那雙燃燒著紅光的眼睛和六對灰白色的覆膜翅膀。

「咚！咚！咚！」

這怪物拿著七八公尺的石製長戟，緩慢進入了甬道，牠每一步踏下，都能讓大地搖晃，將沉重的感覺傳遞向四周。

克萊恩雖然之前沒見過實物，但還是一眼就辨認出了這是什麼。

這是六翼石像鬼！

牠的核心結晶是祕偶大師的主材料之一，它擁有的非凡能力必然極為特異，難以防備！

而從牠的外表體型和構造材料看，正面戰鬥的能力肯定也很強，並且不怕大部分傷害……牠只要一個滑步撞過來，並砸出沉重的石戟，就能製造恐怖的傷害……

克萊恩左手舒張了一下，沒急於給出反應。

他和阿爾傑同時停留於原地，一個用身體，一個用衣物，將馬燈的光芒遮得非常微弱。

「咚！咚！咚！」

那六翼石像鬼沒有望向兩人所在的地方，橫著穿過了甬道，腳步聲逐漸變遠。

果然，牠的感官並不強……難怪當初齊林格斯能深入地底又順利返回……克萊恩等到腳步聲再難察覺，才重新前行，越過了那十字路口。

其實，以他現在的實力和裝備，以他對目標的了解，殺死一隻六翼石像鬼不是太危險的事情，並且還有「倒吊人」可以提供幫忙，他之所以放棄攻擊的打算，是他不知道這地下區域究竟有多少隻六翼石像鬼，一旦戰鬥，如果動靜較大，也許會慘遭包圍，那樣一來，只能依靠「旅行」強行逃離了，而且若是驚動了讓附近超凡生物都不敢靠近這片遺蹟的存在，麻煩會指數級增長。

控制自己的貪婪是冒險探索的前提之一。

對於瘋狂冒險家如此冷靜如此理智的表現，阿爾傑也是相當欣慰，越來越懷疑對方肩負著「愚者」先生的一些命令，所以才克制住了攻擊六翼石像鬼的衝動。

他表現得越冷靜，遇到真正目標時肯定越瘋狂……阿爾傑念頭一閃，跟著格爾曼．斯帕羅通過十字路口，筆直前行。

兩側的壁畫依舊殘破，依舊間或地講述著那位遠古太陽神的偉大與神聖。

終於，克萊恩和阿爾傑抵達了甬道的盡頭，這裡有一扇對開的七八公尺高石門，上面繪刻著與死亡，與安眠，與結束，與新生，與開始有關的各種符號。

「一處墓葬？」克萊恩轉頭對阿爾傑道。

阿爾傑點了一下頭道：「也可能是一處神廟。」

很顯然，他也在懷疑這裡的神廟與墓葬是統一的。

兩人眼前的那扇灰白石門並沒有完全緊閉，有露出一道可供小孩通行般的縫隙，阿爾傑瞄了瞄自己的身板，主動走了過去，放下手裡的馬燈，插好那柄短刃，將雙手按在了大門一側。

他緩慢吸了一口氣，膝蓋彎曲下來，手臂肌肉陡然膨脹。

無聲無息間，那縫隙變得寬敞了不少。

克萊恩看到這一幕，略微挑了一下眉頭，頗有點詫異，因為「倒吊人」的推門竟沒有製造出一點聲音。

他不懷疑一位「海洋歌者」的力量，卻不認為這對開的石門與地面毫無接觸。

視線下移，克萊恩看見門底縫隙裡多了一灘較為黏稠的液體。

悄然弄出了潤滑效果……「倒吊人」先生做事很縝密啊……這是「航海家」的能力，還是「海洋歌者」的？嗯，他應該還有用「風眷者」的能力製造「氣墊」，所以，剛才的「開門」無聲無息……克萊恩大致明白了原因。

他靠攏石門，沒急於進去，通過寬敞的縫隙，打量起裡面的場景。

映入「怨魂」眼簾的是側方區域，那裡擺著一排灰白色的石棺。

果然是地底墓葬廳……有沒有糅合神廟暫時還不知道……克萊恩一邊想著，一邊用左手抽出了「萊曼諾的旅行筆記」，上面有適合對付死亡領域相關事物的非凡能力。

與此同時，他用銀匕快速製造靈性之牆，封鎖了鐵製捲菸盒，以免裡面的阿茲克銅哨讓那些安眠的死者一個接一個爬起。

阿爾傑也重新抽出了那柄短刃，將左掌覆蓋於側面，往前滑了一下。

輕微的劈里啪啦聲響起，那柄短刃纏繞起了張牙舞爪的銀白電蛇。

兩人很快做完了相應的準備，扮演著瘋狂冒險家格爾曼．斯帕羅的克萊恩當先通過門縫，進入了墓葬廳。

當然，在他進去前，「怨魂」塞尼奧爾已經作為「哨兵」，在墓葬廳內轉了小半圈。

對「祕偶大師」來說，有了祕偶，就不用在很多事情上冒險了！

這處墓葬廳高處有滲透水液，顯得非常潮溼，內部分為左右兩個部分，各自擺了十二具灰白色的暗沉石棺，中央則有一塊空著的圓形區域，相應的地面似乎存在著一副精美複雜的圖畫。

克萊恩沒有靠近，並抬手制止了阿爾傑，然後操縱「怨魂」塞尼奧爾顯出身形，快速飄蕩到那個圓形區域的半空。

「血之上將」……阿爾傑的臉龐肌肉霍然抽動了一下。

雖然他對此早有猜測，但親眼看見時，還是難以控制下意識間的反應。

此時，塞尼奧爾降低了高度，看清楚了中央區域的地面描繪著什麼：那副圖畫色調陰暗，背景是影影綽綽的一道道模糊身影，主體則是一張長條桌。

長條桌上躺著一具背負光輝十字架的身影，旁邊圍了三個籠罩著陰影的人。

他們一個英俊朝氣，一個威嚴豪邁，一個長著白色的鬍鬚，顯得很有智慧，可三雙眼睛都透著難以言喻的邪異感，行為同樣如此。

他們一個扯下了那身影的手臂，一個捧起了腦袋，一個挖出了還在跳動的心臟。

與他們相對，那身影的胸腹間，裂口又長又寬，盤坐著一個陰森黝黑的嬰兒。

這四位似乎察覺到了有人在窺探，目光同時望著上方，彷彿在注視每一個看到這畫卷的生靈！

透過「怨魂」塞尼奧爾的視線看清楚那副圖畫時，克萊恩的心跳陡然加快，撲通的聲音激烈到連他自己都能聽見。

作為一名擅於解讀啟示和象徵的「占卜家」，他只覺體內的血液在瘋狂往自己頭部奔湧，讓腦袋發脹眩暈，似乎正阻止著進一步的思考。

但就算是這樣，也有虛幻的，屬於他自己的聲音於他腦海內迴盪，充滿驚懼：那，那被分屍吞食的身影，應該代表著遠古太陽神，代表著白銀城信奉的創造一切的主，全知全能的神！

而圍在祂旁邊的三道邪異身影，我，我曾經見過！

在貝克蘭德的地下遺蹟內，在封印著恐怖惡靈的地方！

它們以雕像的形式存在，不像這幅圖畫上那麼邪惡，分別代表著，分別代表著：「永恆烈陽」，「風暴之主」，「知識與智慧之神」！

霍然間，克萊恩記起了曾經獲得的一個名詞，因面對「永恆烈陽」而獲得的名詞：

「純白天使」！

這……不會吧……難道「永恆烈陽」曾經是遠古太陽神身邊的天使？小「太陽」之前提過，他在下午鎮聽到一位造物主的聖職人員用懺悔和預言的口吻喃喃自語著一些事情，其中有這麼一句：王們頻繁到屬於黃昏的宮殿內密謀……「永恆烈陽」原本叫做「純白天使」，也是天使之王，也背叛了那位造物主？

而祂和「風暴之主」，「知識與智慧之神」，以及那個不知道代表著哪位存在的黝黑嬰兒，攫取到了最大的好處，分食了白銀城造物主的屍體……各大教會的典籍裡都有記載這三位最古老的神靈是由原初造物主的精神分化而成……這從某種角度上來說，似乎是對黑歷史的一種暗示？

如果我的猜測是真的，那麼「風暴之主」和「知識與智慧之神」應該也是白銀城信仰的那位造物主，遠古太陽神身邊的天使之王，或許該稱呼祂們為「風天使」和「智天使」……

這麼一來，八位天使之王就齊了，暗天使、純白天使、風天使、智天使、空想天使、時天使、命運天使、紅天使……從小「太陽」聽到的話語和這些天使之王各自的後續來看，似乎除了阿蒙和亞當這兩位神之子，其他的天使之王都背叛了那位造物主……這位遠古太陽神也未免太慘了一點吧……不過，這幅畫未必是真的，說不定是汙衊，存疑……

不知道那坐在遠古太陽神腹中的黝黑嬰兒又代表著哪位……感覺「真實造物主」嫌疑很大……

克萊恩瞬間想到了很多，越是深入地思考越有種轉頭就走，假裝從來沒有看過那副圖畫的衝動。

這一刻，他內心難以遏制的恐懼甚至讓他產生了「永恆烈陽」、「風暴之主」、「知識與智慧之神」正從星界投下目光，注視著自己的幻覺。

這幅畫是誰留下的？誰能知道這麼多的隱密，並且立場明顯在遠古太陽神這邊？一直追隨這位白銀城造物主並始終信仰著祂的其餘天使和聖者？克萊恩背後冷汗沁出，身體竟有點微微顫慄。

阿爾傑雖然觀察能力不如「正義」小姐，但也是經驗豐富的非凡者，於這需要高度警惕和戒備的環境裡，不難發現格爾曼·斯帕羅出了點問題，略顯異常。

「怎麼了？」他壓低嗓音，開口問道。

克萊恩突然有點被驚醒，一邊讓「怨魂」塞尼奧爾移開視線，一邊指著那沒擺放石棺的圓形區域道：「你看一眼就明白了。」

能讓格爾曼都顫慄的圖畫，我看了會不會直接失控？他沒有阻止而是建議我看，應該是問題不大，但是，不排除他已經失去理智只是裝得像個正常人的可能……

阿爾傑瞬間閃過了好幾個念頭，最終還是提著馬燈，沉穩地向前邁步，走向中央區域。

七八步後，他看清楚了那副色調陰暗的圖畫。

也就是三四秒的工夫，阿爾傑握著短刃和提著馬燈的雙手難以自控地顫抖了起來，就像是得了某種腦部疾病。

他曾經在塔羅會上，於「世界」格爾曼那裡，見過六位正神的人類雕像，自然辨認得出啃食手臂、撕咬心臟、吸食腦漿的三道人影分別是「風暴之主」、「永恆烈陽」和「知識與智慧之神」！

雖然他曾經在齊林格斯的脅迫下，做過對教會不忠的事情，雖然他加入了塔羅會，越來越遠離「風暴之淵」，相信「愚者」先生，謀求著更強的力量更大的權勢，雖然他屢次出賣教會情報，並在某些事情上消極怠工，但始終覺得自己還能算「風暴之主」的信徒，只是不太虔誠，不夠狂熱，而這一刻，他發自內心地認為自己犯下了瀆神的嚴重罪行，差點恐懼地自挖雙眼。

不直接自裁，說明我真的已經變成了偽信徒……

阿爾傑沒敢多瞧，轉過身體，望向格爾曼．斯帕羅，嗓音殘留顫慄地問道：「那三位都是天使之王？」

「我沒辦法給你肯定的答覆，我只能告訴你，『永恆烈陽』與『純白天使』有密切聯繫。」克萊恩較為含糊地回應道。

果然……阿爾傑頓覺「風暴之主」、「永恆烈陽」、「知識與智慧之神」曾經是天使之王的可能極大。

至於格爾曼．斯帕羅沒辦法確定這方面情況的事情，他並不奇怪，也不意外，畢竟對方只是眷者，不是「愚者」先生。

阿爾傑正要開口，忽然聽到了刺啦一聲銳響。

這就像是有人在石棺內，用指甲摳著蓋子！

不，不是好像，就是這樣！

「刺啦！茲拉！茲！」

左右兩側共有三具石棺發出尖利刺耳的摩擦聲，然後，那沉重的灰白色棺材蓋或被掀開，或直接炸裂，三道扭曲的身影站了起來。

它們之中的一位，披著近乎變灰的古樸白袍，臉龐腐爛得坑坑窪窪，脖子上，額頭上，手背上，長滿了一隻隻幽深的眼睛，與它同側的那位，手掌巨大，指頭粗壯，像是由木頭雕成，表面則覆蓋著一層黃綠色的膿液，並往旁邊瀰漫出可以腐蝕石棺的同色霧氣。

另外一邊的那位，身穿破爛的棕色夾克，戴著頂有白色骷髏頭的三角帽，多處皮膚已徹底爛掉，露出白骨。

它的衣物底下，它的褲子裡面，鑽出了一條又一條滑膩粗大，鑲嵌魚鱗的觸手，並自然地散發出威嚴，狂莽，暴虐，恐怖的氣息，這甚至讓克萊恩有種面對「風暴」途徑高序列的感覺，可它本身的狀態又似乎達不到這個層次。

這三位從石棺內爬出來的逝者，同時將目光投向了格爾曼．斯帕羅和阿爾傑所在的方向，一個周圍銀白大亮，電流劈里啪啦作響，一個在數不清的眼睛內映照出了兩人的身影，一個則讓黃綠色的霧氣往外擴散，並製造出一條條棕色的藤蔓。

與此同時，咚咚咚的腳步聲急促又沉重地奔了過來，似乎有一位六翼石像鬼正趕向這邊。

克萊恩見狀，沒有一點慌亂，拿著「萊曼諾旅行筆記」的左手探入衣兜，戳破靈性之牆，僅用兩根指頭就夾出了阿茲克銅哨。

緊接著，他手腕一抖，將這枚銅哨扔向了大廳另外一側，不出意料地看見三位氣息恐怖的異變逝者彷彿久經訓練的獵犬，同時轉向，奔了過去。

阿爾傑看到這一幕，目光先是一凝，旋即做出決斷，丟掉馬燈，大步狂奔，衝向了門口。

他的經驗告訴他，格爾曼．斯帕羅能同時對付那三位可怕的逝者，而自己需要做的是去攔住六翼石像鬼，不讓它干擾到瘋狂冒險家的戰鬥。

「砰！」

阿爾傑剛來到門邊，就看見那對開的高大石門四分五裂，一隻提著七八公尺長石戟的六翼石像鬼直接撞了進來。

他當即吸了一口氣，眼中怒意燃燒，身體肌肉膨脹，在狂風的助力下，向前衝了過去，並揮出了纏繞銀白電光的短刃。

「砰！」

他避開沉重砸下的石戟，連拳頭帶短刃同時劈在了那六翼石像鬼的下腹部。

一時之間，電光閃耀，石屑橫飛，阿爾傑隨之倒飛了出去，而六翼石像鬼前衝的勢頭也被強行中斷。

「噗！」阿爾傑重重摔在了地面，因及時製造出「氣墊」，沒有受到較為嚴重的傷害。

而這個時候，那三位逝者已聚攏在一起，搶奪起阿茲克銅哨。

克萊恩看著他們，平靜地翻開「萊曼諾的旅行筆記」，讓朝上那面停留於有複雜花紋和符號的焦黃紙張上。

這是剛記錄沒多久的半神級能力，「閃電風暴」！

然後，克萊恩握著「喪鐘」左輪的手掌分出一根指頭，輕鬆地滑過了那頁「筆記」。

與此同時，他望著那三位搶奪阿茲克銅哨的變異逝者，低沉地和他們打了聲招呼。

「拜拜。」

茲茲茲的聲音裡，一道又一道銀白閃電憑空躍出，交織在一起，化成風暴，籠罩了阿茲克銅哨所在的那片區域，籠罩了那三位異變的逝者。

整個墓葬廳瞬間被照得彷彿白晝，甚至讓阿爾傑差點睜不開眼睛，並被那狂暴恐怖的氣息震得本能顫慄。

藉著風的幫助，眼中風暴成形的他彈了起來，又一次衝向了試圖攻擊格爾曼·斯帕羅的六翼石像鬼。

不死者

—The Most High—

詭秘之主

第十一章

暴君

對於六翼石像鬼這種身體堅實，不怎麼怕雷擊的超凡生物，阿爾傑除了「水手」途徑的「暴怒一擊」，自問沒什麼好的辦法。

當然，直接與對方聽覺器官和心智體共鳴的「歌聲」肯定是最管用的那個，如果是在別的地方遭遇，阿爾傑肯定會針對六翼石像鬼高大沉重，不夠敏捷的特點，繞著它轉圈，一邊「唱歌」影響對方，一邊用銳利的風刃攻擊同一個部位，依靠傷害的累積和時間的疊加，慢慢磨死敵人。

但他現在正處於墓葬廳，環境受到限制，一旦避開正面，那六翼石像鬼必然會轉向格爾曼·斯帕羅，用七八公尺的石製長戟攻擊對方，使瘋狂冒險家抓不住解決三位亡者的機會，而最為重要的是，阿爾傑懷疑自己「歌聲」對格爾曼·斯帕羅造成的影響，也許會勝過六翼石像鬼。

「砰！」

石製長戟重重砸在地面，砸出了一個誇張的坑窪，砸得整個墓葬廳搖搖晃晃，彷彿突發了地震，而阿爾傑沒有強行硬擋，於狂風的簇擁下，向右一偏，順勢騰起，輕巧靈活地躲過了六翼石像鬼的攻擊，直衝這怪物的腦袋。

就在這時，他看見了那雙燃燒著火光的灰白眼睛。

阿爾傑的思緒一下滯澀，身體瞬間變得僵硬，有種再次慘遭石化的感覺，但皮膚表面又沒有灰白的顏色浮現並蔓延。

慣性作用下，他繼續騰起，卻來不及揮出短刃，直愣愣撞中了六翼石像鬼的頭部，於啪嘰的聲音裡倒飛往後，渾身疼痛。

他的眼睛裡又映照出了那灰白沉重的長戟，可腦海念頭遲緩，根本無法做出有效的應對。

突然，一隻手抓在了他的肩膀上，猛地往旁邊一拉。

「砰！」

石塊飛濺，火星四射，六翼石像鬼的沉重長戟又於地面砸出了一個巨大的坑窪。

阿爾傑的身體隨之抖了一下，眼前所見重變清晰，思緒迅速恢復了正常。

他就像是終於從一場眼睜睜看著卻無法抵抗的噩夢中醒來，找回了身體的控制權。

直到此時，他才發現格爾曼·斯帕羅不知什麼時候已出現在自己身旁，那三位亡者所在的角落，電光殘存，茲茲作響。

「不要與它對視，攻擊它的胸口。」克萊恩一邊拉著阿爾傑快速移動，躲避石戟，一邊簡潔提醒著同伴。

阿爾傑親身經歷和親眼目睹過許多戰鬥，無需格爾曼·斯帕羅再解釋什麼，就明白了他想表達什麼意思，當即脫離幫助，身形矯健地繞到了六翼石像鬼的側面。

「蹬！蹬！蹬！」

他大步奔向了六翼石像鬼，等到石製長戟橫揮過來，才猛地在狂風的拋送下，高高騰起，避開攻擊。

「嗚！」

又是一股颶風，推著阿爾傑衝向了六翼石像鬼的胸前。

這個過程中，他閉上了眼睛，後拉了右臂，讓相應的肌肉一塊又一塊鼓脹了起來。

然後，他依據「航海家」對距離的判斷，揮出了緊握短刃的右拳。

呼嘯的風刃和茲茲的電光同時冒出，隨著他的拳頭向前迸發。

「砰！」

阿爾傑的右拳重重擊在了六翼石像鬼的胸口，打出了爆炸般的效果，讓那裡灰白的石頭先是布滿細密的裂縫，有銀白的電蛇跳躍，接著崩裂開來，變成坑洞！

喀嚓，他的短刃直接炸開了，化作一塊塊碎片飛濺向四周。

強大的反彈力量讓阿爾傑倒飛了出去，半空之中，他眼角餘光看見頭戴絲綢禮帽的格爾曼·斯帕羅不知什麼時候已繞到了正面，拉開了擊錘。

緊接著，這冷峻的冒險家猛地抬手，讓幽深黑沉的槍口對準六翼石像鬼。

「砰！」

巨大的回聲裡，一枚子彈穿過六翼石像鬼胸口的坑洞，射了進去。

轟隆的聲音隨之爆發，那灰白色的石製怪物身體劇烈搖晃了幾下，眼中燃燒的火光迅速熄滅。

短暫的停頓後，它就像是山峰垮塌般向前跌倒了，製造出誇張的聲音和地震般的搖晃。

「喪鐘」鳴響，一擊致命！

而這個時候，阿爾傑剛在風的幫助下，維持住平衡，站穩了身體。

克萊恩沒有和他對話，也未尋找戰利品，直接轉過身體，又朝向了地面焦黑一片，阿茲克銅哨靜靜躺著的區域。

一條條長滿「魚鱗」的滑膩觸手彈動，一個失去了小半身體的亡者站了起來，體表還有絲絲電蛇流竄。

它是那個威嚴，狂莽，暴虐的亡者，原本穿著破爛的棕色夾克，戴著海盜的船長帽，現在沒有了左臂，少了右腿和半個腦袋，身體表面到處都是焦黑和融化的痕跡。

可就算這樣，它依舊沒有安眠，還試圖融合周圍的血肉，進入更強有力的狀態。

要知道，克萊恩剛才用的是從「海神權杖」那裡記錄下來的「閃電風暴」，就算因記錄有衰減，也絕對是貨真價實的半神級非凡能力，從另兩位亡者哼都沒哼一聲便徹底歸於平靜，就可以看出它的威力！

這個甦醒的逝者有問題……克萊恩心中一動，當即讓「怨魂」塞尼奧爾跳躍至阿茲克銅哨的平滑之面，然後嘗試著映照於那名亡者滑膩觸手的「魚鱗」上。

就在這時，克萊恩透過祕偶，感覺到了狂暴的，高位格的排斥力，「怨魂」竟無法附身！

塞尼奧爾甚至被彈了回去，難以控制地現出了身形。

阿爾傑見狀，沒去問為什麼，雙手一抬，於那亡者的身周製造出盤旋的狂風，想要束縛住它的行動，可是，那風沒有向內席捲，似乎在畏懼什麼，強行往外擴散，迅速消失不見。

唯一值得慶幸的是，那亡者並沒有立刻攻擊兩人，反倒向左跳步，彎下腰背，試圖拾取阿茲克銅哨。

克萊恩當即抖了一下左手，讓「萊曼諾的旅行筆記」精準翻頁至「深淵枷鎖」所在的紙張。

這是埃姆林記錄的非凡能力，它屬於序列七「吸血鬼」。

隨著克萊恩緊握「喪鐘」左輪的右手以側面在筆記上滑過，那亡者周圍的陰影突然活了過來，化作一根根鎖鍊，將它牢牢纏繞並束縛於原地。

抓住對手短暫的停頓，克萊恩沒有表情地抬起手槍，撥了一下轉輪，並拉動了擊錘。
他的視線內隨即出現了不同的顏色，有紅，有綠，也有慘白。
瞄準「慘白」，克萊恩扣動了扳機。
「砰！」
一抹淡金飛入了那亡者殘存的半個腦袋內，讓它直接炸裂，化成了血雨，同時，這枚淨化子彈還綻放出太陽一樣的光芒，照耀了目標的全身。
那亡者蠟燭一樣融化了少許，並因彎下腰背，失去平衡，直接倒在了阿茲克銅哨旁邊。
沒有靈智，全憑本能行動的怪物真的比同層次的非凡者好對付不少……不過，我是不是有點對不起阿茲克銅哨，自從被送給我，它又是遭遇爆炸，又是被閃電洗禮，又遇到陽光淨化，過得很不容易……
克萊恩小小地懺悔了一秒，旋即操縱「怨魂」塞尼奧爾，拾取起那枚古樸精緻的銅哨，將它塞入體內。
他沒直接過去，害怕又有哪位亡者甦醒，於是，繼續讓塞尼奧爾這祕偶摸索起剛才能抗拒附體的那個傢伙。
克萊恩懷疑這位逝者身上有相當高層次的物品！
很快，非「怨魂」形態的塞尼奧爾摸到了一樣東西，將它抽了出來。
這是一張紙牌！
這紙牌的正面是一個高舉著雙手，頭戴三重冠冕的男子，他面前匍匐著一個個信徒，背後是閃電、烏雲、狂風和海浪！

這男子的長相，克萊恩非常熟悉，因為他有對方另一種打扮的畫像。

這是羅塞爾大帝！

而教皇打扮的羅塞爾人像左上方，璀璨的星輝凝出了一行文字：「序列〇：暴君！」

「風暴」途徑的那張褻瀆之牌，「暴君」牌？克萊恩瞬間聯想到了「知識與智慧之神」教會對「風暴之主」的稱呼：暴君！

阿爾傑也看到了那張「褻瀆之牌」，目光一下就變得凝固，內裡有貪婪的火焰陡地燃燒起來。他做了個深呼吸，強行移開目光，望向旁邊，開口說道：「剛才的戰鬥很激烈，也許這座教堂深處的某些事物已經被我們驚醒，所以，我們必須盡快拾取物品，做好隨時撤離的準備。」

「倒吊人」先生，難道你認為我不清楚這個問題？你沒必要這麼囉嗦的，剛才的默契呢？呵，果然，「暴君」牌還是對你造成了影響，讓你有點難以平靜，變得多話……

克萊恩一邊讓「怨魂」塞尼奧爾收起那「褻瀆之牌」，進入其中一個亡者的身體，加速非凡特性的析出，一邊冷峻說道：「你已經浪費了五秒鐘的時間。」

阿爾傑愣了一下，不再多說，走向六翼石像鬼遺骸，先行挖去了它殘留紅光的眼珠，然後耐心等待了一陣，探手伸入對方碎裂的背心，提出來一個灰白色的半透明晶簇。

另外一邊，在「怨魂」的能力下，之前那個體表覆蓋著黃綠色膿液的亡者析出了一團褐色的「泥土」，這泥土長著根鬚，潛藏著「血管」，顯得相當奇異。

沒浪費時間去猜測這屬於哪條途徑哪個序列，克萊恩直接讓塞尼奧爾收起，並轉向滑膩觸手還在輕微抽搐的那個亡者，讓它的非凡特性析出加快。

眼見一團水母狀，裝著蔚藍海水的事物即將成形，克萊恩和阿爾傑耳畔突然響起了一道悠長的聲音：「唉……」

這嘆息從教堂的最深處傳來，帶著無法言喻的滄桑。

教堂深處傳出的悠長嘆息聲裡，克萊恩和阿爾傑背部肌肉同時一緊，腎上腺素瘋狂分泌。

沒有猶豫，克萊恩左掌手套變得透明，整個人霍然消失不見，又浮現於「倒吊人」身側。

他探手抓向對方肩膀的同時，「怨魂」塞尼奧爾也撿起了那團水母狀的非凡特性，借助「鏡面跳躍」，回到了鐵製捲菸盒內的那枚金幣上。

緊接著，克萊恩和阿爾傑的身體同時淡化，變得無形，整個墓葬廳一下恢復了寂靜。

兩人直接「傳送」到了遠處的半空，於緋紅的月光和雲層的陰影裡，顯出身形。

下意識間，克萊恩和阿爾傑同時回頭，望向那座原始島嶼，想知道究竟會發生什麼變化。

——剛才只是聽到那聲嘆息，還未感應到實質的危險，他們就依據本能和經驗做出了立即逃走的決定，此時難免有點好奇和疑惑。

他們的視線裡，籠罩著那座原始島嶼的厚重霧氣正飛快散去，讓高空的月華不再受到阻礙，直直地灑落了進去。

呼嘯的狂風之中，克萊恩和阿爾傑懸浮於半空，透過已然稀薄的霧氣，看清楚了那座原始島嶼現在的樣子：它，不見了。

這座生活著半神級羽蛇和各種超凡生物的原始島嶼不見了！

它原本所在的區域，深藍近黑的海水輕輕搖晃，沒有一點異常！

阿爾傑忍不住伸手摸了一下衣兜內的物品，觸碰到讓他思緒微微呆滯的六翼石像鬼核心結晶。

如果不是戰利品還存在，他絕對會懷疑剛才只是做了一場夢，懷疑自己和格爾曼·斯帕羅奇怪迷路，沒有找到真正的原始島嶼，於夢中完成了一場探索。

克萊恩同樣也有類似的想法，甚至覺得自己這一刻可能出現了幻覺，畢竟一座存在眾多強大生物，藏著神話時代祕密的大型島嶼，不可能說不見就不見，連海水都沒反應出相應的痕跡。

還好剛才沒有一點猶豫，直接選擇了撤退，否則，我和「倒吊人」先生可能也這樣不見了，再也找不到了……克萊恩心裡霍然湧現出極大的慶幸，沒敢更多停留，再次開啟了「旅行」，帶著阿爾傑消失在半空，穿梭於靈界。

而這片海域凝固於兩人眼睛中的最後畫面是，霧氣重新瀰漫，越來越濃郁。

又經過一次「傳送」，克萊恩和阿爾傑回到了之前那座荒島，站在礁石上，看著浪潮淹沒了沙灘，嘩啦作響。

阿爾傑左右看了一眼，無聲舒了一口氣，拿出六翼石像鬼的核心結晶和眼珠道：「這是共同的戰利品，你先挑。」

他權衡之後只將六翼石像鬼當做兩人共同擊殺的怪物，而那三位逝者獨屬於格爾曼·斯帕羅。

克萊恩沒直接回應，讓「怨魂」塞尼奧爾浮現於旁邊，拿出了「暴君」牌、褐色泥土狀非凡特性和水母狀非凡特性，後者疑似對應「海洋歌者」。

做完這一切，他才開口道：「一場戰鬥，我先挑，三次。」

他的意思是，這屬於兩人與三個亡者加一隻六翼石像鬼的遭遇戰，對方於整體戰局也算做出了不小的貢獻，所以，墓葬廳內收穫的戰利品全部屬於公共。

當然，根據做出的貢獻，格爾曼·斯帕羅有權利先挑，並且連挑三次。

阿爾傑愣了一下，對瘋狂冒險家又有了些新的認識，然後點頭：「好。」

克萊恩隨即將手伸向自己的祕偶，平淡地拿起那張有羅塞爾臉孔的「暴君」牌，說道：「它算兩次。」

有了這張「褻瀆之牌」，再配合「海神權杖」，他用靈體狀態行動時，可以勉強算一個偽半神了。

這在扮演「海神」時，也有相當大的作用。

當然，「暴君」牌最具價值的還是自帶的「風暴」途徑全序列魔藥配方，以及讓持有者到了序列四後，微妙感應到自身所需材料的能力。

正因為如此，克萊恩沒等回到「慷慨之城」拜亞姆就中途停止，分配戰利品，他害怕「暴君」牌將「海王」亞恩·考特曼直接吸引了過來。

你說算幾次就算幾次……阿爾傑沒有反駁也不想反駁格爾曼·斯帕羅的話語，看著他將手伸向了那團高機率對應「海洋歌者」的水母狀非凡特性。

這對克萊恩來說，既可以用來製作風暴領域的神奇物品，替代被「地獄上將」拐走的魚人袖釘，也能於未來賜予給羅思德群島的反抗軍，提高他們在海洋上的生存能力，當然，前提條件是他們極大地取悅了「海神」。

收起「暴君」牌和水母狀非凡特性，克萊恩看了眼「倒吊人」，示意該你挑選了。

阿爾傑斟酌了一下道：「我可以選那張『褻瀆之牌』內的序列四魔藥配方嗎？」

「沒問題。」克萊恩沒什麼表情地頷首道，「之後給你。」

雖然「暴君」牌已經開啟，但將它激發時，必然會有一定的動靜，所以，克萊恩謹慎為上，決定返回貝克蘭德後再去灰霧之上研究。

「好。」以阿爾傑的深沉，這一刻也忍不住露出了些許笑容。

這次冒險之後，「海洋歌者」消化得差不多時，他就要展示能力，走教會內部晉升途徑了，到時候，多喝魔藥的問題還不算太大，即使不找人生孩子，依靠時間的積累，也能徹底地解決，最關鍵的障礙是，從序列五到序列四，是本質的變化，是生命層次的提升，風暴教會內部不知多少位「海洋歌者」辛苦了幾十年，也無法獲得機會，阿爾傑不認為身為混血兒，從僕役一步步提升上來的自己會得到什麼優待，少受一點歧視，他都覺得慶幸，感謝自己擅於做人。

而且，在教會內部，晉升序列四都是直接給魔藥，不存在提前了解配方，自己做準備的事情，阿爾傑要想在可怕的競爭裡占據先機，除了要立下排得進前三的功勞，還得另外想辦法。

他現在的思路是，殺掉一位成名海盜，從他那裡「拿」到「災難主祭」的魔藥配方，並讓線索指向原始島嶼內那位異變的逝者——這應該是一位曾經活躍於海上，但又突然消失不見的大海盜。

這樣一來，風暴教會的高層必然懷疑那位消失的大海盜獲得過「褻瀆之牌」，而這是毫無疑問的事實，可以透過各種手段證實。

阿爾傑則能借助已經知道「災難主祭」魔藥配方的優勢，得到成為序列四的機會。

當然，前提是教會沒有那種可以直接抹掉相關記憶的封印物……如果這個辦法不行，又實在沒機會晉升，我就自己祕密蒐集相應的材料，準備晉升需要的儀式，一旦成為序列四，立刻離開教會，去做海盜王者……阿爾傑收回思緒，看見格爾曼．斯帕羅拿走了那團褐色泥土狀的非凡特性。瞄了眼剩下的物品，他收起了那灰白色的半透明晶簇，將六翼石像鬼的眼珠遞給了格爾曼．斯帕羅。

對於不缺乏強力攻擊手段，海陸空全能的他來說，這非凡材料製成的神奇物品應該相當有用。在墓葬廳時，若不是不清楚「精神刺穿」是否能影響六翼石像鬼，而戰局容不得一點失誤，他的首選肯定是動用「精神之鞭」。

分配完戰利品，將它們放入不同的盒子，並用靈性之牆做了封鎖後，克萊恩收回「怨魂」塞尼奧爾，再次探手，抓住「倒吊人」，讓彼此身影淡化，進入靈界。

這次「旅行」完，兩人出現在了拜亞姆城外的海邊山峰上，依舊是墓園附近，似乎從未離開。

阿爾傑沒有囉嗦，向格爾曼．斯帕羅點了一下頭道：「如果需要製作神奇物品，相應的費用我來承擔。合作愉快。」

戴著透明手套的克萊恩「嗯」了一聲，身影突地消失不見。

他丟下「倒吊人」，直接傳送到了拜亞姆城內的僻靜角落。

「接下來，就要挑選一位幸運海盜了……」克萊恩環顧了一圈，邊無聲自語，邊舒張手指，走向大街。

當然，他沒忘記改變樣子，並給「萊曼諾的旅行筆記」塗抹血液。

畢竟到處都貼有格爾曼．斯帕羅的通緝令，而「海王」亞恩．考特曼就守在這座城市，如果被人認出，或是迷路，就不太好了。

城外山脈的腰部，阿爾傑抬頭望了眼深黑的夜空、緋紅的月亮和數量不多的星星，緩慢吸了一口氣，又吐了出來，讓海邊的清爽和鹹澀洗滌著身體。

剛才那場探索，是他經歷過的最危險的一次冒險，如果不是格爾曼．斯帕羅借助「蠕動的飢餓」，有了「傳送」這個非凡能力，他懷疑兩人可能無法活著逃出來。

「不過，作為『愚者』先生的眷者，『世界』應該還有別的底牌，比如那本『萊曼諾旅行筆記』上的半神級非凡能力……」

「但這樣一來，未必能順利抵達那個墓葬廳，途中會有更多的麻煩……」

「呃，那張風暴途徑的『褻瀆之牌』就是讓他克制住自己瘋狂的目標……這是『愚者』先生的吩咐？祂果然早有預見！也許，祂還認識教堂深處發出嘆息的那位存在！」

「當初齊林格斯或許見過那張『暴君』牌，卻沒有能力獲得，才會那樣說……」阿爾傑思緒翻騰，緩步走向了山腳。

貝克蘭德，伯克倫德街一百六十號。

格爾曼．斯帕羅的身影突然浮現於主臥室內，黑色風衣輕晃，半高禮帽端正。

躺在床上的道恩．唐泰斯旋即虛化，退縮為一面巴掌大小的鏡子。

今晚應該是沒人來拜訪，阿羅德斯沒弄出什麼事情來……看到這一幕，見周圍安靜平和，克萊恩暗中鬆了一口氣，身影拔高少許，鬢角迅速斑白，藍眸一下深邃，變回了道恩．唐泰斯的樣子。

與此同時，那面鏡子上，水波浮動，銀光匯聚，勾勒出一個又一個單字：「偉大的至高的主人，我今晚什麼都沒做！不，我認真扮演了睡覺的道恩．唐泰斯。」

「另外，有遇到一件事情，您想知道嗎？」

忽略掉「魔鏡」阿羅德斯求表揚的第一段話語，克萊恩內心咯噔了一下，邊摘掉帽子，隨手扔到旁邊的安樂椅上，邊低沉回應道：「說。」

鏡面之上，原本的單字分解，蠕動著形成了新的文字：「有位女士在路過這條街道時，望了這棟房屋一眼。」

這算什麼事？每天路過這裡，順便欣賞周圍環境的人簡直太多了……克萊恩正要開口，卻見鏡子表面水光浮動，映照出了一道人影。

那人影對正常人來說，算是奇裝異服者，她身穿通靈者黑袍，眼影和腮紅都是藍色，既豔麗，又妖異，正是戴莉．西蒙妮。

這位女士乘坐馬車通過伯克倫德街，途經一百六十號時，側頭望向窗外，看了超過三秒鐘。嘶，她不僅因為眼睛，對道恩．唐泰斯有印象，而且還順便掌握了一些情況？

克萊恩微微皺起眉頭，轉而問道：「沒有別的事情了嗎？」

「沒有！」阿羅德斯一邊於鏡面上突顯單字回答，一邊勾勒出象徵「發誓」的簡筆圖畫。

克萊恩點了一下頭，不顧「魔鏡」的熱情，強行將它打發離開。

做完這一切，克萊恩拿出一根蠟燭，準備布置儀式，自己召喚自己，自己響應自己，將本次獲得的戰利品連同穿的衣物全部帶到灰霧之上——他打算將格爾曼‧斯帕羅的衣物和道恩‧唐泰斯做一個區分，免得未來在這個細節上暴露問題。

「啪！」

他打了個響指，讓燭蕊騰起了赤紅的火苗。

火苗。

火苗……

克萊恩目光凝固了幾秒，迅速閉上眼睛，轉過身體，背對蠟燭。

然後，他操縱「怨魂」塞尼奧爾，一步步靠攏書桌。

這個過程中，塞尼奧爾身體發抖得越來越厲害，但最終還是強行伸出右手，掐滅了燭火。

先睡一覺，明天再說吧……不行，「暴君」牌在身上，並且已經開啟，雖然有「靈性之牆」封印，但這未必能完全隔絕它對同途徑的吸引聚合能力，也許只是削弱影響，拖長時間……剛才我在拜亞姆，都是快進快出，不敢停留太久……克萊恩剛平靜下來，就想到了一些問題。

幾秒之後，他緩慢吸了一口氣，再次抬手，打了個響指，點燃蠟燭。

緊接著，他控制住內心的恐懼，操縱「怨魂」塞尼奧爾拿出另外兩根蠟燭，布置起獻祭儀式——這樣就沒有響應召喚，穿過燭火來到現實世界的步驟。

等到一切準備就緒，克萊恩艱難轉身，「虔誠」地低下腦袋，不敢直視燭火，然後認真地誦念起「愚者」的尊名。

靠著毅力，險些痛哭流涕的他終於完成了儀式，將需要送去灰霧之上的物品全部做了獻祭。

呼……克萊恩吐了一口氣，逆走四步，來到那片寂靜無聲的神祕空間，坐至「愚者」所屬的座椅，先行拿起了「暴君」牌，激發出裡面的內容。

那張「褻瀆之牌」當即變得立體，彷彿一冊巴掌大小的書籍。

書籍翻動，每一頁上都有個羅塞爾．古斯塔夫，他或做水手，或戴著船長帽，拿著六分儀，或在大海背景中，引吭高歌。

克萊恩看得一陣無言，越來越覺得這位老鄉太他媽自戀了。

如果「魔女」牌用的還是他自己的形象，那我就真的服氣了……克萊恩一邊腹誹，一邊瀏覽相應的內容，分析著整條風暴途徑的序列名稱和材料儀式：

「序列九：水手……序列八：暴怒之民……序列七：航海家……序列六：風眷者……序列五：海洋歌者……序列四：災難主祭……序列三：海王……序列二：天災……序列一：雷神……序列〇：暴君……」

「這成為『暴君』，也就是『風暴之主』的儀式，和『黑皇帝』的差別很大啊，首先，需要數以十萬計的因恐懼而服從而信仰的追隨者，其次，單獨挑戰一位真神，也就是其他序列〇，並存活下來，最後，在那恐懼與服從的氣氛裡，服食魔藥，完成晉升。」

「這有點坑啊，一個還未質變的序列一挑戰序列〇真神，十次裡面要死七八次吧……而且，如果那個時代沒別的序列〇呢？那不是還得自己想辦法培養一位，或者轉到相近途徑……當然，儀式或許不是必需，只要足夠幸運，直接喝魔藥也不是沒機會，『海神』卡維圖瓦就是例子，它服食的都不是魔藥，而是未調和的非凡特性……」

「這個儀式的核心是，挑戰神靈的勇氣，大量的恐懼與服從？」

「嗯，『暴君』似乎也不具備『黑皇帝』那種扭曲規則利用規則的特殊，無法死而復生，從虛無中歸來，但好像有短時間內電流化光速化的恐怖，說不定還有製造星球級災難的能力……羅塞爾大帝記錄的重點是配方和儀式，對相應非凡能力和神靈權柄的描述太少了，而且非常模糊……」

克萊恩隨手招來一頁非具現的紙張，用圓腹鋼筆抄錄下「災難主祭」的魔藥配方，並以「世界」格爾曼．斯帕羅的口吻標註了一句話：「平時儘量不要回想那幅畫的內容。」

這是給「倒吊人」的提醒，在神祕領域，涉及序列〇的事情必須足夠謹慎足夠小心，哪怕違背常理，也要注意。

——在那座原始島嶼上看到那幅畫討論那幅畫沒有事情，不代表在外界就必然安全，如果經常回想，說不定有一天就因為不夠「走運」，在雷暴天氣被閃電給劈死了，或者遇到難題，無法解開，腦內血管一下爆開，或者被太陽曬得中暑，因搶救不及時而身亡。

「『災難主祭』的儀式非常危險啊，會引發地震和海嘯，而晉升者必須在這樣的環境下服食魔藥，撐到結束……」克萊恩折好紙張，將它放至一旁，並收起了「暴君」牌。

等用占卜的方法鑑定出自身收穫的那三份非凡特性分別屬於黑皇帝途徑的序列五「混亂導師」、風暴途徑的序列五「海洋歌者」和「耕種者」途徑的序列五「德魯伊」後，克萊恩終於有空閒回想這次探索裡發生的種種事情，思考其中蘊藏的資訊。

「『永恆烈陽』明顯是『太陽』途徑的，而那位白銀城造物主又被稱為遠古太陽神，這從第四紀遺留的一些歷史和精靈一族的壁畫裡可以得出結論……」

「根據有序列〇無序列一的守恆定律，當時的『純白天使』不該是天使之王啊，可如果不是天使之王，祂根本沒資格參與到分食白銀城造物主的盛宴裡，這不僅有外在的因素，還包含自身的問題——直接從序列二跳到序列〇，極高機率會失控！」

「要麼『永恆烈陽』轉了途徑成神，要麼那位白銀城造物主的主要權柄不是『太陽』，在戰勝古神後，就已經將這部分權柄分配給了身邊的天使，讓祂成為天使之王，所以，精靈一族的壁畫和後世流傳的稱謂，只是表明祂曾經執掌過『太陽』權柄，而非一直執掌。」

「還有一種可能，收回古神權柄後的那位造物主，有能力讓同途徑的序列二晉升序列一了。」

克萊恩的思路很快轉到了那座教堂是誰建立那副壁畫是誰留下上，因為各種情況混雜，難以理清，他乾脆具現出一張羊皮紙，用書寫的方式總結要點，尋找聯繫：

「那座原始島嶼是齊林格斯和『倒吊人』先生一起發現的……」

「齊林格斯接受黃昏隱士會的任務，為了某件價值不菲的物品，前往貝克蘭德刺殺尼根公爵，死在了阿茲克先生手上……」

「齊林格斯告訴『倒吊人』先生，那個教堂廢墟的深處，有不遜色於羅塞爾塔羅牌的珍貴事物，但必須有序列五的層次才能拿到……」

「他之後得到了『蠕動的飢餓』，成為海盜將軍，實力已經相當於強力序列五……」

「那張『暴君』牌依舊在教堂地底的墓葬廳內……」

「齊林格斯後續沒再做嘗試？或者，嘗試失敗了？」

「那座教堂是信奉遠古太陽神的存在建造的，裡面的壁畫記錄著大災變前的正神黑歷史，立場明確偏向遠古太陽神……」

「黃昏隱士會疑似由神子亞當建立，目標是復活那位遠古太陽神，白銀城造物主……」

「那座原始島嶼突然消失不見，就像原本就不存在一樣……」

「亞當是空想天使……黃昏隱士會的核心成員裡，至少還有一個觀眾途徑的天使，赫密斯。」

「黃昏隱士會傾向於讓成員選擇『水手』、『閱讀者』、『太陽』途徑，高機率擁有風暴領域的高序列材料和物品……會內或許有風暴領域的天使……」

克萊恩放下鋼筆，看著紙上列出的內容，慢慢地有了個推測。

不死者

—The Most High—

詭秘之主

第十二章

完成交易

望著例出了一項又一項要點的紙張，克萊恩手指輕敲斑駁長桌的邊緣，無聲自語道：「教堂深處嘆息的那位，是黃昏隱士會的一員？」

「齊林格斯正是因為那次深入探索，被黃昏隱士會看中，後續才能獲得晉升，拿到『蠕動的飢餓』，成為海盜將軍？」

「如果真是這樣，就可以解釋他擁有序列五的實力後，為什麼不重登那座原始島嶼，想辦法拿走『暴君』牌……給你的，你才能拿，不給你的，你不能動？」

「當然，齊林格斯也可能是在擁有足夠的戰力，第二次探索教堂深處時，與那位黃昏隱士會的成員建立起聯繫的……」

「不管怎麼樣，那座原始島嶼和黃昏隱士會有關的可能不小。」

「我們之所以能較為順利地通過不同區域，來到墓葬廳，看見那副天使之王分食造物主的圖畫，是因為教堂深處那位黃昏隱士會的成員有意放縱？對他們來說，如果有機會，肯定很樂意將那段被抹去的歷史宣揚出去……不過，他們從自己角度做的闡述未必就一定是真相……」

「再之後，那位黃昏隱士會的成員大概是沒有想到我們能那麼快解決甦醒的逝者和六翼石像鬼，拿到『暴君』牌，所以才發出嘆息？」

「按照正常的劇本，應該是我們陷入危險的處境，祂出手平息一切，隔空與我們對話，讓我們成為黃昏隱士會的外圍成員？」

克萊恩謹慎地用祂代指著廢棄教堂深處的那位存在。

他甚至懷疑對方可能是曾經的天使之王，神子亞當！

當然，他並不完全確認那座原始島嶼就屬於黃昏隱士會，相信連占卜都無法得到肯定的答案，因為這還有太多的可能，也許涉及其他隱密存在，而靈界有關的資訊必然已經被抹去或隱藏了。

如果真像我猜想的一樣，是不是意味著我錯過了一個加入黃昏隱士會的機會？只要能通過他們的考驗，說不定可以看一眼第二塊「褻瀆石板」，得到「占卜家」高序列的魔藥配方……

可惜啊……不過，格爾曼．斯帕羅來歷神祕，背後藏著隱密存在是大海上各個勢力的高層都知道的事情，黃昏隱士會這最古老也最隱密的組織不會掌握不了相應的情況，格爾曼．斯帕羅的下場高機率是當場被清除，通靈找答案……

克萊恩先是一陣遺憾，繼而又感覺後怕。

思緒電轉間，他甚至想派「倒吊人」再去那座原始島嶼，找機會成為黃昏隱士會的外圍成員，一步步打入核心。

唉，問題在於，那座原始島嶼已經不見了……要不然，「倒吊人」先生真有機會成為三面，不，四面間諜……克萊恩手指一彈，讓面前的紙張消失，將今晚的探索暫時拋到了腦後。

不過，他有叮囑自己，這段時間一定要注意生活裡是否有異常情況出現。

他害怕教堂深處那位隱密存在並非來不及阻止自己和「倒吊人」逃走，只是有更深層次的目的。如果不是通過了灰霧，接受了「殺毒」，克萊恩都會懷疑自己身上有對方留下的隱蔽印記。

瞄了眼擺放於桌上的物品，克萊恩先將「暴君」牌翻了個面，置於「黑皇帝」牌的旁邊，接著琢磨起怎麼處理剩餘的戰利品。

那屬於「耕種者」途徑序列五「德魯伊」的非凡特性，他已經有初步的想法，那就是通過「隱者」嘉德麗雅，賣給弗蘭克．李。

「可問題在於，這會不會是加速世界毀滅的一步……」克萊恩自嘲一笑，內心有點猶豫。

讓弗蘭克．李這麼一個危險的傢伙晉升序列五，牛、魚、大海、薔薇主教都會很害怕的，沒誰知道擁有更強大的能力後，這個不比瘋子好多少的傢伙能完成什麼實驗，創造出什麼奇異的品種。

萬一他把自己種了，收穫了一堆弗蘭克，那這個世界就真的危險了……克萊恩無聲吐了一口氣，最終決定將這個問題交給「星之上將」去煩惱。

反正我就是正常地賣「德魯伊」的非凡特性，「隱者」女士想不想買是她的問題……而且，只是一個序列五，相信有「神祕女王」和摩斯苦修會支持的她，肯定能看管得住，再說，「大地母神」教會還有一堆聖者，有天使，有「〇」級封印物，有真神存在，不會處理不了相關的事情……

克萊恩一邊自我寬慰，一邊將注意力放到了「混亂導師」和「海洋歌者」的非凡特性上。

對於後者，他的初步想法是製作成神奇物品，但不知道「倒吊人」認識的那位「工匠」有沒有能力，而前者，他打算賣出去。

雖然這同樣可以製作成物品，但和手套內的「腐化男爵」有些重疊，而且，克萊恩也開始認識到，神奇物品並不是帶的越多越好，某些負面影響疊加起來，真的會要命，有了「蠕動的飢餓」，有了可以租賃的「萊曼諾的旅行筆記」，他認為大部分時候還是精簡一點比較好。

正常情況下，「蠕動的飢餓」配「喪鐘」左輪，加多準備點淨化類子彈，足夠應付了！

遭遇海戰或空戰時，再多一件「海洋歌者」製作的神奇物品，情況和局勢複雜時，有機會就租賃「萊曼諾的旅行筆記」，沒機會就用《格羅塞爾遊記》硬擋，並丟出「竊運者」符咒。

而這還沒有計算本身非凡能力，沒計算「怨魂」祕偶，沒計算動用不方便的「海神權杖」！

說到固定資產，我已經能算真正的富豪了……克萊恩一陣唏噓，讓那些非凡特性全部飛到了雜物堆上。

至於「六翼石像鬼」的眼珠，這屬於極富靈性的材料，並自帶一點神異，可以用作儀式，也可以拿來製作符咒，克萊恩暫時沒有想好怎麼弄，也沒什麼需求，早就將它丟進雜物堆了。

做完這一切，他讓身影消失於灰霧之上，返回了現實世界。

周六上午，佛爾思本想睡到自然醒，卻被「世界」借助「愚者」先生傳遞過來的話語吵醒了。

對方要歸還她「萊曼諾的旅行筆記」了！

佛爾思揉了揉眼睛，本想直接準備儀式，可看了看鏡中頭髮凌亂眼袋浮腫的自己，還是決定先去盥洗室，處理下個人形象。

她昨天終於將那兩棟房產賣出去了，價格比預想得要高，即使扣除相應的稅費，也有六千五百五十鎊。讓她覺得可惜的是，市面上流通的金幣，平時明明很常見，可真要大量收集，卻沒有多少，她忙碌了許久，才換到六百枚。

「呼，總算可以補上欠款，完成交易了。」佛爾思梳理好頭髮，開始布置儀式。

昨晚，為了慶祝人生第一次拿到那麼多現金，她偷偷摸摸喝了半瓶金朗齊和一桶南威爾啤酒，所以今早的形象才會這麼差。

儀式中，經過中轉交流，佛爾思支付五千兩百鎊現金加六百枚金幣，完成了之前的殺人委託並將獲得一份「審訊者」非凡特性。

這樣一來，她還剩下兩千五百三十鎊現金，而兩本小說的版稅還在一筆一筆地進入她的帳戶，相對不多，但勝在持久。

經過短暫的等待，佛爾思看見「獻祭與賜予之門」光彩迸發，飛出了兩件物品。一件是「萊曼諾的旅行筆記」，一件是淺藍色的半透明六稜柱，裡面有絲絲閃電樣的光芒劃過。

「世界」先生手上的非凡特性可真多啊……佛爾思暗自喟嘆了一句，先行感謝「愚者」先生，結束掉儀式，接著收起了那「審訊者」的非凡特性。

最後，她拿起「萊曼諾的旅行筆記」，翻閱上面多了哪些非凡能力。

嘩啦之聲裡，她的目光突然凝固，因為有兩頁焦黃的紙張不再空白，繪滿了神祕奇異的花紋與符號。

這代表著半神級非凡能力！

足足兩頁！

「真是奢侈啊……」佛爾思難以控制地低語出聲。

這還是她第一次見到自身可以動用的半神級非凡能力！

作為一名以言情為核心的暢銷小說作家，她的第一反應是，「世界」格爾曼·斯帕羅是不是在追求自己。

可想到雙方根本沒碰過面，那位先生又是冷酷強悍的殺手，她很快否定了這個猜測，認為「世界」格爾曼·斯帕羅大概隨時能獲得半神層次的幫助，所以根本不在意這方面的事情。

呼，儘量不用，等著「世界」先生再次租賃，自己使用……佛爾思有點膽怯地吐了一口氣，一點也不敢占那位可怕殺手的便宜。

定了定神，她借助水晶球將新的非凡能力一一鑑別出來，覺得都會相當好用，除了「滿月」。

「如果用於自殺，這倒是神技……」她低語了一句，合攏「萊曼諾的旅行筆記」，等著休晚上回來，給她「審訊者」非凡特性。

晚上七點多，克萊恩衣著筆挺地帶著管家瓦爾特和貼身男僕理查德森，等待於門廳，迎接參加舞會的賓客。

很快，他就看見一位熟悉的面孔走了進來。

艾倫．克瑞斯！這位知名外科醫生挽著肚子高挺的妻子，步入了正門。

孕婦……克萊恩心中一動，笑容滿面地迎了上去。

作為一名有禮貌的紳士，克萊恩當然不會盯著艾倫的妻子瞧，他看著知名外科醫生道．「晚安，艾倫，這位該怎麼稱呼？」

艾倫那種冷淡的氣質並沒有變化什麼，但卻不影響他一邊遞過包裝精美的紅葡萄酒，一邊禮貌笑道：

「我夫人，維爾瑪．葛萊蒂斯，一位中學教員。」

「看起來你又要當爸爸了，預產期是什麼時候？」克萊恩接住對方的禮物，順勢問道。

他原本為艾倫醫生預備的話題是最近報導的幾個外科新術式，沒想過對方會攜帶懷孕多月的夫人一起來參加。

這於他而言，簡直是意外的驚喜，因為在維爾瑪．葛萊蒂斯夫人肚中還未出生的胎兒是「水銀之蛇」威爾．昂賽汀。

艾倫下意識瞄了眼夫人的肚子，泛起些許笑容道：「七月初，如果不介意，我希望到時候能邀請你參加他的出生宴。」

他話音剛落，長相溫婉美麗的黑髮女士維爾瑪突然捂住肚子，輕聲痛呼了一下。

「怎麼了？」艾倫脫口問道。

「他踢了我一下，現在已經安靜下來了。」維爾瑪表情舒展開來道。

她旋即望向道恩．唐泰斯，勾勒笑容道：「因為懷孕，我已經太久沒參加過類似的舞會了，總是待在家裡，心情有些壓抑，所以才讓艾倫帶我一起過來，雖然我不能跳舞，但可以和小姐女士們聊聊天，甚至找空隙玩會牌。」

「妳的到來是我的榮幸。」克萊恩誠心誠意地回應，道，「七月初的時候，我會參加他出生宴的。」

他沒被剛才的小小意外影響，依然記得艾倫醫生的邀請。

又寒暄了幾句，克萊恩將手中的禮物交給貼身男僕理查德森，讓他領兩位，不，三位客人進入大廳。

沒等多久，他迎來了第二對賓客，依舊穿著黑色神職人員長袍的埃萊克特拉主教和他的女伴。

這是位臉上還殘留點嬰兒肥的女孩，也就是二十剛出頭的樣子，看什麼都覺得很新奇，似乎充滿了活力，不過又因為已經生了孩子，多了些成熟的感覺。

「晚安，主教，我最近的睡眠非常棒。」克萊恩故作不知曉黑夜教會暗中努力地說道。

埃萊克特拉主教當即在胸口順時針點了四下道：「這是女神的庇佑。」

他接著介紹起身邊的女伴：「我妻子，肖娜．約翰遜。」

因為他經常和道恩．唐泰斯見面，而且來過對方府邸多次，所以參加這舞會不需要再額外準備禮物，那會顯得太客氣太疏離。

「妳好，妳比我想像得年輕許多。」克萊恩半恭維半開玩笑地對肖娜點頭道。

與此同時，他在心裡默默計算了一下：聽說主教是兩年前結的婚，也就是說，當時他妻子也就十八九歲的樣子……這年齡差有點大啊……再過個幾年，也許得介紹胖藥師給他認識了……

聽到道恩．唐泰斯的玩笑，想起當時探病時的對話，埃萊克特拉主教頓時有點不自在，輕咳了一聲，代替妻子回應道：「她是個喜歡熱鬧的人，如果有時間，不願意錯過任何一場舞會。」

克萊恩沒再多說，因為他看見瑪麗夫人正走下馬車，往門廳過來。

讓埃萊克特拉主教夫婦進入大廳後，克萊恩笑著對瑪麗說道：「女士，也許我們下周就能共事了。」

他聘請的律師和會計團隊已完成了調查，給出了考伊姆公司沒什麼問題，非常適合投資的結論，並且已經與出售股份的那位先生達成了初步的協議，一萬兩千八百鎊百分之三股份，就等一下周最後確認。

瑪麗聞言，輕笑說道：「我現在已經當你是我的同伴。」

這似乎是有深層次意思的含蓄話語……不會是有點看上道恩．唐泰斯了吧……

克萊恩心中微動，裝作沒有聽懂，轉而伸手道：「合作愉快。」

輕握了一下後，他讓管家瓦爾特引這位夫人入內。

此時，賓客們抵達得越來越多，克萊恩邊回憶相應的話題，邊熱情幽默地迎接著他們，收到了不少禮物。

如果不是「無面人」記別人長相和特點是職業本能，我都快分辨不出誰是誰了，更別提找出正確的話題……難怪這種時候，往往需要管家們的協助……

克萊恩一陣感慨中，看見馬赫特議員一家進門而來。

他重新露出笑容，上前一步道：「晚安，今天的星空格外美麗。」

馬赫特議員笑著將一瓶不知哪個莊園產的黑蘭德遞給他道：「我在貝克蘭德待了快二十年，之前看見的星空天數加起來都沒今年多。」

「希望越來越多。」克萊恩轉而對莉亞娜夫人道，「聽說你們在給海柔爾小姐找寄宿學校？」

莉亞娜看了眼站在身旁，表情冷淡，只保持著禮貌笑容的女兒道：「現在越來越流行學校教育了，對女性也是這樣，而最重要的是，也許海柔爾能認識更多的朋友，可惜，她似乎不太樂意，捨不得我們。」

在貝克蘭德，針對上流社會的女子寄宿學校已然興起，它提供的教育未必比得上家庭老師們，但卻創造了一個社交圈子。

這麼一所寄宿學校，每年僅學費就要五百鎊左右。

她捨不得的可能是這裡的下水道……克萊恩腹誹了一句，略微閒聊了一下，就讓馬赫特議員一家進入了大廳。

等到時間差不多，他不再等於門廳，走至二樓，立於正對門口的欄杆後，示意請來的樂隊暫停演奏。端著杯香檳的克萊恩環顧了一圈，在所有賓客都望了過來後，朗聲開口道：「很高興各位能參加這場舞會，首先感謝女神，其次感謝你們……」

「我有為大家準備一些迪西特色的樂曲和食物，希望你們能夠喜歡……」

簡單的致辭後，克萊恩沿樓梯下至一層大廳內的舞池，準備邀請女士跳開場舞。

正常來說，開場舞時，已婚的主人肯定是找自己的配偶，未婚的男性和女士要麼和自己的異性親屬跳，要麼邀請心儀的對象，屬於另類的相親，可道恩．唐泰斯既沒有親屬在這裡，也暫時沒合適的目標，在這件事情上顯得有點尷尬。

不過，他有經驗豐富的管家，瓦爾特已提前邀請了一位上流社會的交際花過來，與她跳開場舞頂多有些緋聞，不會讓人聯想到交往。

所以，克萊恩一點心理負擔也沒有地望向了那位叫做奧洛莉的女士，一步步走向了她。

這位女士是個寡婦，和貝克蘭德好幾位上流社會人士有著相當不錯的交情，在這個圈子裡混得還算不錯，當然，她非常不受女性們歡迎，但凡本身有點地位的，都瞧不起她。

但不管怎麼樣，奧洛莉在女性魅力和自身氣質上都頗為不錯，尤其身材，前凸後翹，曲線迷人，如果不是她長相只能算偏上，屬於耐看型，克萊恩都要懷疑她是不是一位魔女了。

「女士，有這個榮幸邀請妳跳舞嗎？」克萊恩按照禮儀老師瓦哈娜的教導，沒有一點瑕疵地展現著自己的姿態。

金髮盤起的奧洛莉嫣然一笑，伸出手掌道：「你是一個讓人無法拒絕的紳士。」

……這話說的有點曖昧啊……她的身分和在社交場合扮演的角色，決定了她不能像絕大部分小姐和女士那樣含蓄……克萊恩拉著對方，進入舞池，在有著鄉村情調的樂曲裡翩翩起舞。

——貴族們在鄉下有土地，有莊園，有城堡，每年都會於那裡生活好幾個月，所以上流社會的社交場裡，鄉村音樂是主流之一。

「你跳得很不錯，如果不是瓦哈娜提過，我都無法相信你之前不會跳舞。」奧洛莉故意讓兩人貼得很近，隨著舞步的移動，呼吸可聞。

因為對方是陌生人，克萊恩對這種距離的接觸有點不自在，但又不能於大家注視下一把將這位女士推開，只好笑笑道：「只是不會跳這種。其實，我很擅長迪西海灣和南大陸那些比較隨意的舞蹈。」

「我也很喜歡那些舞蹈，有力量，充滿熱情，跳給自己看，而不是別人。」奧洛莉找著話題，扭著身體，顯得和道恩·唐泰斯非常親密。

臨近開場舞的尾聲，她突然壓低聲音笑道：「如果不是聽過一些傳聞，我甚至會以為你不喜歡女性，感覺有點僵硬。」

克萊恩內心其實相當尷尬，對方真的非常擅於利用身體和語言製造曖昧的氣氛，但道恩·唐泰斯是個經驗豐富的人，表面絕對不能害怕。

他神情自然地笑道：「僵硬是因為還不適應貝克蘭德的社交場。」

「我可以教你。」奧洛莉輕笑了一聲道。

此時，適逢樂曲結束，她向後退了一步，眨眼笑道：「你真的很熱情。」

這話一語雙關，讓克萊恩差點尷尬紅臉，真的開始懷疑對方是不是和魔女有點關係。

他表面不動聲色，彎腰行了一禮，將奧洛莉送回了原本的位置，眼角餘光則瞄到懷著「水銀之蛇」的維爾瑪．葛萊蒂斯女士正走向側面的長條桌，目標似乎是第一批冰淇淋。

克萊恩的視線隨即從維爾瑪．葛萊蒂斯女士身上移開，望向了旁邊的紅蘿蔔蛋糕、奶油鬆餅等甜點，以及與它們沒隔多遠的烤仔雞、燉羔羊肉、煎肉眼牛排、迪西特色烤魚等食物。

他幅度很小地吞了口唾液，強迫自己將目光收了回來，準備邀請瑪麗夫人跳第二支舞。

——作為主人，前面三支舞是不能缺席的，所以，他只能讓自己暫時忘記飢餓，忘記那邊的美食。

而這個時候，肚子已非常明顯的維爾瑪．葛萊蒂斯走到了擺放杯裝冰淇淋的地方，伸了下手，又縮了回來。

「想吃？」她的丈夫艾倫醫生並沒有去跳第一支舞，依舊跟在懷孕的妻子旁邊。

維爾瑪．葛萊蒂斯嚴肅搖頭道：「不，我不想吃，我是個孕婦，吃冰淇淋不好。不過，肚子裡的小傢伙似乎想嘗一點，只是一點。」

艾倫醫生微不可見地點了一下頭道：「那就嘗一點，剩下的給我。」

維爾瑪瞬間露出了難以遏制的笑容：「你真是太寵孩子了！」

她沒有反對，看著丈夫從冰塊的包圍裡，拿起了一杯球狀冰淇淋。

享用了兩口後，維爾瑪閉了一下眼睛，猛地移開目光，望向沒去跳第一支舞的幾位夫人，發現她們正低聲交流著什麼，臉上帶笑，表情曖昧，時而用手掌捂住嘴巴，竊笑不已。

她們在說什麼有趣的事情？維爾瑪頓生好奇，和丈夫艾倫打了聲招呼後，向著那邊走了過去。

可是，那幾位夫人很快散開，似乎在等待第二支舞。

維爾瑪一陣失望，對唯一停留於原地的美麗小姐道：「妳知道她們剛才在說什麼嗎？」

「我對她們的話題不感興趣。」海柔爾瞄了眼身旁的孕婦道。

她沒有指責對方的問題有點失禮，因為孕期的夫人們總是有些特權的。

維爾瑪這才注意到墨綠色長髮的海柔爾端著杯香檳，一副不想被邀請跳舞的樣子。

她有種發自內心的高傲，哪怕看向那位從男爵夫人時，也只是維持著最基本的禮貌……這是讓人喜歡的品格，可問題在於，她對所有人都這樣，而且太冷淡了……

或許正處於羅塞爾大帝提出的「叛逆期」？作為中學教員，維爾瑪忍不住在心裡評價了幾句，然後知趣地與海柔爾拉開距離，尋找熟悉的小姐和夫人們聊天。

跳完開場的三支舞后，克萊恩終於得到短暫的空隙，能夠塞點食物，喝杯放了冰塊的解渴甜冰茶——這是他特意讓廚房準備的迪西特色。

因為「喪鐘」左輪的影響，他喝的有點多，僅與埃萊克特拉主教閒聊了幾句，就抱歉離開，前往盥洗室。

其實，他還能憋至少三支舞，可他覺得「命運之蛇」威爾．昂賽汀突然上門，也許是想與自己交流點什麼，所以，主動尋找起合適的無人環境。

雖然祂是未出生的胎兒，屬於被動前來，但如果祂不願意見我，至少有一百種辦法能阻止祂的母親出門……總之，先試一試……克萊恩邊咕噥邊進入盥洗室，反鎖住了房門。

他正猶豫著是先解決下腹鼓脹的問題，還是耐心等個一兩分鐘，靈感突有觸發，當即望向了那面洗漱鏡。

鏡中不知什麼時候已映照出了一輛黑色嬰兒車，車裡陰影深重，讓人看不清具體的細節，只能知道有個裹著銀色絲綢的小孩。

那小孩用清亮的聲音說道：「你的命運出現了一點偏移。」

「發生了什麼事？」克萊恩的精神一下緊繃。

嬰兒狀態的威爾．昂賽汀嗤笑了一聲道：「這必須問你自己！我只能知道你應該是遇上了一位天使。」

克萊恩霍然想起了那座原始島嶼上發生的事情和自己做出的猜測，思考幾秒，皺眉問道：「天使能看出我身上的特殊嗎？」

「我見過橘光，祂告訴我只有少數的，高位的靈界生物，以及某幾位權柄獨特的神靈和代表命運的非凡者能不同程度地發現這點，而且必須近距離接觸過。」

嬰兒車內的威爾．昂賽汀吸了下拇指，笑著說道：「應該是沒有，因為你並不危險。而且，除了你有特殊，你身上的一些物品和你的同伴，也許同樣有特殊，能引起那位的興趣。」

我身上的一些物品，我的同伴……克萊恩念頭一轉，發現自己之前或許真有被暗示，再加上確實也沒想到，所以遺漏了一件事情：探索原始島嶼時，他隨身攜帶著《格羅塞爾遊記》！

這是古神，「空想之龍」安格爾威德製作的圖書！

如果那座原始島嶼真與黃昏隱士會有關，不管教堂深處是「觀眾」途徑的高序列材料，還是恰好相反，祂都應該對這本遊記感興趣，畢竟這個組織的首領高機率是「空想天使」，神子亞當！正是因為有這本遊記，才放任我拿走「暴君」牌，並阻止我和「倒吊人」先生進一步探索？

克萊恩有所猜測地開口道：「這該怎麼解決？」

「不用解決，從長遠來看，這應該是一件好事，但中間會有不小的麻煩。」威爾．昂賽汀用清亮的嗓音說道，「而且你本身已經背負了不少事情，再多一件也沒什麼關係，我提醒你，只是讓你多注意一下，以免被麻煩擊倒。」

……有道理，債多了不愁，說不定還能創造機會，讓債主們打起來……仔細思考後，克萊恩在心裡附和了一句。

他轉而問道：「我那位想得到一滴神話生物血液的朋友希望知道，您究竟需要什麼？」

「需要什麼？」威爾．昂賽汀再次嗤笑道，「我需要的很多，比如容納『機率之骰』的辦法，比如幫我幹掉烏洛琉斯那個傢伙，如果真能辦到，你們想抽幾管血，就可以抽幾管血！但是，能辦到嗎？」

如果能辦到，為什麼還要冒險幹掉烏洛琉斯？直接對付你這條虛弱的「命運之蛇」不是更好？

克萊恩一邊腹誹一邊毫無疑問地搖頭道：「不能。」

「那就再想別的，我不著急。」威爾．昂賽汀頓了一下道，「今晚舞會裡那個很高傲的少女有點問題，你如果有機會和她聊天，可以將話題引導向夢境方面。」

海柔爾？夢境？克萊恩若有所思地點了一下頭道：「好。」

見威爾．昂賽汀似乎有離開的意思，他連忙說道：「那隻千紙鶴快要破掉了，以後遇到緊急情況，我用什麼辦法聯絡你？」

威爾．昂賽汀默然了一陣道：「難道你指望我在媽媽的肚子裡給你折千紙鶴？就算能折，你也拿不到啊！如果我想找你，只要你還住在這裡，夢中隨時都可以。」

「你要是有緊急事情，就直接來拜訪我父親啊！用千紙鶴不也得等好久？」

「好了，作為一個還沒出生的胎兒，我該補眠了，有什麼事情以後再說。」

克萊恩只好點頭道：「如果你沒有其他事情的話。」

威爾．昂賽汀正要消散的身影突地停頓，隔了兩秒才道：「還有件事情。」

「什麼事情？」克萊恩的精神再次緊繃。

威爾．昂賽汀「呃」了一聲道：「你廚師做的冰淇淋太甜了……」

啊？克萊恩短暫竟沒反應過來對方在說什麼，直到那輛黑色嬰兒車消失在洗漱鏡內，他才有所醒悟，嘴角忍不住抽動了一下。

解決完下腹鼓脹的問題，他洗手出門，找到貼身男僕理查德森，吩咐道：「去廚房，讓他們降低點後續冰淇淋的甜度。」

理查德森沒問為什麼，立刻照辦，直至快進入廚房，才想到一個問題：道恩．唐泰斯先生似乎還沒碰過冰淇淋，為什麼知道它偏甜了？

對於這個問題，理查德森迅速就有了答案，他認為是哪位賓客品嘗了冰淇淋後，將問題告知了自家雇主。

雖然這有點沒禮貌，但也不是太少見的事情，尤其熟悉的朋友，會主動地，善意地提醒，以免舞會的主人風評下降。

這個時候，因為上一支舞還在繼續，克萊恩沒急著考慮舞伴，走到邊緣的長條桌旁，準備抓緊時間再吃點美食。

他剛挑了塊沒什麼刺的迪西烤魚魚肉，忽然看見維爾瑪．葛萊蒂斯靠攏過來，拿了杯甜冰茶。

這位女士對著舞會的主人點了點頭，微笑說道：「這種飲料很不錯，我之前從未喝過。」

「來自南方的甜冰茶。」克萊恩笑著解釋了一句，隨意看了眼對方的肚子道，「他似乎很乖巧，呃，或許是她。」

維爾瑪笑笑道：「大部分時候是這樣，就是半夜偶爾會吵鬧。」

半夜……偶爾……不會是回覆我問題的時候吧……克萊恩突然有點汗顏，假裝沒想到這事，將注意力放回了餐盤上，維爾瑪則喝了口甜冰茶，向之前聊天的地方返回。

等到新的一支舞即將開始，克萊恩將餐盤和杯子交給旁邊的侍者，望了眼海柔爾所在的位置，緩步走了過去，微笑行禮道：「小姐，我有這個榮幸邀請妳跳舞嗎？」

海柔爾沉默了幾秒，將手中裝有香檳的酒杯放到侍者手裡的托盤上，禮貌回應道：「這也是我的榮幸。」

——待續

國家圖書館出版品預行編目資料

詭秘之主 ： 不死者 ／愛潛水的烏賊作. --初版.
--臺中市：飛燕文創事業有限公司, 2025.03-

冊； 公分.

ISBN 978-626-413-150-6(第1冊:平裝).--
ISBN 978-626-413-151-3(第2冊:平裝).--
ISBN 978-626-413-152-0(第3冊:平裝).--
ISBN 978-626-413-153-7(第4冊:平裝).--
ISBN 978-626-413-154-4(第5冊:平裝)

857.7 114001685

詭秘之主
—The Most High—
不死者

出版日期：2025年08月

定價：新台幣320元
ISBN 978-626-413-151-3

作者　愛潛水的烏賊
畫家　阿蟬

發行人　曾國誠
責任編輯　小玫
美術編輯　豆子、大明

製作發行　飛燕文創事業有限公司
公司地址　台中市南區樹義路65號
聯絡電話　04-22638366
傳真電話　04-22629041
郵政劃撥　22815249 戶名：曾國誠
印刷所　燕京印刷廠有限公司
聯絡電話　04-22617293

各區經銷商

華中書報社　電話 02-23015389
旭昇圖書有限公司　電話 02-22451480
智豐圖書股份有限公司　電話 05-2333852
威信圖書有限公司　電話 07-3730079

網路連鎖書店

金石堂網路書店　電話 02-2364-9989
網址 http://www.kingstone.com.tw/
博客來網路書店　電話 02-26535588
網址 http://www.books.com.tw/

若要購買本公司出版之其他書籍，可洽本公司各區經銷商，或洽本公司發行部：04-22638366#11，或至各小說出租店、漫畫便利屋、各大書局、金石堂網路書店、博客來網路書店訂購。
如有缺頁、破損，請寄回更換！

Fei-Yan
飛燕文創

詭秘之主

—The Most High—

不死者

請沿虛線剪下再對摺黏貼，請勿用訂書機裝訂

請對摺

請貼
6元郵票

40241

台中市南區樹義路65號

飛燕文創事業

讀者回函卡

歡迎您對本書的想法與建議表達出來，在能力範圍所及，本公司將盡力達成您的要求與建議，謝謝！請繼續支持和鼓勵本公司出版的書籍！

書號：FLY09402

書名：詭秘之主-不死者

☆從何處得知本書的訊息？

□書店□租書店□親友介紹□網站（名稱）＿＿＿＿＿＿□其他＿＿＿＿＿＿

☆本書您覺得需要改進的地方。

□錯字太多□內容劇情□版面編排□封面設計□封面構圖□印刷裝訂

□字體大小□其他＿＿＿＿＿＿

＿＿＿＿＿＿

☆購買本書的原因？

□喜歡作者□喜歡畫家□被內容題材吸引□被書名吸引□喜歡封面設計

□看了廣告宣傳而有興趣（廣告來源）＿＿＿＿＿＿

□其他＿＿＿＿＿＿

☆您喜歡書中的哪些人物？1.＿＿＿＿ 2.＿＿＿＿ 3.＿＿＿＿

☆您在何處購買本書？＿＿＿＿＿＿（例如：金石堂、博客來）

☆希望隨書附贈何種贈品?＿＿＿＿＿＿

＿＿＿＿＿＿

☆期待劇情中哪個畫面畫成圖案？＿＿＿＿＿＿

＿＿＿＿＿＿

☆有哪幾本網路小說還未出版您希望出版實體書？

（請填寫書名、作者、網站名或網址）＿＿＿＿＿＿

＿＿＿＿＿＿

☆您對本書的感想或意見，或是對本公司的建議。

＿＿＿＿＿＿

讀者基本資料

姓名： 性別：□男 □女

教育程度： 職業：

生日：民國 年 月 日 年齡：

連絡電話：

E-mail：

※膠水黏貼處，請不要影響到填寫的資料※

請沿虛線剪下再對摺黏貼，請勿用訂書機裝訂